KB089194

그럼에도 불구하고 인생은 살 만하다

그럼에도 불구하고 인생은 살 만하다

나혜옥 지음

두드림미디어

이제부터 시작이다

- 예순부터 버킷리스트 채워가기

주말농장을 시작한 지 10년이 지났다. 가을걷이가 끝난 밭은 봄이 올 때까지 비워둔다. 내년 봄에 다시 시작되는 농사에서 풍성한 수확을 얻기 위해 땅이 숨을 쉴 시간을 주려는 것이다. 나는 베이비부머 끝자락에 태어나 과밀학급에서 치열한 생존경쟁을 배웠고, 밤낮으로 일하는 산업의 역군 시대를 살아왔다. 1980년대 민주항쟁의 역사를 지켜보고, 1997년 IMF의 직격탄을 맞으며 폭주 기관차처럼 달려오다 멈춰보니 어느덧 내 나이 예순이다. 마라톤인 인생을 단거리 달리기하듯 전력 질주하며 살다 보니 숨 돌릴 새가 없었다.

나는 문득, 예순이 되도록 살아오면서 나에게 숨 돌릴 시간을 주었나 하는 생각이 들었다. 그래서 이제부터 나에게 숨 돌릴 시간을 주려고 한다. 나의 솔직한 자기 고백과 고민, 이를 해결하려는 안간힘, 무수한 시행착오로 점철된 예순 해의 이야기는 특별하거나 멋진 사람의 이야기는 아니다. 지극히 평범하고 어리숙하지만, 누군가에게는 위로가 되었으면 좋겠다. 요즘 많이 힘든 청춘에게는 얼마나 힘드냐고 위로해주고 싶다. 내가 살아보니 사는 게 힘들었지만 버티고 살아내니 어느새 인생의 결승선을 향해 가고 있고, 시련 끝에는 행복이 있다고 말해주고 싶다. 또한, 누구나 조금씩 차이는 있지만 결국 우리는 다 비슷한 인생의 여정을 살아가는 게 아닐까 하는 생각으로 용기를 냈다.

UN이 정한 청년은 65세까지니 나는 아직 청년으로 살 시간이 충분하다. 논어에도 인생 최고의 걸작을 만드는 데 비교적 자유로운 시기는 인생 후반이라고 했다. 인생 후반은 청년처럼 꼭 성공하지 않아도 밑질 것이 없는 나이다. 퇴직을 했으니 이젠 원하는 일만 해도 된다. 모든 일을 온전히 내 생각과 판단에 따라 할 수 있고, 다른 사람의 시선을 의식할 필요가 없다.

엄마로, 아내로, 딸로 살기 바빠서 나를 잊어버렸던 인생의 전반에 비하면, 나를 찾아가는 여정의 시작만으로도 충분하다. 비록 인생 후반에 세운 계획이 다 이루어지지 않더라도 나를 위한 시간을 만들고 있다는 것만으로도 아름답지 않은가? 비로소 자기 주도적 삶을 살 기회를 얻는 것이다.

통계청 자료에 따르면 2022년 말 기준으로 5060세대 인구수는 1,580만 명 정도다. 전체 인구 5,160만 명 중 30.5%에 해당된다. 2025년에는 65세 이상이 20.6%로 초고령 사회가 될 전망이다.

나는 이 땅에 살고 있는 5060세대에게 나의 살아온 역사를 쓰면서 인생 후반을 살아보자고 말하고 싶다. 나와 똑같은 인생은 어디에도 없기에 나만의 역사를 남기는 것은 어떨까? 또한 자연을 탐닉하고, 자기의 깨달음을 나누고, 세상을 적극적으로 경험하고, 참여하라고 말해주고 싶다. 전력 질주한 인생을 이제부터는 산책하면서 느리게 살자고 말하고 싶다.

인생 후반에 각자의 버킷리스트를 작성해 하나씩 이루어나가며 삶을 음미하자고 말이다. 세상에서 가장 중요한 금 세 가지, 황금, 소금, 지금 가운데 가장 중요한 것은 지금이다. 인생 후반, 우리에게 지금이 가장 젊은 때고, 지금 시작하는 것이 가장 빠르다. 그리고 기억하자.

"다리가 떨리면 떠날 수 없으니, 가슴이 떨릴 때 떠나자! 내가 쓴 돈만이 내 돈이다!"

예순의 촌부가 작가를 꿈꿀 수 있게 도움을 주신 '한책협(한국책쓰기강사양성협회)'의 김태광 대표코치님, 위닝북스 권동희 대표님, 출판을 도와주신 두드림미디어 관계자 여러분께 감사드립니다.

온종일 도서관에서 책을 읽고, 글을 쓰는 딸을 기다려주신 우리 엄마, 엄마가 아파서 보기도 아까운 딸을 고생시킨다고 늘 걱정하시는 우리 엄마, 사랑하고 또 사랑합니다. 내가 하는 일을 언제나 옳다고 응원해주는 영원한 내 편 우리 남편, 글 쓴다고 외롭게 해도 잘 참아준 남편, 사랑하고 존경합니다.

　엄마가 처음이라서 의욕이 넘쳐 힘들게 했지만 착하게 잘 자라준 우리 두 아들, 언제나 엄마인 나를 지지해주는 든든한 응원군 두 아들에게도 고맙고 사랑한다고 말하고 싶습니다. 또한 제 인생의 힘든 굽이굽이마다 사랑과 도움을 주신 제 형제, 친척, 이웃사촌께도 사랑과 감사를 드립니다.

　인생 후반 '놀자. 쓰자. 웃자. 베풀자. 걷자'를 실천하며 살아가겠습니다. 하느님이 주신 자연 안에서 책을 읽고, 글을 쓰며, 이웃과 더불어 살아가도록 노력하겠습니다. 생명을 주시고 이 모든 것을 허락하신 하느님께 찬미와 감사를 드립니다.

　마지막으로 하늘나라에서 딸을 걱정하고 계실 아버지께 이 책을 바칩니다.

나혜옥

목 차

FELDES
Bled

Neverthless,
life is worth living.

Bled - Slovenija, 14. marec 2023

저자가 슬로베니아 여행 중 만난 인쇄소에서 기념으로 직접 인쇄한 그림

1장

인생이란 결코 공평하지 않다

왜 이런 시련이 내게 왔을까?

"어머니 다녀왔습니다."

"그래, 수고했다."

온종일 손주를 보시느라 지치셨을 어머니를 생각하며 퇴근길에 새우와 소고기 등심을 샀다. 평소 같으면 기운 없이 쇼파에 앉아 계시거나 누워 계셨을 텐데, 오늘은 기운이 넘치신다.

"어머니 무슨 좋은 일 있으세요?"

"오늘 놀이터에서 만난 엄마들이 동석이가 잘생겼다고 하더라. 그런데 어미 너는 안 닮았대."

어머니의 그 말씀에 피식 웃음이 났다. 역시 시어머니는 시어머니다. 누가 시어머니가 친정엄마 같다고 했는지? 정말 그런지 물어보고 싶다. 손주 동석이가 잘생겼다고 칭찬을 듣곤 무척 기쁘셔서 피곤도 잊으셨다니 다행이다 싶었다.

어머니는 일흔두 살에 친손주를 보셨다. 맞벌이하는 며느리 대신 손주를 키우셨다. 동석이는 먹기는 잘 먹었으나, 잠투정이 심했다. 걷기 시작하면서는 연로하신 어머니가 쫓아다니기가 힘드셨으리라. 어머니는 동석이가 보행기 탈 때도 내 구멍 난 스타킹을 연결해서 보행기에 묶고, 동석이가 멀리 달아나면 스타킹을 잡아당겨 보행기를 끌어오곤 하셨다. 우리에게 힘든 내색은 안 하셔도 일흔두 살 어머니가 손주 키우는 일은 무리였으리라.

7월 더운 여름 날, 출근 시간이 지났는데도 어머니는 인기척이 없으셨다. 한여름 더위에 동석이 보느라 지치셨나 했다. 나는 방문을 열며 어머니를 불렀다. 앉아 계신 어머니의 입꼬리가 한쪽으로 처져 있는 데다 침을 흘리고 계셨다.

"어머니 어디 아프세요?"

"어미야! 나, 일어날 수가 없다."

어머니는 뇌경색(중풍)으로 좌측 편마비가 온 것이다. 당시 내 나이가 스물아홉으로 어린 나이도 아니었는데, 어머니에게 중풍이 온 것을 미처 알아채지 못했다.

어머니는 1.4 후퇴 때 황해도 평산에서 월남한 실향민이다. 6.25 전쟁 중에 삼 남매를 잃고, 마흔네 살에 막내인 남편을 낳았다. 남편 위로는 누나 두 명이 있는데, 큰누나와는 17살 차이가 난다. 어머니는 늦둥이 남편을 금지옥엽 키우셨다. 비 오는 날이면 쪽머리에 한복 차림으로 학교 정문에서 기다리셨다고 한다. 그러곤 남편을 업고 우산을 받쳐주며 집에 오셨다고 한다.

나는 은행원이었고, 남편과 나는 맞벌이 부부였다. 어머니는 그런 우리를 대신해 손주를 키우시고 살림을 도맡아 하셨다. 눈에 넣어도 안 아플 손주 동석이는 어머니 존재의 이유였으리라. 어머니는 "아들이 장가가서 낳은 손주를 키우고 사는 지금이 내 인생에 가장 행복한 때다"라고 말씀하셨다. 나는 어머니와의 추억이 많다. 토요일에 퇴근해서 오면 어머니와 함께 동석이를 데리고 목욕탕에 갔다. 35년 전에는 주 6일 근무여서 은행도 토요일에는 근무했다. 큰 대야에 물을 받아 동석이를 앉혀놓고 어머니와 나는 서로 때를 밀어줬다. 어머니와 나는 때를 밀면서 정이 들었던 것 같다. 동석이를 키우면서 어머니와 의견 충돌이 생겨서 팽팽한 긴장감이 생길 때면 나는 어머니께 레이스 달린 예쁜 속옷을 사드렸다. 어머니는 한 번도 보지 못했던 속옷을 사왔다고 옆에 밀어놓으셨다. 그러나 며칠이 지나면 그 속옷만 입으셨다. 손주뻘 되는 며느리가 어머니를 가르치려고 들어도 화내거나 야단치지 않으셨다. 어머니는 품이 넓은 어른이셨다.

중풍이 오기 전날 어머니는 여름 장마철을 준비하신다고 김치를 담그셨다. 손주 보기도 힘드신데 배추 열 포기로 김치를 담그신 게 무리가 되었나 보다. 어머니를 모시고 한의원에 가서 침 치료를 받

앉으나, 차도가 없었다. 우리는 어머니를 연희동 동서한방병원에 입원시켜드렸다. 어머니는 매일 한방치료를 받으셔도 좋아지지 않았다. 더 이상의 차도가 없어 입원한 지 한 달 보름 만에 퇴원했다. 나는 어머니께서 쓰러지신 지 일주일 만에 은행을 퇴직하고 병간호를 시작했다. 은행 사람들은 나의 퇴직을 말렸으나 내 아이를 키우시다 병이 나신 거라 미안하고, 죄스러울 뿐이었다. 당연히 며느리인 내가 병간호를 맡아야 한다고 생각했다. 1992년 당시에는 요즘처럼 요양원이 없었다. 게다가 24시간 간병인을 쓰기에는 내 월급이 턱없이 모자랐다.

어머니가 한방병원에 입원하셨을 당시 낮에는 내가 병간호를 하고 저녁에만 간병인을 썼다. 의정부에서 연희동까지 출퇴근했다. 병간호을 마치고 나오면 큰시누네 댁에 맡겼던 동석이를 데리고 집으로 돌아왔다. 온종일 엄마와 떨어져 있던 다섯 살 동석이는 "고모 집, 망치로 부셔버려", "고모 집 안 갈 거야"라고 떼쓰며 울곤 했다. 전쟁 같은 병원 생활을 끝내고 퇴원하신 어머니를 집으로 모시고 왔다. 어머니는 좌측 편마비로 혼자서는 걸으실 수가 없었다. 화장실도 부축을 받으며 다니셨다. 나는 안전바가 있는 병원 침대를 마련했고, 어머니는 침대 생활을 시작하셨다. 더는 고모 집에 가지 않아도 되자 동석이는 어머니 침대에 올라가 폴짝폴짝 뛰면서 좋아했다. 동석이는 할머니의 변한 모습에도 개의치 않고 할머니 침대에 올라가서 놀았다. 중풍에 치매 증상까지 있었지만 손주에 대한 어머니의 사랑은 변함이 없었다. 동석이도 자신에 대한 할머니의 사랑을 아는 것 같았다. 자신이 아끼는 간식도 할머니에게 나눠드리고 침대에서 할머니와 같이 먹곤 했다. 집에 놀러 온 이웃들은 이런 동석이의 모습을 칭찬해주곤 했다.

동석이는 YMCA 아기 스포츠단을 다녔다. 동석이의 운동회 날, 우리 집에 와서 어머니를 봐줄 사람이 없었다. 나는 할 수 없이 어머니의 식사와 기저귀를 준비해놓고 운동회에 갔다. 운동회가 끝난 후 동석이 친구 엄마와 차 한 잔을 나누려고 우리 집으로 왔다. 현관문을 여는 순간 같이 들어온 동석이 친구 엄마는 외마디 비명을 지르고 뛰쳐나갔다. 어머니가 기저귀에 대변을 보고 대변을 모두 벽에 칠해놓았기 때문이었다.

나는 어찌 할 바를 몰랐다. 평소에 어머니 대변을 치우기는 했어도, 벽에 대변을 칠해놓은 건 처음이었다. 스물아홉 나이에 감당하기에는 참 힘든 일이었다. 나는 고무장갑을 끼고 울면서 벽을 닦고 또 닦았다. 방을 청소하고 나서 어머니를 목욕시키기 위해 욕조에 물을 가득 받았다. 어머니는 욕조에서 목욕을 하며 아이처럼 즐거워하셨다. "어미가 목욕을 시켜주니 좋다"고 말씀하시는데, 울다가 기가 막혀 웃음이 났다. 문제는 목욕을 마친 후 어머니를 욕조에서 나오게 하는 것이었다. 욕조의 물을 모두 빼고 물기를 닦은 후 젖먹던 힘을 다해 어머니를 방으로 모셨다. 나는 그 후 욕조에서 목욕을 시켜드리는 것은 포기했다. 대신 변기에 앉으시게 하고 목욕을 시켜드렸다.

그 후 30년이 지나 나는 요양원에서 근무하게 되었다. 그때 치매 노인들이 벽에 똥칠을 하는 것은 당신이 똥을 치우려고 하는 행동 이라는 것을 알았다. 결코 가족을 골탕 먹이려고 하는 행동이 아니 라는 것을 너무 늦게 안 것이다.

어머니는 퇴근해서 돌아온 남편에게 밥을 드신 것도 잊으신 채, 내가 밥을 안 줬다고 이르곤 하셨다. 낮에도 엉뚱한 말로 속을 뒤집 어놓거나, 같은 말을 온종일 반복하시면서 나를 힘들게 했다. 유난 히 힘든 날이면 나는 어머니와 악다구니를 하기도 했다. 그러고 나 면 저녁마다 후회가 되었고, 아침이면 어머니가 돌아가셨을까 봐 걱정하면서 어머니 방문을 열어보곤 했다.

당시 나는 내 청춘이 덧없이 흘러간다는 생각에 사로잡혔고, 언 제 끝날지 모르는 긴 터널 앞에 선 느낌이었다. '왜 이런 시련이 내 게 닥쳤을까? 나는 무얼 잘못한 걸까? 하느님이 계시기는 한 걸 까?' 그저 내가 할 수 있는 일은 기도밖에 없었다.

그렇게 끝나지 않을 것 같았던 어머니의 병상 생활은 2년을 못 채우고 끝났다. 어머니는 부활을 준비하는 사순 시기에 하늘나라 로 가셨다. 장례를 마치고 집으로 돌아왔지만, 어머니가 돌아가셨 다는 게 실감 나지 않았다. 돌아가시지 않은 어머니를 산소에 묻고 온 것만 같았다. 어머니만 안 계시면 좋을 줄 알았는데, 그렇지가 않았다. 나는 죄책감에 시달렸다. '어머니가 아프실 때 휠체어에 태워 나들이도 시켜드렸잖아…'라며 합리화를 해도 마음은 편해지지 않았다. 어머니가 잘 드셨던 음식만 봐도 미안한 마음에 눈물이 났고, 어머니랑 같이 갔던 곳을 가면 어머니가 보고 싶어졌다.

나는 보속(補贖)을 하기로 했다. 보속은 지은 죄에 대한 벌을 받음으로써 그 죄로 인한 나쁜 결과를 보상하는 의미가 있다. 천주교에서 고해성사 후에 이뤄지는 행위다. 어머니께서 돌아가신 이듬해에 나는 둘째 아들을 낳았다. 그리고 둘째 아들이 다섯 살이 되던 해에 보속을 시작했다. 의정부시 보건소의 이동 목욕 차를 타고 일주일에 한 번씩 움직이지 못하는 환자를 찾아가 목욕을 시켜드렸다. 한 달에 한 번은 거동이 가능한 환자를 목욕탕에 모시고 가서 목욕을 시켜드렸다. 또한 일주일에 한 번씩 반찬을 만들어 독거노인분들께 가져다 드렸다. 도움의 손길이 필요한 곳이 있으면 온 힘을 다해 뛰어다녔다. 보속의 결과인지 바쁘게 살아서인지 어머니에 대한 죄책감에서 놓여나기 시작했다.

콤플렉스는 누구에게나 있다

퇴직 후 첫날 나는 큰 가방에 필기도구와 컵을 넣고 도서관으로 향했다. 의정부 과학도서관은 우리 집에서 걸어서 20분쯤 거리에 있고, 묵주 기도 5단을 바치면 도착한다. 그곳은 지하 1층, 지상 3층의 건물로 넓고 쾌적하다. 도서관에 앉아 있으면 5성급 호텔에 온 느낌이 든다.

나는 바쁜 직장생활을 할 때 퇴직하면 가장 하고 싶은 일이 도서관에서 책을 읽는 것이었다. 나는 요양원에서 사회복지사로 11년 2개월 일했다. 이제 내 나이 예순, 열심히 살아온 나에게 상을 주고 싶었다. 그래서 주위의 만류에도 불구하고 퇴직을 했다. "빚을 다 갚았다고 직장을 그만두면 어떻게 하나?", "노후자금 마련을 위해서 몇 년 더 일해야지?"라며 주위 사람들이 퇴직하는 나를 철이 없다는 듯 바라봤다. 그러나 나는 주위에서 뭐라고 해도 신경이 안 쓰였다. 그저 기쁘고 행복했다. 도서관에서 책을 읽고 있으면 다른 세상에 온 것 같았다. 걱정 근심이 사라지면서 집중이 되고 흥분이 되었다.

내가 책 읽기에 흥미를 느낀 건 초등학교 6학년 겨울방학이다. 중학생이 되기 전까지 긴 방학을 문학 전집에 빠져 밤새는 줄 모르고 읽었다. 집안 형편이 넉넉지 않아서 따로 문학 전집을 산 것은 아니었다. 아버지가 〈주부생활〉 월간지의 부록으로 나온 것을 모아두신 것이었다. 《작은아씨들》, 《80일간의 세계일주》, 《삼총사》를 읽으며 꿈과 상상력을 키웠고, 《보바리 부인》을 읽으며 어른들의 세계를 엿보았다. 한국 단편 문학을 읽으면 가슴이 콩닥거렸다. 특히 심훈의 《상록수》를 읽으며 나도 멋진 선생님이 되고 싶다는 꿈을 키웠다.

내가 다니던 중학교는 월말고사를 보고 평균 90점이 넘으면 거북 배지를 줬다. 나는 거북 배지를 학교 배지 옆에 달고 가슴을 한껏 내밀고 다녔다. 나는 매월 거북 배지를 놓치는 일이 거의 없었고, 이런 나를 부모님은 자랑스러워하셨다. 아버지 회사에서는 중학생 자녀에게 성적순으로 장학금을 지급했는데, 중학교 3년 내내 아버지 회사의 장학금을 받을 수 있었다.

나는 발표도 좋아했다. 발표하기 위해서 예습을 했는데, 예습은 주로 집에 있는 국어사전, 백과사전을 이용했다. 예습을 하면 선생님이 수업 중에 물어보시는 말씀에 발표를 잘할 수 있어서 좋았다. 수업 참여도가 좋으니 선생님께 칭찬도 받고, 친구들과 즐겁고 행복한 중학교 생활을 했다. 그러나 중학교 3학년이 되면서 고등학교 진학을 앞두고 인생 최대의 시련이 다가왔다.

나는 2남 1녀의 장녀로 아버지는 맏딸은 살림 밑천이라고 생각하셨다. 아버지는 여상에 가서 은행원이 되라고 하셨다. 나는 처음으로 반항했다. 여상에 가기 싫다고, 인문계로 가겠다고 몇 날 며칠을 울었다. 마지막에 입학 지원서를 쓸 때까지도 인문계에 보내달라고 애원했다. 그러나 나의 애원은 통하지 않았고, 나는 가기 싫었던 인천여상에 입학했다. 인천에서는 커트라인이 가장 높은 여상이었지만, 나에게는 인문계 고등학교가 아니면 아무 의미가 없었다.

고등학교 내내 우울했다. 등하교 길에 인문계에 간 친구들을 마주치면 못 본 척 외면해버렸다. 어린 마음에 여상 교복을 입은 내 모습이 너무 창피했다. 자존감이 바닥이었다. 여상을 졸업하고 은행에 취직했다. 은행에 취직해도 내 자존감은 높아지지 않았다.

중학교 때 단짝 친구들은 서울대 사범대, 중앙대 약대를 가서 캠퍼스의 낭만을 즐기고 있었고, 내가 결혼해서 맞벌이로 쩔쩔맬 때, 친구들은 서울대 사범대를 졸업하고 선생님이 되었고, 중앙대 약대를 졸업하고 약사가 되었다. 나는 고작 은행원이었다. 여상을 졸업한 것이 내 최대의 콤플렉스가 되었다. 고등학교를 졸업한 후로도 한참을 대학 입학 시험 철만 되면 몸살을 앓았다. 그 당시 김수철의 〈못다 핀 꽃 한 송이〉라는 노래를 들으며 많이 울었던 기억이 난다.

지금도 기억나는 것은 결혼해서 집들이를 한다고 친구들이 왔는데, 서울대에서 지구과학을 공부한 친구가 하늘의 별자리를 보고 내게 설명했던 기억이 생생하다. 나는 그 설명을 들으며 친구와 내가 사는 별이 다르다는 생각이 들어서 슬펐다.

은행에서 일한 지 일 년이 지나고 나는 방송통신대에 입학했다. 방송통신대는 일 년에 두 번, 여름과 겨울의 출석수업을 빼곤 학교에 가지 않아도 되기에 은행에 다니면서 공부하기가 좋았다. 나는 국문학과에 가고 싶었다. 그러나 은행에서 출석수업이 허락된 학과 중 국문학과는 없었다. 나는 할 수 없이 행정학과를 선택했다. 행정학과에는 현직 공무원이 대부분이었다. 행정학과 공부는 재미가 없었다. 그러나 대학에 진학하지 못한 나의 콤플렉스를 채우는 데는 조금이나마 도움이 됐다. 우리는 학기 중에 지역 학습관에 모여 스터디모임을 했고, 스터디모임이 끝나면 포장마차나 경양식집에 모여 웃고 떠들며 우정을 쌓아갔다.

학과 동기들은 비슷한 처지에서 대학을 포기하고 이십 대 나이에 공무원, 은행원, 회사원으로 일하고 있었다. 우리는 사회에서 겪는 애환을 나누고, 꿈을 이야기했다. 다람쥐 쳇바퀴 도는 듯한 은행 생활에서 방송통신대 생활은 숨통이 트이게 해주었고, 생활에 활력을 주었다. 자주 어울려 다니다 보니 허물이 없어졌고, 가족 같은 느낌이 들었다. 그중 한 명은 정말 가족이 되었다. 남편은 그때 같이 공부한 방송통신대 행정학과 동기다. 학과 동기들은 그때의 인연으로 모임을 만들어 현재까지 40년 가까이 만남을 이어오고 있다.

나는 남편을 만나 세례를 받고 성당에서 결혼식을 했다. 직장생활에 시어머니 병간호를 하느라 주일에만 성당에 나가다가, 나름 열심히 하는 신자가 되고부터는 성당에서 교육이 있으면 적극적으로 참여하게 되었다. 세례받은 지 22년이 지난 후부터는 예비신자 교리봉사도 시작했다. 4년의 신앙교육원 과정을 통해 교리교사 및 선교사 과정도 마쳤다. 직장에 다니며 일주일에 두 번, 퇴근 후에 하는 신앙공부는 빚 갚기 바빴던 시절에 괴로움을 잊게 해줬다. 지친 몸과 마음을 쉬는 피난처가 되었다.

여상 출신이라는 콤플렉스로 나는 항상 배움의 갈증을 느꼈다. 신앙교육원에서 4년 공부한 경험은 배움의 갈증을 해소하는 데 많은 도움을 주었다. 정규 과정의 대학 졸업장에 대한 강박관념에서 놓여나게 되었다. 십 년 넘게 예비신자 교리를 하면서 만나는 사람들 중에는 변호사도 박사도 있었다. 성경에 해박한 지식을 가지고 있는 사람도 있었다. 개신교에서 오래도록 신앙생활을 하신 분도 있었다. 그분들과의 만남을 통해 나는 많은 삶의 지혜를 얻었고,

콤플렉스는 누구에게나 있다는 것 또한 알았다. 예비신자와의 만남을 통해 소통하고 교류하면서 나의 가치를 인정받을 수 있었다. 그러면서 나 자신에 대한 자신감도 생겨났다. 내가 만약 여상 출신이라는 콤플렉스에 사로잡혀 있었다면 변호사나 박사 앞에서 주눅이 들어 교리봉사를 하지 못했을 것이다.

지금 생각해보면 은행에 들어갔을 때 돈을 모아 퇴직하고, 대학에 갔으면 되는 일인데, 왜 그런 생각조차 하지 못했을까? 콤플렉스에만 매여 부모만 원망하고 현실에 안주한 것은 아닐까? 현재의 편안한 삶에 안주해 도전을 두려워한 것은 아닐까? 내 인생의 힘든 고비 때마다 나는 여상 출신이기 때문에 생긴 일이라고 원망했다. 그러나 사실은 꿈을 향한 도전을 하지 않고 콤플렉스 뒤에 숨어버린 것이다. 그 사실을 깨닫고 보니, 내 나이 어느 덧 예순이다. 콤플렉스는 누구에게나 있다. 나는 예순에 꿈을 향한 도전을 하려고 한다. 나는 오늘도 학벌 좋은 사람들을 만나러 도서관에 간다. 훌륭한 사람들, 아름다운 이야기가 나를 기다린다. 콤플렉스를 이겨낸 위인들, 전문 분야의 이야기, 건강, 상식, 트렌드, 인문고전 등 수많은 이야기가 나를 기다린다. 설레는 마음으로 오늘도 배움을 시작한다.

아이작 뉴턴(Isaac Newton)이 말했다. "내가 다른 사람보다 더 멀리 내다볼 수 있었던 것은 거인의 어깨 위에 서 있었기 때문이다."

열정은 어떤 시련도 이기는 힘이 있다

작은아들이 다섯 살이 되었다. 숫기가 없고 잔병치레를 하는 작은아들을 미술학원에 보내고 싶었다. 1995년생인 작은아들이 태어난 뒤 1997년 IMF 때 경매로 집이 넘어갔다. 한 달에 십만 원씩 내는 월세를 살고 있었으니 미술 학원비 오만 원은 그때 형편에는 무리였다. 그래도 나는 어떻게든 미술학원을 보내고 싶어 부업을 알아봤다.

친하게 지내는 동네 엄마의 소개로 휴대전화 고리를 만드는 일을 하기로 했다. 하나에 일 원씩 하는 그 일감으로 한 달에 오만 원은 벌 수 있을 거라고 생각하고 덜컥 미술학원에 등록했다. 작은아들은 평소에도 엄마와 떨어지는 것을 싫어해서 동네에서 별명이 껌딱지였다. 아니나 다를까 미술학원에 갈 시간만 되면 큰 눈에서 닭

똥 같은 눈물이 뚝뚝 떨어졌다. 그래도 어쩌랴, 이미 학원비는 냈고, 엎질러진 물이라 작은아들을 달래서 보낼 수밖에 없었다. 아침마다 한바탕 전쟁을 치르고 나면, 집안일은 미뤄두고 부업하기에 바빴다. 학원비를 꼭 벌어야 했기 때문이다. 동네 엄마들이 만나자고 하면 집으로 오라고 해서 내가 하는 부업을 함께하면서 이야기를 나눴다.

그렇게 몇 달이 흘렀다. 단순한 일을 싫어하는 내가 하기에 부업은 맞지 않았다. 똑같은 동작을 반복하고, 집 밖으로 나갈 수가 없는 부업을 하다 보니 어제가 오늘이고, 오늘이 내일인 하루하루에 싫증이 났다. 때마침 지인이 어린이 학습지와 책을 파는 데가 있는데 구경을 가자고 했다. 마침 큰아들의 학습지를 시작하려던 참이어서 잘됐다 싶은 생각에 따라나섰다.

구경을 간 사무실은 크고, 잘 차려입은 아줌마들로 붐볐다. 작은아들을 낳고 몇 년 동안 집에만 있다 나와 보니 신세계 같은 느낌이 들었다. 사무실 직원은 학습지를 그냥 구매하는 것보다 내가 직원으로 등록하고 교육을 받으면 싸게 구입할 수 있다고 했다. 나는 설명을 듣자마자 앞뒤 안 가리고 바로 직원으로 등록했다. 나는 성격이 급하다. 결정도 빠르다. 물건을 사러 가면 가게 주인들이 좋아한다. 물건을 오랫동안 고르지 않고 빨리 사서 나오기 때문이다.

퇴근해서 온 남편이 깜짝 놀랐다. 부업을 하던 기계가 없어졌기 때문이었다.

"나, 내일부터 학습지 회사에 출근해."

"그럼 부업은?"

"그만한다고 말했어."

내 성격을 아는 남편은 더는 물어보지 않았다. 은행을 퇴직한 지 7년 만에 직장에 출근하니 설렘에 가슴이 울렁거렸다. 아침조회를 하고 학습지와 전집 책에 대한 교육을 받았다. 평소에 책에 관심이 많았던 나는 설명하는 내용이 머리에 쏙쏙 들어오고 재미있었다. 영업 방법 등의 교육을 들을 때는 금방이라도 다 팔아치울 것 같은 마음이 들었다. 대책 없는 자신감에 흥분되었다.

그런데 막상 같은 아파트에 사는 아랫집, 윗집 엄마들에게 학습지를 팔고 나니, 더는 팔 곳이 없었다. 하늘을 찌를 것 같은 자신감은 온데간데없어졌다. 실적이 없으니 출근해도 신나지가 않았다. 어느 날 같은 아파트 1층에 사는 엄마가 자기 반 학부모가 교육에 관심이 많다고 가보자고 했다. 방문한 집의 학부모는 우리의 방문을 반겨줬고, 학습지와 전집에도 관심을 보였다. 심지어 예쁘고 말도 잘했다. 나는 사무실로 초대해서 우리와 같이 일하자고 했고, 그 예쁜 엄마는 흔쾌히 수락했다. 나는 천군만마를 얻은 것 같았다. 혼자서는 선뜻 나서지 못했던 가두판매도 시작했다. 대형마트 앞이나 학교 앞에서 파라솔을 펴고 영업을 시작했다. 가두판매대에서 받은 인적사항을 가지고 집집마다 방문해 학습지와 책을 팔았다. 어느 날은 무작위로 초인종을 눌러 상담하고, 학습지를 팔기도 했다. 실적이 잘 나오자 일하는 게 재미있었다.

한루는 상담 약속을 잡아둔 날, 작은아들이 열이 나서 유치원도 못 가고 앓아누웠다. 상담을 포기할 수 없어 아픈 작은아들에게 약을 먹이고 집을 나섰다. 그러나 상담 내내 아픈 아들이 걱정되서 상담을 어떻게 진행했는지 기억이 나지 않을 정도였다. 아픈 아들을 돌보지도 못하고 밥벌이를 해야 한다는 생각에 집으로 돌아오는 길에 눈물이 났다.

한번은 상담하러 나가면서 가스렌지 불을 끄지 않고 나가서 불을 낼 뻔하기도 했다. 그나마 두꺼운 솥에 행주를 삶으려고 약한 불을 켜놓고 나가서 다행히도 불이 나지 않았다. 그 사건 이후로 나는 '불 조심' 포스터를 그려 현관문에 붙여놓고 집을 나갈 때마다 확인하는 습관이 생겼다.

어느덧 일을 시작한 지 3년이 흘러, 나와 같이 일하는 사람도 늘어나 본부를 차릴 수 있었다. 본부장이라는 직함을 갖게 되니, 차가 필요해졌다. 그런데 나는 운전면허가 없었다. 내가 가장 무서워하는 것이 운전과 물이었다. 그래서 수영도 안 하고, 운전면허도 따지 않았다. 나는 울며 겨자 먹기로 운전면허를 땄고, 면허증이 나오자마자 차를 계약했다. 죽기보다 싫었던 운전을, 그것도 직원까지 태우고 하게 될 줄이야! 열정은 어떤 시련도 이겨낸다는 것을 그때 알았다.

나는 기계치다. 나에게 좋은 휴대전화, 좋은 자동차는 필요가 없다. 왜냐하면 쓸 줄을 모른다. 기계에 관심이 없다 보니, 아무리 좋은 휴대전화도 전화를 걸고 받고, 문자를 주고받는 정도다. 자동차도 마찬가지다. 시동을 걸어서 타고 다니고, 비가 오면 와이퍼를 켜는 정도는 할 줄 안다. 워낙 기계에 대한 호기심이 없으니 기계치를 벗어날 수가 없다.

그런 내가 처음 운전하는 날, 걱정이 된 남편은 주차장 앞에서 나를 기다리고 있었다. 남편은 나를 보고 반가워하기는커녕 버럭 화를 냈다. 사이드 미러도 접혀 있고, 라이트도 켜지 않은 내 차가 주차장으로 들어서는 것을 보고 기가 막혔던 것이다.

"이렇게 하고 와도 앞이 보여? 옆 차선은 어떻게 넘어 다녔어?"

"환하던데? 차선 변경 없이 한 차선으로만 쭉 왔는데?"

나는 뭐가 잘못된지 몰랐다. 시내에서 운전을 하고 오니 어둡지가 않아 내 차 라이트가 꺼진 것도 몰랐다. 이렇게 우여곡절 끝에 배운 운전 덕분에 지금은 아픈 엄마를 모시고 잘 다닌다. 엄마는 딸이 운전해서 편하고, 좋다고 하신다. 좋아하는 엄마를 보니 그때 용기를 내서 운전하기를 잘했다는 생각이 든다.

본부장이 되면 신입 직원 교육을 맡아 학습지 및 전집에 대한 교육을 해야 했다. 그날 아침에도 어김없이 교육을 마치고 나왔는데, 휴대전화에 남편 이름으로 부재중 전화가 여러 통 와 있었다. 무슨 일인가 걱정되어 전화를 걸었다. 남편은 작은아들이 등교 때 타는 학원 차를 놓쳐서 걸어가야 하는데 학교를 못 찾겠다고 울면서 전화가 왔다는 것이다. 그날은 작은아들이 초등학교에 입학한 지 삼 일째 되는 날이었다.

작은아들이 다니는 초등학교는 집에서 1km 정도 떨어져 있고, 6차선 도로의 건널목도 있었다. 나는 등하교 길이 위험하다고 생각되어 작은아들을 학원 차로 등하교시키고 있었다. 아차 싶었다. 학원 차가 안 오거나, 놓쳤을 때 혼자서 걸어가는 길을 알려줬어야 했는데 그러지 못했고, 한 번도 학교까지 걸어가보지 않았던 것이다. 울면서 전화했을 작은아들을 생각하니 왈칵 눈물이 솟았다. 아이를 찾아 집으로 가야 하나? 학교로 가야 하나? 이런저런 생각을 하고 있는데, 지나가는 사람에게 물어봐서 아이가 학교에 잘 도착했다는 전화를 받았다. 퇴근해서 집에서 만난 작은아들은 아무 일도 없었다는 듯이 반갑게 나를 맞아주었다. 그러나 나는 지금도 그때를 생각하면 콧등이 시큰해지고 가슴이 아파온다.

열심히 책을 팔고 직원 수가 늘어나면서 수입도 늘었다. 물론 우리 집 책장의 책도 늘어났다. 내가 어릴 적 갖고 싶었던 책에 대한 한을 아이들에게 책을 사주며 풀었는지도 모른다. 새 책이 들어오면 밥을 하는 것도 잊은 채 두 아들과 책을 읽었다.

내가 다니던 학습지 회사는 건강 렌탈 사업을 추가해 사업을 확장해나가기 시작했다. 처음 하는 사업에 프로모션으로 단기간에 목표를 달성하면 일본 3박 4일 여행권을 받을 수 있는 기회가 있었다. 우리 본부는 팀원이 단합해서 단기간에 목표를 달성했다. 나는 팀원들 덕분에 2003년 처음으로 해외여행을 하는 기회를 얻었다. 1988년 결혼할 당시만 해도 해외여행을 하려면 모든 국민이 허가를 받아야만 할 수 있었고, 자유총연맹의 반공교육을 이수해야 그 허가를 받을 수 있었다. 허가를 받은 후에는 여권을 만들 수 있었는데, 관광이 가능한 나이는 40세 이후부터였다. 1989년에야 관광목적 출국의 허용 연령 기준이 철폐되면서 해외여행 자유화가 전면적으로 이루어졌다. 나는 신혼여행 때도 못 가본 해외여행을 내가 이룬 실적으로 가게 되어서 뛸 듯이 기뻤다.

나는 책을 팔기 위해서 옷을 단정하게 차려입었다. 그리고 필요한 사람에게 맞는 책을 권했다. 내가 추천한 학습지를 하고 있는 아이들의 실력이 늘면, 보람을 느꼈다. 나는 내가 파는 책이 아이의 미래가 되고, 나라의 인재를 양성하는 일이라는 자부심이 생겼다. 나를 만나는 사람들은 종종 내가 퇴직한 선생님인 줄 안다. '향을 싼 종이에서는 향내가 나고, 생선을 싼 종이에서는 생선 비린내가 난다'는 말이 있다. 비록 경매로 집을 잃고, 빚더미에 앉은 시련 속에서도 열정을 가지고 열심히 해나간 일은 내게 살아갈 희망과 기쁨을 주었다.

타인에 대한 원망으로 인생을 낭비하지 말자

"ADHD입니다."

의사 선생님 말씀에 나는 다리가 풀렸다. 성모병원의 소아정신과에서 'ADHD(주의력결핍 과잉행동장애)'라고 할 때도 믿을 수가 없어서 서울대 병원을 찾았고, 정확한 검사를 위해 MRI 검사를 받았다. 결과는 마찬가지였다. '동석이가 ADHD라니? 그럼 태어날 때 산부인과의 분만 과정에서 뭔가 잘못된 걸까?'

큰아들 동석이는 1988년생이다. 1988년 3월에 결혼해서 허니문 베이비로 12월에 태어났다. 나는 결혼해서는 서울 노원구의 석계역 앞에 살았고, 친정은 인천이었다. 아기를 낳으면 친정에서 산후조리를 하려고 정기검진을 인천의 산부인과로 다녔다. 나는 임신이 처음이고, 스물다섯 살 나이에 산부인과도 처음이라 병원 선택의 중요성을 잘 몰랐다. 그냥 친정집에서 가까운 오래된 개인병원으로 다녔다. 그 병원은 아기가 막달이 되도록 내진만 했고, 초음파 검사는 한 번도 하지 않았다.

예정일보다 빨리 진통이 와서 엄마랑 병원을 찾았다. 뒤통수를 보이고 나와야 하는 아기가 얼굴을 들고 나오려니 난산이었다. 아무리 힘을 줘도 아기가 나오지 않았다. 그러자 간호사가 배 위에 손을 얹어 밀고, 밑으로는 기계로 끄집어내어 어렵게 자연분만을 했다.

아기는 지쳤는지 나와서 첫울음을 터트리지 않았다. 병원의 조치로 시간이 흐른 후에 울음을 터트렸다. 나는 너무 지쳐서 아기의 상태를 알지 못했다. 아기와 나는 병실로 옮겨졌다. 35년 전 개인병원은 막 태어난 아기가 엄마와 같은 병실에 있었다. 아기는 "응애응애" 울지 않고 끙끙 앓았다. 잠시 후 우리 병실을 방문한 의사는 나중에 큰 병원에 가서 머리 검사를 해보라는 말을 남기고 떠났다. 나는 난산으로 지쳐서 의사의 말을 잊어버렸다.

한 달간의 산후조리를 끝내고 집으로 돌아왔다. 한 달이 지났어도 동석이 머리 한가운데는 피부가 벗겨졌던 흔적인 붉은 반점이 그대로 남아 있었다. 일흔두 살에 손주를 보신 어머니는 동석이를 지극정성 신줏단지 모시듯 돌보아주셨다. 동석이는 어머니의 정성으로 무럭무럭 자랐다. 먹성이 좋은 동석이는 이유식을 잘 받아 먹었고, 어머니는 이유식 만드는 재미에 푹 빠지셨다. 아이는 우량아

선발대회에 나가도 될 정도로 발육이 좋았다.

발육에 비해 동석이는 말이 늦었다. 30개월이 넘어서야 말문이 트였다. 말문이 트이더니, 세 돌이 지나 한글을 읽었다. 특별히 가르치지도 않았는데, 책을 장난감 삼아 잘 놀았다. 뿐만 아니라 숫자도 알아 동네에 주차된 차 번호를 읽고 다녔다. 어머니는 성당 반 모임에 동석이를 데리고 다니셨다. 동석이는 성가 책의 번호도 잘 찾고, 할머니를 따라 기도도 잘해서 반 모임에서 귀여움을 독차지했다. 동석이가 워낙 잘 먹어서 예쁜데, 책까지 줄줄 읽으니 어머니는 천하를 얻은 듯 기뻐하셨다.

나는 은행에 출근했고, 저녁 늦게 돌아와 잠들기 전까지 동석이와 지내는 시간이 짧았다. 휴일에 친구들이 놀러 오면 동석이는 친구에게 장난감을 모두 주고, 혼자 책을 보곤 했다. 나는 외아들로 커서 그런가 보다 하고 별로 이상하게 생각하지 않았다. 아이가 여섯 살이 되어 유치원을 다니기 시작했고, 유치원 재롱잔치 때 친구들은 앞을 보고 무용을 하는데, 동석이는 집중하지 않고 뒤에서 딴 짓을 했다. 그때도 단체 생활이 처음이라서 그렇겠지 하고 생각했다.

초등학교에 입학했을 때, 동석이는 1학년 중에서 제일 컸다. 같은 반 친구들이 툭툭 치면서 괴롭혀도 같이 때리거나 하지 말라고 말하지 않았다. 동석이가 학교에서 울며 돌아오면 나는 막 태어난 둘째 동준이를 들쳐 업고 때린 아이를 찾아다녔다. 그때도 동석이가 순해서 그렇다고 생각했다. 2학년때 담임 선생님은 동석이가 또래에 비해 지적 능력이 뛰어나다고 월반을 시키라고 하셨다. 남편과 나는 동석이가 지적 능력에 비해 사회성이 부족하다고 느껴서 선생님의 월반 의견에 반대했다. 그런 동석이는 5학년 때 이미 이문열의 ≪삼국지≫를 열 번 이상 읽었고, 역사와 세계사에 해박한 지식을 갖게 되었다.

동석이는 천주교의 유아세례를 받았고, 주일학교에 다녔다. 그런데 주일학교에 가기만 하면 벌을 섰다. 교리와 미사 시간을 합쳐 2시간이 넘게 걸리는데, 집중하는 것을 매우 힘들어했다. 매주 벌을 서도 매주 주일학교에 보냈다.

동석이는 고학년이 되자 수학 성적이 떨어지기 시작했다. 내가 끼고 가르치니 야단만 치게 되고 관계만 나빠져서 과외를 시키게 되었다. 월세 사는 형편에 과외는 무리였지만 여상 나온 나로서는 학벌 콤플렉스를 아들에게 물려줄 수 없다는 마음이 강했기 때문에 과외를 시켰던 것이다. 수학 과외를 해주시던 선생님은 동석이가 다른 애들과 다른 것 같으니 병원에 가보라고 권했다. 나는 과외 선생님이 실력이 없으면 실력이 없다고 할 것이지 애꿎은 우리 아들을 이상하다고 말하나 싶어 기분이 나빴다.

6학년이 되니 아이에게서 틱 증상이 나타났다. 킁킁 소리를 내며 기침을 규칙적으로 하기 시작했다. 나는 그때도 학업 스트레스이거나 청소년기 잠시 나타나는 틱 증상으로만 생각했다. 틱 증상을 염려하면서도 좋은 대학에 가려면 수학을 잘해야 한다는 생각에 종합학원에서 수학을 배우게 했고, 과외로 수학을 더 가르쳤다. 학업 스트레스가 심해진 동석이는 음성 틱과 운동 틱이 한꺼번에 나타나는 뚜렛 증후군이 나타났다.

나는 더는 안 되겠다 싶어 성모병원의 소아정신과를 찾았다. 몇 가지 검사를 하고 ADHD 판정을 받았다. 아무 생각이 나지 않았다. 20년 전만 해도 ADHD란 병명이 잘 알려지지 않았고, 환자도 많지 않았다.

나는 어디서부터 잘못된 것일까? 곰곰이 생각해봤다. 그때 문득 태어난 날 산부인과 의사 선생님이 큰 병원에 가서 머리 검사를 해보라고 한 말이 생각났다. 이렇게 중요한 말을 왜 잊어버리고 살았나? 왜 이제야 생각이 났을까? 왜 하필 그 산부인과를 갔을까? 하는 생각이 들면서 병원이 원망스러웠고, 산부인과 의사 선생님이 원망스러웠다.

큰 병원에 다녔다면 무리하게 자연분만을 하지 않고 제왕절개 수술로 우리 동석이가 안전하게 태어났을 텐데 하고 생각하니, 동석이한테 미안한 마음이 들었다. 엄마를 잘못 만나 우리 아들이 고생을 하는구나 하는 생각이 들었다. 병원에서 집으로 돌아오는 버스에서 동석이의 손을 잡고 나는 다짐했다. '엄마의 목숨이 다할 때까지 너를 지켜주겠다'고.

중학교에 진학한 동석이는 ADHD 약을 먹으면서 수업 중에 잠을 자는 시간이 많아졌다. 과잉행동을 줄여주는 대신 약의 부작용으로 피로감과 졸린 증상이 나타났다. 나는 학년이 바뀔 때마다 담임 선생님을 찾아가서 동석이의 상태를 설명드리고 수업 중에 자더라도 이해해달라고 부탁을 드렸다. 요즘에는 ADHD 약이 일명 '공부 잘하는 약'으로 소문이 나서 환자가 아닌데도 약을 먹는다는 뉴스를 보고 깜짝 놀란 기억이 있다.

나는 처음 동석이가 ADHD 판정을 받았을 때 서점으로 달려가 ADHD 관련 책들을 사 보았다. 책을 읽고 가장 걱정된 것이 방치된 ADHD 환자가 범죄라는 극단적 양상으로 나타날 수 있다는 내용이었다. 소년원에 수감된 죄수 중에 ADHD 환자의 비중이 높다는 사실에 두려운 마음도 들었다. 그러나 다행히 동석이는 온순했다. 덩치는 반에서 제일 큰데, 또래의 정서를 따라가지 못해서 사춘기를 겪고 있는 중학생들한테는 괴롭힘의 대상이 되었다. 나는 동석이가 학교에서 돌아오면 얼굴빛부터 살피고 무슨 일이 있었는지 캐물었다. 괴롭히는 아이가 있으면 학원으로 집으로 찾아다니며 엄포를 놓았다. 동석이에게도 힘들면 학교에 가지 않아도 된다고 했다. 대안학교에 가면 된다고 아이를 늘 안심시켰다.

그렇게 힘들었던 중학교 3년을 무사히 마쳤다. 고등학교에 진학할 때 동석이는 학업에 대한 흥미를 모두 잃어버렸다. 동석이는 컴퓨터 관련 실업계 고등학교에 보내달라고 했다. 나는 고민이 되었다. 고등학교에 가서는 공부를 안 해도 되고, 하고 싶은 것을 하면 되지만 그래도 인문계에 가야 한다고 말했다. 나는 동석이가 실업계 고등학교에 가면 아이들이 더 괴롭힐 것 같은 생각이 들었다. 마음 밑바닥에는 혹시라도 대학에 가고 싶어졌을 때를 대비해 공부를 해둬야 한다고 생각했는지도 모른다. 또한 아이가 아파도 엄마의 욕심은 아이를 위해서라는 허울로 아이를 괴롭히고 있었는지 모른다. 순하고 착한 동석이는 엄마의 마음을 헤아려 인문계 고등학교에 진학했다.

ADHD는 부모로부터 유전될 확률이 60~80%고 외부적 환경 요인도 원인이 된다고 한다. 처음 ADHD 판정을 받았을 때 가장 먼저 동석이를 낳은 산부인과 병원과 의사를 원망했다. 그러나 그것도 잠시, 엄마인 내 자신이 가장 원망스러웠다. 준비도 없이 엄마가 되어 우리 동석이를 고생시키는구나 하는 생각에 죄책감에 빠졌다. 그러나 아이의 당면 문제를 해결해나가야 하니 마냥 죄책감에 허우적거리고 있을 수만은 없었다. 타인에 대한 원망으로 인생을 낭비하기에는 시간이 부족했다.

지나간 것은 지나간 대로 그런 의미가 있다

"엄마, 오늘 홍대에 갔다 올게요."

"그래. 몇 시에 오니?"

"전철 끊어지기 전에 올 거예요."

고등학교에 진학할 때 한 약속을 지키기 위해 홍대에 놀러 가는 동석이를 잘 갔다 오라고 배웅했다. 동석이는 쿵쿵거리며 기침을 하고, 머리를 흔드는 등 두 개 이상의 틱 증상을 보였다. 모르는 사람이 보면 뇌전증으로 오해하기 쉬웠다. 이런 심한 틱 증상도 동석이가 좋아하는 일을 할 때는 나타나지 않았다. 한번은 온 가족이 뮤지컬을 보러 갔는데 기침을 하거나 불편해하지 않고 약 2시간 동안 잘 보았다. 그런 동석이를 위해 온 가족이 영화관에 자주 갔다. 공부를 안 해도 좋다고 약속하고 인문계 고등학교에 진학했으니 약속을 지켜야 했다. 동석이는 좋아하는 음악을 듣고, 노래를 부르기 위해 홍대에 나가는 길이었다. 그렇게 홍대에서 실컷 놀고 오면 틱 증상이 좋아졌다.

동석이는 헤비메탈이나 록 음악을 좋아했다. 한번은 크라잉넛의 〈말달리자〉라는 노래를 좋아해서 내가 외출하고 없을 때 육중한 몸으로 땀을 뻘뻘 흘리면서 한 시간 넘게 노래를 부르고 있었다고 한다. 위층에서 참다못해 내려와 시끄럽다고 해서 노래를 멈추었다고 한다.

20년 전 홍대에는 인디밴드들의 공연이 자주 있었고, 동석이는 노브레인의 광팬이었다. 관객석에서 큰 목소리로 따라 부르고 흥을 돋우니 노브레인의 멤버들이 동석이의 존재를 알았다고 한다. 노브레인의 공연 중에 무대에 같이 올라 노래도 부를 정도로 친하게 되었다. 홍대에 가는 동석이가 걱정은 됐지만 겉으로 내색하지 않았다. 나는 동석이의 착한 성품을 믿었기 때문에 걱정보다는 격려를 했다.

고등학교 입학식을 하고 나는 담임 선생님을 찾아가 동석이의 건강 상태를 말씀드리고, 양해를 구했다. 담임 선생님은 같은 반 아이들이 동석이를 이해할 수 있도록 잘 이야기해주셨다. 그 당시에는 야간자율학습은 무조건 참가해야 했기에 나는 야간자율학습을 대체하기 위해 동석이를 요리학원에 보냈다. 한편으로는 조리사 자격증을 따게 해서 전문대학이라도 보내야겠다는 희망으로 요리학원에 보냈던 것이다. 동석이는 평소에 음식에 관심이 많고, 먹는 것을 좋아하니, 요리학원에 다니는 것을 좋아했다.

동석이는 요리학원에서 만든 것을 집으로 가져와서 먹어보라고 했다. 자신이 만든 요리에 만족스러워했다. 하루는 매잡과를 만들어 야간자율학습을 하는 친구들에게 가져다준 적도 있었다. 친구들이 공부하기 얼마나 힘들겠냐며 동석이는 배시시 웃었다.

동석이는 요리학원에 일 년 정도 다녔지만 조리사 자격증을 따지 못했다. 조리사 시험은 맛은 물론 모양과 정해진 길이를 맞춰야 하는데, 동석이에게는 그것이 불가능했다. 요리학원을 그만둔 후 동석이에게 무엇을 하고 싶은지 물었다. 동석이는 일본어 학원을 다니겠다고 했다. 동석이는 일곱 살 때 마리오 게임을 좋아했는데, 그 마리오 게임이 끝나면 나오는 일본어 자막이 무슨 내용인지 궁금해 했다. 그때부터 일본어에 관심을 보였고, 기초적인 단어는 알고 있었다. 동석이는 야간자율학습을 대체하기 위해 노원에 있는 일본어 학원에 다니기 시작했다.

동석이는 말은 늦었지만 기억력이 좋고 언어 능력이 뛰어났다. 일본어 학원에 흥미를 느끼고 열심히 했다. 고등학교 3학년 여름방학 때 동석이는 "엄마, 나 대학에 갈래"라고 말해서 기쁘면서도 걱정이 되었다. 의욕이 생긴 것은 기쁘지만 고등학교 3년 내내 홍대에서 놀고 수능 공부를 하지 않았던 동석이가 수능 시험을 본 뒤 실망할 생각을 하니 걱정이 되었던 것이다. 나는 담임 선생님께 의논

해보라고 했고, 넉살 좋은 동석이는 선생님을 찾아가 말씀드렸더니 빙그레 웃으시며, 문제집을 주시고 열심히 하라고 말씀하셨다고 했다. 동석이는 한 달 동안 사회탐구만 공부해서 서일대학교의 일어과 야간에 입학했다.

나는 야간이어도 좋았다. 동석이가 뭔가를 이뤘다는 게 기특하고 또 기특했다. 동석이는 ADHD 약을 먹은 지 6년 만에 틱 증상이 없어져서 약을 끊게 되었다. 나는 기쁨의 눈물이 났다. 세상을 다 얻은 것만 같았다. 길에 나가 덩실덩실 춤이라도 추고 싶었다.

동석이는 성격이 좋다. 초등학교에 다닐 때, 추운 겨울 집에 오는 길에 포장마차가 보이면 다음에 사 먹겠다고 하고 어묵 국물을 얻어먹었다고 한다. 그 이야기만 들어도 나는 얼굴이 달아올랐다. 고등학교 때는 급식실 조리사님들이 남은 우유를 동석이에게 챙겨주기도 했다고 한다. 한번은 작은아들 동준이와 야구장에 갔는데 동준이가 "엄마, 나 형 때문에 창피했어"라고 말했다. 이유인즉슨 야구를 좋아하는 동석이가 야구장 문화에 흠뻑 빠져서는 같은 팀을 응원하는 옆의 아저씨와 어깨동무를 하고 응원가를 부르며, 아저씨가 주는 김밥도 맛있게 먹었다는 것이다. 내성적인 동준이가 볼 때는 엄청난 문화 충격이었던 모양이다.

고등학교 때는 동석이가 선생님을 찾아가 우리 집 형편이 어려우니 급식비를 면제해달라고 했다고 한다. 물론 면제를 받지는 못했지만, 다른 아이들 같으면 창피해서 말도 안 할 텐데 아빠를 닮아서 순진한 건지, 넉살이 좋은 건지, 알 수가 없다.

동석이는 대학교 1학년을 다닌 후 휴학을 하고 병역판정검사를 받았고, 국유림 사업소에 공익요원으로 배치를 받았다. 주로 산불감시 업무를 맡았고, 산에 일하러 오는 아저씨들과도 잘 지내서 토종닭볶음탕을 자주 얻어먹곤 했다. 그 덕분에 나는 동석이의 도시락 싸는 날이 줄어서 좋았다. 공익요원 근무 중에 일본어능력시험인 JLPT의 1급을 땄다. 공익요원이 끝난 후 동석이는 일본으로 유학을 가고 싶다고 했다. 남편은 반대했다. 빚더미에 올라앉아 유학보낼 형편도 안 되고, 동석이가 혼자 생활할 수 없다고 판단했기 때문이다. 그러나 나는 동석이가 할 수 있다고 생각했다. 빚은 당장 갚을 수도 없는데, 빚을 담보로 아들의 인생을 망가뜨리고 싶지 않았다. 남편의 단호한 태도에서 어릴 적 대학에(인문계 고등학교에) 보내주지 않았던 아버지의 얼굴이 겹쳐 보여서 더 화가 났다.

몇 날 며칠 남편과 말다툼을 했다. 동석이 학원비와 대학 등록금은 내가 책임질 테니 유학 가는 것만 허락하라고 종주먹을 댔다. 동석이가 ADHD 판정을 받던 날 내 목숨이 다할 때까지 동석이를 지켜주겠다던 다짐을 지키고 싶었다. 그래서 남편을 설득해서 동석이를 종로에 있는 유학원에 보냈다. 동석이는 EJU 유학시험에 합격했고 야마나시현의 공립대학 쓰루문과대학에 입학했다.

동석이는 한 번도 외국에 가본 적이 없었다. 그런 동석이가 혼자

짐을 싸서 일본으로 갔다. 스스로 자취방을 구하고 아르바이트를 구했다. 대학 4년 내내 딱 한 번만 장학금을 놓치고 전부 장학금을 받아 졸업했다. 집에서 보내주는 생활비가 모자라서 학기 중에는 학교 앞 술집에서 튀김을 튀기고, 방학하면 돈을 많이 주는 호텔 연회장에서 일했다. 그때 기름에 데인 상처가 아직도 남아 있다.

동석이는 고기가 먹고 싶을 때는 학교 친구들을 불러 회비를 걸어 한국 요리를 선보였다고 한다. 일본 친구들은 동석이의 요리를 좋아했다고 한다. 고등학교 때 요리학원에 다녔던 게 도움이 많이 됐다고 한다. 지역에서 하는 요리 봉사도 빠짐없이 참석해서 국위 선양 및 한 끼 식사도 해결했다고 한다. 동석이가 일본 대학생활 중 가장 기억에 남는 것은 야마나시 지역 신문에 인터뷰가 실린 일이다. 기자는 동석이에게 한일 관계에 대한 의견을 물어봤는데, 동석이는 일본의 진정한 사과가 가장 중요하다고 답변했다고 한다. 한일 관계로 시끄러운 요즘 그때 인터뷰 내용이 더욱 생각난다. 동석이가 혼자서 무사히 일본에서의 대학생활 4년을 마치는 것을 본 친척들은 동석이는 어디 데려다 놔둬 살아 남을 거라고, 이제는 안심해도 되겠다고 말씀하셨다.

동석이는 일본에서 대학을 졸업하고 한국에 들어와 쇼핑몰에 취직했고, 두 번의 이직을 거쳐 지금은 컴퓨터 보안전문업체에 다니고 있다. 수학은 초등학교 3학년 때 책을 덮어버렸는데, 해커 수준의 개발자들과 같이 근무한다는 게 믿어지지가 않는다. 물론 동석이는 프로그램 개발자는 아니고 개발된 프로그램을 일본 회사와 연결하는 일을 하고 있다.

어엿한 사회인으로 한자리를 차지한 동석이가 자랑스럽다. ADHD라는 콤플렉스를 이겨내고 하고 싶은 공부를 해서 공부한 것을 밥벌이 수단으로 사용하니, 이 어찌 고맙지 않은가? 검사, 의사도 아닌데 뭐가 대단하냐고 말하는 사람이 있을지도 모르겠다. 그러나 나는 동석이가 건강하게 내 옆에 있다는 것만으로도 고마워서 눈물이 난다.

한때는 동석이의 제도권 교육을 포기해야 하는가를 고민한 적도 있다. 틱이 심할 때는 대중교통을 이용하지 못할 때도 있었다. 아이들이 괴롭힐 때는 가슴이 미어지게 아팠던 적도 있었다. 동석이는 그런저런 세월을 잘 이겨내 내가 기대도 될 큰 나무가 되어 내 옆에 버티고 서 있다. 그런 아들이 만든 그늘이 시원하고 참 좋다.

요즘 동석이는 직장이 멀어서 직장 근처로 방을 얻어서 나갔다. 아직도 나는 습관처럼 가족 단톡방에 저녁이면 오늘 하루도 별일 없이 잘 지냈는지 묻는다. 금요일이면 동석이가 퇴근해서 집으로 온다. 나는 동석이 얼굴빛을 살피며 마음 상태를 들여다볼 것이다. 동석이가 약속이 없는 날은 남편과 저녁을 함께 먹으며 소주잔을 기울인다. 남편은 평소에는 아들이 소용없다고 툴툴대다가도 동석이가 오면 술 친구가 생겼다고 신이 난다. 남편은 동석이와 술 한잔 하는 날을 좋아한다. 어느덧 동석이도 삼십 대 중반, 남편과 동석이는 세상 돌아가는 이야기를 안주 삼아 티격태격할 것이다. 나는 아버지를 친구처럼 생각하고, 자신의 속내를 드러내 보여주는 동석이가 고맙고 사랑스럽다. 취기 오른 남편에게 내가 좋아하는 노래를 불러달라고 해야겠다.

지나간 것은 지나간 대로 그런 의미가 있죠. 우리 다 함께 노래합시다. 후회 없이 꿈을 꾸었다 말해요.

시련 속에서도 희망의 별을 찾아내자

잠에서 깬 남편이 말했다.

"꿈에서 미카엘 형제님을 봤어."

"모습이 어땠어?"

"응, 좋아 보였어."

"그래, 다행이다. 천국에 가셨나 보다. 어머니 산소에 갈 때 미카엘 형제님의 납골당에도 들러보자."

어머니의 산소와 미카엘 형제님의 납골당은 같은 곳에 있다. 우리 부부와 미카엘 형제님은 성당에서 15년 전에 만났다. 그날도 점심 약속이 있었다. 아침에 전화벨이 울렸다.

"헬레나, 놀라지 마! 미카엘 형제님이 사고로 돌아가셨대!"

"네? 뭐라구요? 정말요?"

나는 전화를 끊고 멍하니 눈물만 흘렸다. 미카엘 형제님과 나는 10년 가까이 일주일에 두세 번 성당에서 만났다. 우리는 성당에 처음 찾아와 세례를 받고 싶어 하는 사람들에게 교리봉사를 하고 있었다. 주말부부를 하고 있던 당시, 남편과 이야기하는 시간보다 미카엘 형제님과 이야기하는 시간이 더 많았다.

미카엘 형제님은 신앙심이 깊고 성실했다. 건물관리소장으로 일하면서도 퇴근길에 성당에 들러 저녁 미사를 꼭 드렸다. 항상 성당의 같은 자리에 앉아 기도하고 계셨다.

나는 한동안 미카엘 형제님의 갑작스러운 죽음을 받아들이지 못하고 힘들어 했다. 친하기는 해도 사석에서 자주 만나지는 않았고, 가정 대소사를 다 챙긴 것도 아니었다. 그런데 왜 이렇게 힘든지 알 수 없었다. 나는 나의 감정이 왜 그런지 곰곰이 생각해봤다. 건강했던 사람이 하루아침에 인사도 없이 사라지다니, 나도 준비 없이 삶을 마감할 수 있겠구나 하는 마음에 남의 일이 아니라는 생각이 들었다. 여기까지 생각이 미치자 나는 출근하면 항상 책상 정리를 하고, 미뤄뒀던 서류들을 정리하면서 버려야 할 것들을 버리기 시작했다. 평소 나는 정리정돈을 잘하지 못해서 항상 주변 정리가 안 되어 있었다. 핑계를 대자면 아버지가 딸은 시집가면 평생 손에 물 묻히고 일한다고 아무것도 하지 못하게 하셨기 때문이다. 공부하다 책상도 어질러놓고 학교에 가면 아버지가 깨끗하게 정리해주시고 저녁이면 아랫목에 이불을 깔아 따뜻하게 데워놓으셨다.

세 살 버릇 여든 간다고 예순이 된 지금도 정리정돈을 하려면 어지럽고 머리가 아파서 엄두가 안 난다. 한번은 출근해야 하는데 현관 열쇠를 못 찾아 문을 잠그지 않고 출근했다. 문이 열려 있어서 도둑이 들면 어쩌나 하는 걱정보다, 집안이 정리가 안 되어 있어 어지러운데 누가 들어왔다 흉보면 어쩌나가 더 걱정될 정도였다.

미카엘 형제님의 부재로 인해 어지러웠던 마음은 어느 정도 시간이 흐르자 진정됐다. 갑자기 죽음이 찾아오더라도 기꺼이 맞을 수 있도록 하루하루 후회 없는 삶을 살아야겠다는 생각이 들었다. 그럼 나는 어떻게 살아야 할까? 나는 무얼 하고 싶은가? 20년째 빚더미에 앉아 아등바등 살고 있는데 내가 무얼 할 수 있을까?

나는 요양원 사회복지사로 7년째 근무 중이었다. IMF 이후로 빚 청산을 위해 노력하고 있었지만 남편의 거듭되는 사업 실패로 빚은 줄어들지 않았다. 그나마 다행인 것은 20년째 빚을 갚고 있어도 나는 항상 씩씩했다. 3일만 지나면 어떤 나쁜 감정도 잊어버리는 성격 덕분이었다. 그래서 남들은 내가 빚더미에 앉아 있는 줄 몰랐다.

나는 요양원에서 같이 근무하다 퇴직한 사람들과 모임을 만들었다. 요양보호사, 간호조무사, 사회복지사, 간호사들로 이루어진 우리 모임의 사람들은 판사, 검사는 아니어도 다들 국가 자격증을 가진 '사' 집단이었다.

모임 이름은 '우리 편'이었다. 어릴 때 동네 골목길에서 편을 갈라 니 편 내 편 하던 향수가 묻어나는 이름으로 '우리 편'이라고 이름을 짓고, 우리끼리도 많이 웃었다. 모임을 하러 가는 날이면 남편은 "니네 편 만나니?"라고 물어본다. '우리 편'이라는 좋은 이름을 놔두고 '니네 편'이라니, 남편은 갱년기 아줌마들의 활발한 모임 활동을 샘내곤 했다.

'우리 편' 모임의 구성원은 50대 후반에서 60대 초반의 아줌마들이었다. 중년 여성의 삶에 대해 같은 고민을 가지고 있기에 늘 말이 잘 통했다. 나는 미카엘 형제님의 갑작스러운 죽음을 통해 겪게 된 일련의 과정들을 모임에서 이야기했다. 안 그래도 중년의 건강 문제, 노년의 삶에 대해 고민이 많았던 차에 미카엘 형제님의 이야기는 우리의 삶을 돌아보는 계기가 되었다.

우리는 이제부터라도 하고 싶은 일을 하며 살기로 마음먹었다. 그래서 중년 아줌마들의 로망인 해외여행을 가기로 했다. 우리는 꼬박꼬박 회비를 모았다. 나는 여행을 좋아한다. 여행을 가면 밥을 안 해도 되고, 가는 곳마다 대접을 받아서 좋다. 집에서는 밥 먹고 돌아서면 다음 끼니에 먹을 반찬 걱정을 해야 한다. 뿐만 아니라 식구들을 챙기다 보면 밥이 입으로 들어가는지 코로 들어가는지 모를 때가 많다. 식구들이 서로 맛있다고 잘 먹을 때는 흐뭇한 마음에 더 먹으라고 내 입에 넣기보다는 바라만 본다. 그런데 여행을 가면 나만을 위해 차려진 밥을 먹는다. 참고로 주부는 '남이 해준 밥'이 가장 맛있다. 중년 아줌마들이 좋아하는 패키지 여행은 호텔에서 주로 자니 청소할 걱정도 없다. 집에서처럼 남편, 아들을 진두지휘할 필요 없이 오롯이 쉴 수 있어서 좋다. 이처럼 여왕 대접을 받으니 여행이 좋을 수밖에 없다!

이렇게 의기투합한 우리들은 첫 번째 여행지로 대만을 선택했다. 의기투합은 했지만 각자 요양원의 사정이 있고, 연차가 있어도 마음 놓고 쓰기는 쉽지 않은 실정이었다. 요즘 탄력적으로 근무시간을 조정해 69시간을 근무하고 한 달씩 몰아서 휴가를 가라고 하는데, 우리처럼 요양원에 근무하는 사람들에게는 꿈 같은 이야기다.

우여곡절 끝에 12월에 대만으로 3박 4일 여행을 가게 됐다. 여섯 명 중에 두 명은 여권도 처음 만들었다. 여행 당일 우리의 설레는 마음도 몰라주고 눈이 내려 비행기는 2시간 연착됐다. 덕분에 배가 고팠던 우리는 기내식을 허겁지겁 맛있게 먹었다. 대만은 비행시간이 짧고, 음식이 맛있어서 다들 만족했다. 나는 저녁마다 그날의 기행문을 써서 '우리 편' 모임 밴드에 올렸다. 돌아서면 잊어버릴 나이도 됐고, 두고두고 우리의 추억을 이야기하고 싶었기 때문이다.

대만 여행을 다녀오고 난 후 다들 여행 가길 잘했다, 내 추진력 덕분에 빨리 잘 갔다 와서 고맙다고 했다. 무슨 일이든 첫 번째가 어렵지 두 번은 쉬운 법이다. 내친김에 우리는 일 년에 한 번씩 해외여행을 하기로 했다. 다음으로 선택한 곳은 여름에 가는 관계로 더위를 피해 블라디보스토크로 정했다. 러시아 항공기를 타고 가니 2시간 만에 빠르게 도착했다. 대만과 달리 외국에 온 것 같은 느낌이 좋았다. 그러나 관광이 활성화되지 않아서 그런지 러시아 사람들은 관광객을 대하는 태도가 퉁명스러웠다. 로망이었던 시베리아 횡단 열차를 타고 블라디보스토크에서 하바롭스크까지 12시간을 달렸다. 그러나 로망은 로망일 뿐, 한 칸에 4개의 침대가 있고, 2층에서 내려오려면 여간 불편한 게 아니었다. 여행 시간의 절감을 위해 저녁에 타서 아침에 도착하니 경치를 볼 수도 없었다. 게다가 나는 음식 먹은 게 체해서 밤새 고생했다. 밤새 화장실을 다니며 '집 나가면 개 고생'이라는 광고 카피가 생각났다. 가족들 놔두고 나 혼자 여행 왔다고 벌 받나 싶은 생각도 들었다. 그것도 잠시, 시베리아 횡단 열차에서 내리니 체기가 사라졌다. 남는 건 사진뿐이라는 생각에 연신 셔터를 누르며 여행의 즐거움을 만끽했다.

패키지 여행은 가이드를 잘 만나야 한다. 배경 지식이 많은 가이드를 만나면 덤으로 세계사 공부까지 한다. 블라디보스토크에서는 러시아에 공부하러 온 우리나라 유학생이 가이드를 맡았다. 해박한 지식으로 머리를 채워주더니 저렴한 값에 킹크랩과 곰새우도 먹을 수 있게 소개해주었다. 그리고 시베리아 횡단 열차가 우리나라까지 연결되어야 하는 이유를 힘주어 설명했다. 애국청년의 남다른 애국

심에 뭉클했다.

　우리는 가이드 청년이 아들 같은 마음이 들어 100달러의 용돈을 쥐어주고 왔다. 우크라이나와의 전쟁이 계속되고 있는 현재 상황에서 볼 때 그때의 블라디보스토크 여행 결정은 신의 한 수였다고 생각한다. 2020년의 여행 계획은 코로나로 취소되었다. 3년이 지나 2022년 겨울이 되어, 코로나 확진자의 수가 줄고 여행이 가능해지자 우리는 세 번째로 태국 4박 5일 여행을 계획했다.

　두 번 가본 경험으로 조금 비싸더라도 노 쇼핑 노 옵션을 선택했다. 가장 좋은 패키지를 선택한 우리는 코로나 동안 힘들었던 심신을 쉬기로 했다. 겨울에 선택한 여행은 출발 당일 또 눈이 왔다. 어김없이 비행기는 연착했다. 그래도 우리는 좋았다. 3년을 기다려온 여행인지라 다들 들떠 있었다.

　오리털 패딩을 입고 출국해서 방콕에 도착하니 기온은 33도, 체감 온도는 38도였다. 햇볕은 따가웠으나 그늘로 들어가면 시원했다. 습도가 낮아서 끈적거림이 없고 쾌적했다. 추위를 싫어하는 나는 겨울에 온 태국 여행이 참 좋았다. 가이드는 태국 현지에서 가족과 함께 살고 있는 분으로 경험이 많은 분이었다. 우리와 유머 코드가 잘 맞아서 재미있었고, 태국의 정치, 경제, 문화 이야기까지 하나도 버릴 것이 없이 들려주었다. 관광은 물론, 현지인들의 맛집에서 태국 음식을 맛볼 수 있게 해주었다. 동남아는 같은 문화권이라 그런지 음식이 맛있고 여행하기가 좋다. 그러나 향신료가 많이 들어간 음식은 잘 먹지 못했다. 행복했던 4박 5일의 일정을 끝내고 집으로 돌아왔다. 우리는 2년 뒤에 서유럽에 가기로 계획을 세웠다. 다리가 떨리면 다닐 수 없으니, 가슴이 떨릴 때 먼 곳으로 가자고 했다.

미카엘 형제님의 갑작스러운 죽음은 나의 삶의 방식을 바꿔놨다. 시련 속에서도 기쁨을 찾는 생활을 하려고 말이다. 남들은 빚더미에 앉아 있으면서 무슨 해외여행이냐고 할지 모르지만, 나는 말한다. 시련 속에서도 희망의 별을 찾아내야 한다고. 모든 인생에는 시련이 있고, 오르막길에도 나무 그늘은 있다고. 아무리 갈 길이 바빠도 나무 그늘에 잠시 쉬어 가라고. 쉬지 않고 간다면 얼마 가지 못해 쓰러지고 만다고 말이다.

IMF 때 생긴 빚은 25년의 세월에 걸쳐 모두 갚았다. 물론 '우리 편' 모임에 회비를 안 내고, 회비 낼 돈으로 빚을 갚았다면 빚 갚는 시기를 조금은 앞당길 수도 있었으리라. 그러나 나는 '우리 편'과 여행하면서 얻은 기쁨을 돈으로 환산할 수 없다고 생각한다. 내가 힘들고 지쳤을 때, 씩씩한 척하면서 병들어가고 있었을 때, '우리 편'과의 여행은 오르막길에서 만났던 나무 그늘이었기 때문이다.

인생이란 결코 공평하지 않다

어제 속초에 사는 남동생 내외가 엄마를 찾아왔다. 일이 바빠 오랜만에 찾아온 것이다. 엄마는 동생이 옷도 사 오고, 용돈도 주고, 외식으로 냉면과 고기를 사줬다고 의기양양하게 말씀하셨다. 평소에 치매를 앓고 계셔서 행동이 굼뜨고 치매 약을 드신 후로는 손과 입이 떨려서 말을 하려면 시간이 걸린다. 그러나 오늘 말을 전하는 엄마의 모습은 승전보를 알리는 군인 같았다. 그래서 애처롭기까지 했다. 평소에 엄마가 냉면을 좋아하셔서 냉면은 우리 식구의 주된 외식 메뉴다. 오늘도 단골 냉면집에 가서 드셨건만, 아들이 사주니 처음 드신 것처럼 "양도 많고, 맛도 좋고, 수육 고기가 부드럽다" 하시니 헛웃음이 났다. 아들에게 전화가 오면 "바쁜데 오지 말라"고 하셨지만, 내심 찾아오기를 기다리셨나 보다. 딸이 없었으면 어떻게 할 뻔했냐고 딸이 최고라고 말씀하셨어도, 엄마는 아들과 같이 살고 싶은 마음을 숨기고 있으셨나 보다.

엄마는 1939년생으로 일본에서 태어나 해방 후 우리나라로 오셨다. 뒤늦게 초등학교에 입학했으나 6.25 전쟁이 났다. 엄마는 일본에서 초등학교에 다닐 때는 '조센징'이라고 놀려서 학교 가기 싫었는데, 우리나라에 오니 '쪽발이'라고 놀려서 학교에 가기 싫었다고 한다. 일제강점기부터 6.25 전쟁, 전쟁의 폐허 속에서 엄마의 어린 시절은 흘러갔다. 전쟁 후에는 다른 형제들을 위해 학업을 포기한 채 방직공장 기계 앞에서 청춘도 흘러갔다.

엄마는 처녀 때 사촌 올케가 시집살이하는 모습을 보고 시집살이를 안 해도 되는 고아인 아버지를 선택했다고 한다. 경제적으로 어려웠지만 다정한 아버지와 삼 남매를 낳고, 알뜰살뜰 살림을 꾸려나갔다. 그러나 '가난이 문을 열고 들어오면 행복이 창문 밖으로 나간다'는 말처럼 곤궁한 살림에 엄마와 아버지는 다툼이 잦았다. 다툼이 있을 때마다 엄마는 배우지 못해서 무시를 당한다고 생각했다. 엄마의 설움은 차곡차곡 쌓여갔다.

타이머가 울린다. 나는 가스렌지 불을 끈다. 나는 엄마를 모신 이후로 달걀을 삶기 위해서 타이머를 샀다. 엄마는 달걀 완숙은 싫다고 말씀하신다. 전화벨이 울린다.

"대변이 안 나온다. 변비약 몇 알 먹냐?"

"네, 약 상자에서 두 알 드세요."

"아닌데. 간호사가 한 알 먹으랬는데?"

　엄마는 헤어스타일에 신경을 많이 쓰신다. 머리띠를 사 오라고 하셔서 넓은 것, 좁은 것으로 두 개 사다 드렸다. 그런데 머리카락이 눈을 가려도 안 하고 계셔서 "엄마, 머리띠 왜 안 해?" 하고 물으니 "미용사가 하지 말랬어"라고 하셨다.

　일주일에 두 번 오는 방문요양사가 해놓은 이불 빨래가 방문 문짝에 며칠째 걸려 있다. 잘 개어 이불장에 넣고 싶어도 넣을 수가 없다. 엄마는 아직 이불이 안 말랐다고 말씀하신다. 엄마는 2019년 겨울에 치매 판정을 받으셨다. 그해 가을, 아버지 생신날 엄마는 갑자기 화를 내고 식당을 나가버리셨다. 가족이 모두 모여 화기애애했던 생신 잔치 분위기는 초상집 분위기로 바뀌었다. 우리는 엄마를 진정시키느라 진땀을 뺐다. 그 후로도 엄마의 이상 행동은 계속됐다. 시간을 잘못 알고 새벽 4시에 성당을 가시고, 새벽에 이웃집을 찾아가 벨을 누르곤 하셨다. 뿐만 아니라 몇 십 년 전 과거 일을 오늘 일처럼 이야기하며 화를 내셨다. 나는 엄마를 모시고 병원에 갔고, 알츠하이머 치매 판정을 받았다. 나는 믿기지가 않았다. 아니, 믿기 싫었다. 엄마가 치매에 걸릴 것이라고는 한 번도 생각해본 적이 없었다.

　나는 불쌍한 엄마를 위해서 이제부터라도 원하는 것은 무엇이든지 다 해드려야겠다고 마음먹었다. 당시 아버지는 전립선암을 앓고 계셨다. 남편의 회사가 격주로 토요일에 근무해서 2주에 한 번씩 영종도에 계신 부모님을 찾아뵙던 중이었다. 엄마의 상태가 심해지면서 아픈 아버지가 엄마를 감당할 수가 없게 되었고, 동생들과 상의해서 부모님을 우리 아파트 맞은편 아파트로 모셔왔다.

아버지는 2020년 우리와 함께한 여름휴가를 마지막으로 가을에 하늘나라로 가셨다. 아버지가 돌아가신 후 남편과 나는 엄마 집에서 같이 살았다. 엄마는 치매 약을 드셔도 감정의 기복이 심해서 화를 잘 내시고, 밤에 잠을 잘 안 주무셨다. 다음 날 직장에 가야 하는 남편과 나는 밤잠을 설칠 때가 많았다. 엄마 집에 산 지 9개월이 지난 어느 날 엄마는 화를 내며 우리 집으로 가라고 하셨다. 엄마를 달래도 소용이 없었다. 나도 직장에 출근하랴 두 집 살림하랴 지쳐 있던 중이라 남편이 말리는데도 우리 집으로 왔다.

매일 새벽에 일어나 아침밥을 해서 엄마 집에 가서 같이 먹고, 엄마를 모시고 우리 요양원으로 출근했다. 내가 다니는 요양원은 주간 보호를 같이 하고 있었다. 나는 사무실에서 일하고 엄마는 주간 보호에서 생활하시다 퇴근 시간이 되면 모시고 집으로 왔다.

나는 엄마를 모시면서 참 엄마를 몰랐구나 하는 생각이 들었다. 그도 그럴 것이 나는 스무 살에 은행에 취직해서 다니다가 스물다섯 살에 결혼했고, 결혼 삼 년 후에 엄마와 아버지, 막냇동생은 미국으로 이민을 갔다. 엄마와 살을 부비며 살았던 건 스무 살 이전인데 그때의 기억은 영화의 한 장면처럼 몇 컷만 기억이 난다. 나는 3일만 지나면 아무리 나쁜 감정도 다 잊어버린다. 기억력이 안 좋은 건지, 성격이 좋은 건지 모를 일이다.

잘 잊어버리는 게 좋은 점도 있다. 남편과 부부싸움이라도 하려면 기억이 나지 않아 싸울 수가 없다. 그래서 나는 그때그때 이야기해버린다. 남편은 내가 옛날이야기를 하지 않아서 좋다고 한다. 그런데 우리 엄마는 나와 반대다. 옛날 고리짝 이야기를 하신다. 다섯 살 때 일도 기억하신다. 처음에는 그게 너무 힘들었다. 치매의 특성상 단기 기억은 잘 잊어도 장기 기억은 어제 일인 듯 반복해서 말씀하신다. 나는 육하원칙에 맞춰 서론, 본론, 결론을 말하는 것을 좋아해서 전화로 수다를 떨거나 모여서 수다 떠는 것을 좋아하지 않는다. 처음에는 엄마의 상태도 심각했고, 화를 잘 내셔서 적응하는 데 많이 힘들었다. 나도 모르게 눈물이 흐른 적이 많았다. 엄마의 치매를 머리로는 이해해도 마음으로 받아들여지지 않아 할 수 있는 게 우는 일뿐이었다. 깔끔하고 까다로운 엄마와 털털하고 성격 급한 딸의 동거는 매일이 전쟁이고, 신경전이며, 신파극이다.

엄마는 오늘도 TV에 나오는 물건들을 사달라고 하신다. 엄마가 즐겨 보는 〈6시 내 고향〉에 제철 특산물이 나오면 "맛있겠다", "먹고 싶다"고 하신다. 나는 인터넷으로 주문해서 원하는 음식을 만들어 드린다. 그러면 엄마는 태어나서 처음 먹는 것처럼 맛있게 드시지만, 아무리 맛있게 드신 것도 두 번째는 맛이 없다고 하신다. 인조임금이 피난을 가서 먹었던 생선이 궁궐에 돌아와 먹으니 맛이 없어 '도루묵'이 됐듯이 우리 엄마도 같은 음식을 두 번 드시면 '도루묵'이 된다.

아침에는 주간 보호에 가시면서 입을 옷이 없다고 화를 내신다. 처음에는 엄마가 원하는 대로 다 사드렸다. 그렇게 3년이 지나니 옷이 쌓여간다. 작년에 샀던 새 옷도 입지 않고 그대로 장에 들어있다. 옷도 음식처럼 싫증이 나시나 보다.

우여곡절 끝에 엄마랑 지낸 지 3년이 지났다. 나도 예순이 되었다. 마음과는 달리 몸이 따라주지 않는다. 몸이 지치기 시작하니 슬슬 짜증이 날 때도 있다. 애들을 키울 때는 같은 말을 무한 반복해서 물어봐도 말 잘한다고 기특해 하며 꼬박꼬박 대답해줬다. 애들이 똥오줌을 싸면 들여다보면서 혹시라도 건강에 이상이 있는지 확인하고, 냄새가 나는 줄도 몰랐다.

그런데 엄마를 모신 지 고작 3년인데 엄마가 같은 말을 하면 "엄마 그 얘기 백번은 들었어"라며 퉁명스럽게 말하게 된다. 엄마가 변비로 고생하면 약을 꼬박꼬박 왜 안 챙겨 먹냐며 말이 곱게 안 나간다. 변비로 인해 화장실 변기가 자주 막히면 마스크를 쓰고 뚫는다. 그런 내 모습을 보면서 엄마한테 미안한 마음이 들어 자신에게 화가 난다. 이런 이중적인 마음이 늘 나를 괴롭힌다.

≪논어≫에서 웃는 얼굴을 부모에게 보여주는 게 최고의 효도

라는 글을 읽었다. 나는 바로 실행하기로 했다. 나는 아침저녁으로 엄마를 마주 보고 "효도"라고 크게 외친 후 입이 찢어져라 미소를 짓는다. 십중팔구는 억지일 때가 많다. 그렇지만 그러고 나면 엄마와 나는 마주 보고 박장대소를 한다. 이 순간만이라도 엄마의 고통이 사라지길 바란다.

오늘 하루도 언제 어떤 일이 엄마와 나 사이에 벌어질지 모른다. 그럼 나는 짱가처럼 나타나서 엄마의 문제를 해결하고, 나이 들어 아픈 거고, 나이 들어 서글픈 거라고 위로의 말을 전할 것이다. 엄마는 자주 말씀하신다.

"너도 늙어봐라."

"네, 엄마 저도 육십이에요."

같이 늙어가는 엄마와 딸의 이야기는 오늘도 내일도 계속될 것이다. 육십을 청춘으로 알고 있는 우리 엄마! 더 아프지 말고 지금처럼만 같이 살아요.

어떤 시련이 와도
내 삶에 책임지는 사람이 되자

한 말씀만 하소서.
제발 한 말씀만 하소서.
제게 왜 이런 시련이 왔는지? 제가 무얼 잘못했는지?

나는 스트레스가 쌓이면 서점에 간다. 서점 한 귀퉁이에 서서 책을 읽는다. 한두 시간 책을 읽고 나서 다른 책을 사 가지고 온다. 책을 읽기에는 대형 서점이 좋다. 직원의 눈치를 보지 않아도 되기 때문이다. 그날도 마음 안의 소용돌이를 잠재우기 위해 서점을 찾았다. 서점 진열대에 놓인 박완서 작가의 ≪한 말씀만 하소서≫가 눈에 들어왔다. 평소에 박완서 작가의 책을 즐겨 보고 있었다. 글이 담백하고 군더더기가 없어 내가 좋아하는 작가 중 한 분이었다.

책 제목이 조금 전에 내가 외쳤던 소리랑 같았다. '그래 박완서 작가는 하느님께 무슨 응답을 바라시는 걸까?' 궁금한 마음에 책을 샀다. 집에 돌아와 저녁 하는 것도 잊은 채 다 읽었다.

눈물이 났다. 남편과 레지던트를 하던 외아들이 몇 달 사이 모두 죽음을 맞았다. 어미로서는 상상도 할 수 없는 아픔, 그 아픔에 몸부림치는 절규들, 그리고 깨달음. 책을 덮고 나니 한 말씀이 들려왔다. '헬레나야! 너는 너밖에 모르고 살았다' 하는 울림이 있었다. 나는 착하게 사는 게 남에게 피해를 주지 않으면 되는 줄만 알았다. 나밖에 모르고 살았다는 울림에 눈물이 그치지 않았다.

"엄마 내가 다리 다쳐서 미안해요! 빨리 나을게요."

일곱 살 동석이는 깁스한 다리를 질질 끌면서 나에게로 와 편지를 전해준다. 놀이터에서 놀다가 떨어져 성장판이 찢어졌다. 일곱 살 나이에 성장판 수술을 해서 다리 길이가 차이가 날까 걱정하는 엄마를 위로한다. 작은 손으로 내 등을 토닥인다. 동석이는 수술한 다리를 움직이지 못하도록 고정해두어 내가 대소변을 받아내야 했다. 퇴원 후에도 성장판이 잘 자라고 있는지 정기적으로 병원에 다니며 확인했다.

어머니가 돌아가시고 이듬해에 둘째 동준이를 낳았다. 입덧이 심해서 아이는 정상 체중보다 작았고, 자주 아파 병원을 내 집 드나들 듯했다. 어머니 병간호만 안 하면 편할 줄 알았는데 그렇지가 않았다. 어머니가 돌아가시고 3년 후 IMF가 터졌고, 맞벌이로 장만한 아파트는 경매로 넘어갔다. 나는 억울했다. 나는 잘못한 게 없는데? 어린 나이에 시어머니의 대소변도 받아냈고, 착하게 살았는데, 가진 것을 모두 잃다니?

나는 하느님을 원망했다. 하늘을 향해 소리를 질렀다. 그러나 대답이 없었다. 나는 대답 없는 하느님을 믿지 않기로 했다. 하느님은 나같이 하찮은 존재는 안중에도 없구나 싶어 서러웠다. 나는 남편을 통해서 하느님을 만났다. 시어머니는 성당에서 결혼식을 해야 한다고 말씀하셨다. 친정 부모님께 말씀드리니 허락하셨다. 교리 공부를 하던 1987년 당시에는 토요일에도 은행이 영업을 해서 나는 근무를 했다. 그래서 일요일마다 교리를 일 년간 공부해서 세례를 받았다. 세례를 받은 다음 해에 성당에서 결혼식을 했다. 결혼을 위한 통과의례쯤으로 생각한 신앙생활은 만만치가 않았다. 나는 토요일까지 은행에서 근무하고 나면 일요일에는 늦잠을 자고 싶었다. 그러나 어린 며느리는 시어머니 눈치가 보여 출근할 때와 똑같이 일어나 성당에 미사를 드리러 갔다. 어쩌다 미사 시간이 늦는 날은 남편을 꾀어서 카페에서 커피를 마시면서 시간을 때우기도 했다. 어머니는 일요일 아침이면 새벽에 일어나셔서 목욕재계하시고 단정한 옷차림으로 성당에 가셨다. 나는 미사 시간을 빼먹고 커피를 마시고 들어온 날은 도둑이 제 발 저려서 어머니 눈을 똑바로 쳐다보지 못했다.

겨우 마련한 집과 공장을 모두 잃고 남은 건 원망과 한숨뿐이었다. 일 년 정도 성당에 나가지 않았다. 서점에 간 그날도 성당에 나가지 않았고, 박완서 작가의 책을 만나게 되었다. 박완서 작가의 자전적인 성장소설 《그 많던 싱아는 누가 다 먹었을까》를 읽고 아버지를 일찍 여읜 어린 시절 그녀가 겪었을 전쟁의 아픔이 전해져 왔다. 《한 말씀만 하소서》는 가족을 잃은 박완서 작가의 절규가 들어 있었다. 그 아픈 세월을 어떻게 살아냈을까 하는 마음이 들었다. 오죽하면 자식을 잃으면 가슴에 묻는다고 할까? 박완서 작가의 아픔을 들여다보니, 나의 아픔은 아프다고 말하기조차 어려웠다. 나의 멘토는 책이다. 나는 살면서 멘토가 없었다. 그래서 어려움이 있을 때마다 책을 통해서 해결했고, 다른 사람의 삶을 통해 내 삶을 반추했다.

나는 박완서 작가의 《한 말씀만 하소서》를 읽고 냉담을 풀고 다시 성당에 나갔다. 반장도 맡아서 일주일에 한 번씩 반원들과 묵주기도도 했다. 나밖에 모르고 살던 삶에서 이웃과 나누는 삶을 실천하기로 했다. 동네에 혼자 사시는 어르신에게 반찬을 만들어 가져다 드렸다. 의정부시 보건소에서 하는 목욕봉사도 시작했다. 의정부역 인근의 목욕탕에서 한 달에 한 번, 독거노인 무료 목욕이 있었는데, 우리 구역에 살고 계신 안나 할머니를 모시고 가서 목욕을 시켜드렸다. 할머니는 유방암을 앓고 계셨다. 평생 행상을 하며 외아들을 키우셨는데, 외아들이 건강하지 못해 안나 할머니네 살림은 넉넉하지 못했다. 그래서 할머니는 유방암이 있어도 제대로 된 치료도 받아보지 못하셨다. 할머니가 어느 날 꿈을 꿨는데, 꿈속에 성모마리아가 나타나 안나 할머니의 아픈 유방을 장미 가시로 찔러서 깜짝 놀라 꿈에서 깨어나셨다고 한다. 꿈에서 깨어나 보니 아픈 유방에 작은 구멍이 나 있었고, 그 구멍으로 진물이 흘러나오고 있었다. 며칠째 진물이 나오더니 유방 밖으로 알 수 없는 덩어리들이 나와 엉겨 붙었다고 하셨다.

나는 안나 할머니와 같이 목욕탕에 가서 할머니의 유방을 보고 기절할 뻔했다. 가슴에 달린 크고 작은 혹들, 그리고 혹에서 나는 냄새가 코를 찔렀다. 크고 작은 혹들을 감당하기 어려웠던 안나 할머니는 가슴을 소청으로 칭칭 동여매고 있어서 한참 풀고서야 목욕을 할 수 있었다. 나는 안나 할머니가 불쌍했다. 평생을 행상으로 힘들게 사신 것도 모자라 노구(老軀)에 암 덩어리가 밖으로 나와 소청으로 싸매야 했다. 여름에는 냄새가 날까 봐 겨울 옷을 입고 다니시는 모습이 애처로웠다. 안나 할머니의 운명이 어찌 이리도 가혹하단 말인가? 나는 안나 할머니를 대신해서 하느님께 울부짖었다. 불쌍한 안나 할머니에게 자비를 베풀어주시라고 말이다.

구역장님은 안나 할머니를 성 바오로 병원에 모시고 갔다. 여생이라도 편히 지내시게 도와드리려고 수술을 알아봤다. 그러나 진찰하신 의사 선생님은 유방 밖으로 나온 크고 작은 혹들이 임파선을 타고 얽혀 있어서 수술이 불가능하다고 말씀하셨다. 그 후로 안나 할머니는 건강이 악화되서 성 바오로 병원에 입원하셨다. 안나 할머니는 이 세상에 태어나서 남에게 한 번도 해준 게 없이 받기만 했다고 시신 기증을 서약하셨다. 얼마 지나지 않아 안나 할머니는 하늘나라로 가셨다. 안나 할머니는 장례미사를 마치고 시신 기증을 위해 다시 병원으로 가셨다.

나는 안나 할머니의 죽음을 보면서 남편과 많은 이야기를 나눴다. 남편과 나는 평소에도 이야기가 잘 통한다. 가치관, 세계관, 정치관이 같다 보니 의견충돌이 일어나는 일이 거의 없다. 그래서 사업 실패로 곤경에 처했어도 싸움을 하지 않았는지도 모른다. 나는 우리도 안나 할머니처럼 시신 기증에 서약하자고 말했다. 남편도 내 생각과 같아 우리는 각막 기증, 장기 기증, 시신 기증에 서약했다. 그때 우리 부부는 삼십 대였다.

하루는 구역장님한테 연락이 왔다. 엄마 없이 아빠와 두 아이가 사는데 아빠는 신장이 좋지 않아 일주일에 투석을 세 번 하고 있다고 했다. 엄마가 없으니 반찬을 해주면 좋겠다고 말씀하셨다. 나는 반찬을 많이 해서 나누기로 했다. 반찬을 들고 찾아간 집은 지하 방에 곰팡이가 벽면을 모두 채우고 있었다. 곰팡이는 이불에까지 피어 있었다. 구역장님은 도배를 해주자고 하셨다. 나는 한 번도 해보지 않은 도배를 선뜻 하자고 했고, 구역장님 부부와 나, 셋이서 온종일 해도 일이 끝나지 않았다. 지하 방은 벽이 반듯하지가 않았다. 곰팡이가 난 벽지를 뜯어내니, 시멘트 벽도 곰팡이로 가득하고 습기가 차 물이 흐르고 있었다. 아뿔사! 걸레로 물기를 닦아내도 여전히 벽은 축축했다. 천장에 벽지를 바르려니 목이 빠질 것같이 아팠다. 그래도 시작했으니 안 할 수도 없고, 시간이 지날수록 걱정만 쌓였다. "눈은 게을러도 손은 부지런하다"고 하셨던 시어머니 말씀이 생각났다. 쉬지 않고 열심히 도배를 했다. 아침에 시작한 도배가 해가 지고서야 끝이 났다. 곰팡이 꽃이 피었던 지하 방은 새 벽지로 말끔해졌다. 달라진 방을 보고 좋아하는 두 아이의 모습을 보니 온종일 힘들었던 몸에서 새 기운이 솟았다.

나의 환경은 어제와 오늘 달라진 게 없었다. 그런데 나는 달라졌다. 모든 일의 책임을 남에게 돌리고, 심지어는 하느님을 원망했다. 원망을 거두고 세상을 바라보니 내가 달라져 있었다. 남에게 피해를 안 주고 나만을 위해, 내 가족만을 위해 살던 삶에서 이웃과 함께하는 삶으로 방향을 바꾸니 모든 게 축복이었다. 내 안에 있는 이타적 사랑이 꿈틀거리기 시작했다.

2장

가장 빛나는 순간은
아직 오지 않았다

현실을 핑계로 꿈을 포기하지 말자

　모내기 철의 논에 심어진 어린 벼를 보면 나는 웃음이 난다. 20년 전 직장 후배의 말이 생각나서다. 이야기인즉슨 이렇다. 도시에서만 자라온 직장 후배가 결혼해서 시댁을 방문했다. 시댁의 마당에는 모내기를 위한 모판이 가득 놓여 있었다. 직장 후배는 시아버지께 "아버님, 우리 마당의 잔디가 참 예뻐요"라고 했단다. 잔디와 모판을 구분하지 못했던 탓이다. 그 후부터는 시댁에 가도 시부모님이 며느리인 직장 후배에게 절대로 일을 시키지 않았다고 한다.

　나 또한 후배처럼 도시에서 나고 자라서 모판을 본 적이 없었다. 어릴 적 인천에서 살았던 우리 집은 송도 해수욕장, 월미도, 자유공원, 멀리는 창경원까지 주로 도심으로 나들이를 했다. 어려서 산으로 들로 계곡으로 자연을 즐기러 떠난 일이 거의 없었다. 산으로 놀러가는 경우는 봄, 가을 두 번 학교 소풍 때뿐이었다.

　이런 환경에서 자라 결혼한 나는 아이들을 키우면서도 내 경험에 따라 가족 나들이를 했다. 놀이동산, 워터파크, 박물관 등을 다니는 게 고작이었다. 이런 나에게 아파트 입주 동기인 옆집 친구가 계곡의 시원함과 물고기 잡는 천렵의 재미를 알게 해주었다. 옆집 친구는 과수원집 막내딸로 자연을 벗 삼아 자란 덕분에 산과 계곡을 무척 좋아했다. 봄철 나물이나 풀과 꽃, 계곡의 물고기 이름까지 잘 알았다. 우리 가족과 친구 가족은 여름이면 계곡으로, 가을이면 산으로 같이 여행을 다녔다.

　그러나 두 가족이 함께하는 시간은 오래가지 못했다. 남편이 보증을 잘못 서는 바람에 아파트가 경매로 넘어가 우리 집이 이사하게 되었기 때문이다. 그 후로도 남편의 계속되는 사업 실패로 우리 집은 빚더미에 올라앉았다. 어떻게든 빚을 갚아야 해서 나는 닥치는 대로 일했고, 노동의 강도가 높아질수록 몸과 마음은 지쳐갔다. 남편은 가장이라는 책임감 때문에 나보다 더 활력을 잃어갔다. 나는 점점 지쳐가는 남편에게 즐거움을 안겨주기 위해 주말농장을 해보자고 했다.

　처음에 남편은 피곤한데 주말에 잠을 보충해야지 무슨 주말농장이냐며 반대했다. 나는 그런 남편을 설득해 주말농장을 시작했다. 그렇게 주말농장을 한 지 10년이 넘었다. 이제 남편은 제법 농부 티가 난다. 주말이 되면 주말농장에 가자고 남편이 먼저 집을 나선다.

이제 남편은 알아서 척척 씨를 뿌리고, 풀을 뽑고, 물을 준다. 농작물을 수확하는 재미에 푹 빠져 있다. 호박꽃을 나보다 더 예뻐할 때가 많아졌다. 매년 봄이 오면 올해는 작년보다 더 농사를 잘 짓겠다는 투지를 불태운다. 씨 뿌리는 방식을 바꾸기도 하고, 비료를 더 많이 주기도 하면서, 타고난 농사꾼 흉내를 낸다. 나는 주말농장 다섯 평 농사하기를 남이 보면 농사지어서 구리시장에 내다 파는 줄 알겠다고 면박을 준다. 농사짓는 방법에 대해서도 의견이 맞지 않아 큰소리를 낼 때도 있다. 또한 작년에 한 일을 기억하지 못해 서로 자기 말이 맞다고 싸우기도 한다. 그럼 옆에서 천렵의 재미를 알려줬던 친구 부부가 배꼽을 쥐고 웃는다. 나는 농사짓는 재미에 푹 빠진 남편에게 퇴직 선물로 세컨드 하우스를 장만해주려고 한다. 답답한 아파트에서 TV 리모컨만 이리저리 돌리던 남편이 주말농장에서 흙을 만지면 그렇게 아이처럼 즐거워한다.

나의 현실을 핑계로 꿈을 포기하지 않는다. 지치고 힘들 때 위로가 되어주었던 주말농장처럼 세컨드 하우스를 장만해 남편을 즐겁게 해주려고 한다. 주말뿐만 아니라, 언제라도 즐거움을 느낄 수 있게 말이다. 가족을 위해 평생 헌신한 남편의 삶이 헛되지 않았다고 느낄 수 있도록 말이다.

남편은 64세로 정년을 넘겼다. 사표를 냈는데도 아직은 회사에 필요한 사람이라고 퇴직 처리를 안 해주어 계속 회사에 다니고 있다. 물론 당장 세컨드 하우스를 장만할 형편은 못 된다. 그렇다고 꿈을 포기하지는 않는다. 나는 2년 후쯤 남편의 퇴직 시기에 맞춰 세컨드 하우스를 마련하려고 한다. 요즘 시골에는 빈 농가도 많고, 월세로 임대하는 농가 주택도 있기 때문이다.

집에서 멀지 않은 곳에 마당이 있는 농가 주택을 세컨드 하우스로 꾸밀 것이다. 마당에는 남편이 좋아하는 채소를 심고, 가마솥을 걸어놓아 여름이면 토종닭을, 가을이면 시래기를 삶으려고 한다. 남편이 담그고 싶어 하는 된장, 고추장도 담가야지. 마당 울타리로 대추나무, 감나무를 심고, 겨울이면 마당 항아리에 묻은 김장김치를 꺼내 먹으며 어린 날을 추억하리라. 그러면 도시에서는 맛볼 수 없는 자연의 아름다움과 편안함을 만끽할 수 있으리라. 좋아하는 통기타로 고교시절 못다한 낭만도 즐기고, 아파트에서 시끄럽다고 못 불게 했던 하모니카도 마음껏 불게 하리라. 동심으로 돌아가 좋아할 남편을 생각하니 절로 웃음이 난다.

남편과 나는 이마를 맞대고 자주 이런 이야기를 두런두런한다. 은퇴하면 주중에는 세컨드 하우스에서 남편은 농사를 짓고, 나는 책 읽고, 글을 쓰고, 주말에는 아파트로 돌아와 성당에서 봉사하자고 말이다. 평생을 여유 없이 아등바등 살아온 인생, 이제는 두 다리를 쭉 펴고 세컨드 하우스에서 꿈을 펼치려고 한다. 인생의 굽이굽이마다 잘못된 선택으로 힘겨운 오르막길을 걸어온 우리 부부에게 상을 주려고 한다.

2040년이 되면 평균 수명이 90세에 이른다고 한다. 이시형 박사는 《신인류가 몰려온다》에서 무기력하고 외로운 노년이 아닌, 활동적이고 도전을 두려워하지 않는 액티브 시니어가 되어야 한다고 강조한다. 그러기 위해서는 가장 젊은 오늘, 최후의 10년을 준비해야 한다고 말한다. 현재 한국인 평균 수명은 83세지만 건강 수명은 그보다 훨씬 짧아서 여성의 경우 74세, 남성은 71세다. 인생의 마지막 10년을 건강하지 못한 상태로 살다가 임종을 맞는다는 것이다.

또한, 이시형 박사는 참으로 하찮더라도 내 할 일을 찾아서 하라고 조언한다. 완전 뒷방 노인네가 되거나 온종일 침대에 누워 생활한다면 그것은 이미 사회적으로 죽은 것과 마찬가지라고 말이다. 그런 의미에서 세컨드 하우스는 노년을 활동적이고, 건강하게 보낼 수 있는 최적의 장소다. 노인의 특성상 아침 일찍 잠이 깨는데 아파트에서는 소일거리를 찾기가 어렵다. 그러나 세컨드 하우스에서는 마당에 나가 산책을 하거나, 텃밭의 풀이라도 뽑을 수 있지 않겠는가.

나는 세컨드 하우스가 마련되면 친구들을 초대해서 텃밭의 채소와 함께 가마솥 뚜껑에 삼겹살을 구워 먹을 것이다. 건강한 밥을 지어 먹으며 지난날의 추억을 나누고, 노년의 외로움을 달래면서 서로 의지하며 지내고 싶다.

행복한 노년을 보내기 위해서는 건강, 경제력, 가족 · 사회적 관계의 세 가지가 특히 중요하다. 정기적인 건강검진, 규칙적인 식사와 운동을 통해 건강을 유지하고, 은퇴 후에도 소득이 보장되는 경제력을 갖춰야 한다. 뿐만 아니라 가족과 지인과의 관계도 중요하다. 요즘 뉴스에서 고독사 소식을 종종 접한다. 이제는 이웃 나라 일본만의 문제가 아니다. 예전처럼 옆집에 누가 사는지, 숟가락 개수까지 알던 시대는 지났다. 아파트 현관문을 닫으면 이웃에서 무슨 일이 일어나도 알 수가 없다. 특히, 은퇴한 노년들이 아파트에 살면서 사회적 관계를 맺는 일은 쉽지 않다.

그러므로 세컨드 하우스는 사회적 관계를 맺고, 소통하는 데 꼭 필요한 공간이 될 것이다. 전후 베이비부머 세대인 우리에게 훌륭한 놀이 공간과 소통의 장이 되도록 꾸미려고 한다. 전쟁 후 경제 개발, 군사 정권과 민주화 시절, 산업의 역군으로 살아온 예순 평생의 이야기보따리들을 풀어놓을 수 있는 곳이 되도록 만들려고 한다. 현재 우리나라의 정치를 걱정하는 격정의 토론장이 될 수도 있을 것이다. 바빠서 못 찾아오는 아들과 딸들을 대신하는 놀이마당이 될 수도 있을 것이다.

노천명 시인의 〈이름 없는 여인이 되어〉라는 시처럼, "마당에는 하늘을 욕심껏 들여놓고, 밤이면 실컷 별을 안고(중략)" 살아온 날을 이야기하리라.

꿈이 클수록 시련도
기하급수적으로 늘어난다

전화벨이 울린다. 수화기 너머로 풀 죽은 목소리가 들려온다. 남편이 신청한 중소기업 대출 심사 결과가 나오는 날이었다. 결과는 탈락이었다. 우리는 실낱같은 희망을 안고 매일 기도하고 있었다. 빚 갚기에 지쳐서 대출 이자가 싼 중소기업 대출을 받아 빚잔치를 하려고 했는데, 우리의 속내를 아는 것처럼 대출은 이뤄지지 않았다. 남편과 같이 대출을 신청한 옆 사무실 사장님은 대출이 나왔다. 남편이 느끼는 좌절감은 컸다. 사업 규모나 업종이 비슷한데 우리만 대출이 안 된 게 더 큰 좌절감을 맛보게 했다. 파도는 더 큰 파도를 밀고 오는 법인지, IMF로 공장 문을 닫은 이후로는 하는 일마다 되는 일이 없었고, 오히려 빚은 늘어났다. 중소기업 대출이 마지막 희망이었다.

"자, 기도하자."

"오늘은 나는 기도 안 할래."

남편이 등을 보이며 돌아눕는다. 실망한 마음을 온몸으로 표현한다. 나는 더는 말하지 않고 큰 소리로 나 혼자 기도했다. 볼을 타고 흐르는 눈물을 손등으로 닦으며 나는 묵주 알을 돌렸다. 남편과 나는 대출 신청을 하고 54일 묵주기도를 올리고 있었다. 나라고 왜 원망하는 마음이 없을까. 하느님이 계시기는 한 걸까 싶어 온갖 원망과 한탄으로 마음이 멍들었다. 그러나 기도라도 안 하면 숨이 막혀 살 수가 없었다.

사람이 궁지에 몰리면 올바른 판단을 하기 어렵다. 남편은 해본 적도 없는 도로보수공사를 하겠다고 사업자를 냈다. 내가 말려도 소용이 없었다. 지인이 하청받은 공사를 재하청받아 일했다. 경험도 없이 하는 일이 잘될 리가 없었다. 한여름 땡볕에 망가진 도로를 고치기 위해서는 아스팔트의 지열을 견뎌야 했다. 하루 일을 마치고 돌아온 남편의 얼굴은 빨갛게 익어 있었다.

나는 계속되는 사업 실패에도 모자라 반대하는 일을 하는 남편이 미웠다. 빚더미에 앉은 남편은 하루라도 일을 쉬면 무슨 일이 일어날 것 같은 강박에 시달렸는지도 모른다. 그즈음에 남동생이 하고 있는 자영업이 오더가 없어서 동생이 지하철 공사장에서 일하고 있다는 소식을 들었다. 나는 그 소식을 듣고 가슴이 쓰리고 아픈 통증을 느꼈다. 그런데 얼굴이 빨갛게 익어 들어온 남편을 보고는 가습이 쓰리거나 아프지 않았다. 힘들겠다, 고생했네라는 생각뿐이었다. 피는 물보다 진하다고 했다. 동생은 혈육이고 남편은 남이라서 그런가? 혼자 그렇게 생각하니 남편에게 미안한 마음이 들었다.

하루는 남편이 밝은 얼굴로 퇴근해서 들어왔다. 큰 공사를 맡아서 기분이 좋았다. 나도 덩달아 빚을 갚을 수 있다는 희망에 부풀었다. 공사 재료비, 인건비를 먼저 끌어다 어렵사리 공사를 마쳤다. 그러나 공사대금은 나오지 않았다. 공사를 발주한 곳은 법인으로 우리가 어떠한 노력을 해도 받을 수가 없었다.

공사를 위해 빌려온 돈은 또 빚으로 늘어났다. 나는 사업 실패와 빚이 늘어나도 남편에게 소리를 지르며 싸워보지를 못했다. 내가 소리를 지르기도 전에 남편이 이미 망연자실한 상태이기 때문이었다. 남편은 자신을 주체하지 못해 술에 취해 잠들어버렸다. 잠시라도 술에 취해 현실을 도피하고 싶은 것이다. 드라마에서 사업에 실패하거나 화가 나면 술을 마시는 장면이 나오는데, 나는 그것을 혐오한다. 드라마를 통해 사람들이 학습될까 봐 두렵기 때문이다. 나는 잠든 남편을 보면서 부럽기도 했다. 술을 마실 줄 알면 나도 술을 마시고 잠을 자고 싶었다.

중학교 2학년 월말고사가 끝났을 때다. 그때는 시험이 끝나면 학교에서 단체 영화관람을 했다. 나는 〈바람과 함께 사라지다〉를 보고 여운이 가시지 않아 꿈속에서도 남자 주인공 클라크 게이블을 봤다. 그렇게 멋진 남자는 태어나서 처음 봤다. 비비안 리의 가는 허리를 감싸 안은 클라크 게이블의 모습이 지금도 뇌리에 선명하다. 영화의 마지막 장면에 아무것도 남지 않은 폐허의 잔해 속에서 주인공 비비안 리는 "내일은 내일의 태양이 뜰 거야"라고 말한다. 나는 어른이 되어서도 힘들 때면 비비안 리의 마지막 말을 기억해냈다. "그래 내일은 내일의 태양이 또 뜰 거야. 다시 시작하자!" 이렇게 중얼거리며 나를 다독였다.

하루 일을 마치고 퇴근길에 저녁 미사를 드리러 성당에 갔다. 나는 술도 마시지 못하고 수다 떠는 것도 좋아하지 않아서 마음이 지치고 힘들 때는 성당에 간다. 평일 미사에는 사람이 많지 않아 한 구석을 차지하고 앉아 있으면 엄마 품처럼 편안하다. 십자가에 매달리신 예수님을 바라보고 있으면 예수님은 나에게 말을 걸어온다. "아이고, 헬레나야! 오늘 고생했다. 애썼다." 마음의 응어리가 봄눈 녹듯 녹아내린다.

그런데 요즘은 내가 반대하는 일을 해서 빚을 늘려놓은 남편이 미워서 예수님의 위로로도 마음이 풀어지지 않았다. 미사 중 성체를 받아 모시고 자리에 앉았다. 그런데 갑자기 '공사하고 돈 안 준 놈이 나쁜 놈이지 공사한 놈이 나쁜 놈인가?'라는 생각이 들었다. 눈물이 났다. 집으로 돌아오는 길에 '그래 병 걸려서 큰돈 썼다고 생각하자! 병에 걸렸으면 돈도 못 벌고 남은 빚도 못 갚는데, 아직 남편은 건강하니 다시 시작하면 되지'라는 생각이 들었고, 돌덩이 같았던 마음의 응어리가 풀어졌다. 집에 돌아와 남편을 보니 미운 마음이 사라졌다.

남편은 폐업 신고를 했다. 나는 남편에게 다른 일을 하려고 서두르지 말고 기도를 하자고 했다. 우리에게 믿을 건 하느님밖에 없었다.

청하여라 너희에게 주실 것이다. 찾아라 너희가 얻을 것이다. 문을 두드려라 너희에게 열릴 것이다(중략). 너희 가운데 아들이 빵을 청하는데 돌을 줄 사람이 어디 있겠느냐?(중략) 하늘에 계신 너희 아버지께서야 당신께 청하는 이들에게 좋은 것을 얼마나 더 많이 주시겠느냐?

나는 성경 말씀을 부여잡고 남편과 기도를 시작했다. 그렇게 며칠이 흐른 후 한 통의 전화가 왔다. 남편이 처음 공장을 할 때 원자재 공장을 하시던 사장님이었다. 남편이 공장 문을 닫은 후 유통업으로 망했을 때 그 사장님께 빚이 남아 있었다. 덜컥 겁이 났다. 나는 남편이 그 사장님을 만나러 갈 때 우리의 상황을 잘 설명하고 미안한 마음을 진심을 담아 말씀드리라고 했다. 남편이 집으로 돌아올 때까지 나는 불안했다. 도둑이 제 발 저린다고, 죄짓고는 정말 못 살 일이었다. 그런데 집으로 돌아온 남편의 얼굴이 밝았다. 그 사장님은 남편의 남은 빚은 안 갚아도 되고, 내일부터 회사에 나와 일하라고 하셨다고 한다. 나는 "하느님 감사합니다"를 외쳤다. 기도가 이루어진 순간이었다. 하느님께서는 더 좋은 것을 준비해놓고 계셨구나! 사업 체질이 아닌 남편을 구원해주시고자 대출해달라는 기도는 안 들어주셨구나! 착하고 성실한 남편에게 딱 맞는 일을 마련해 주셨구나! 하는 생각이 들었다. 그렇게 남편은 경기도 광주로 출근하게 되었다.

한편으로는 남편을 하느님이 피신시킨 것 같은 생각도 들었다. 나는 빚더미에 올라앉아 괴롭다고 술을 먹고 자고 있는 남편이 너무나 꼴 보기 싫었다. 대놓고 말은 못 해도 울화가 치밀 때면 베개로 얼굴을 확 눌러버릴까? 꽉 이불을 덮어놓고 패줄까? 혼자서 별의별 상상을 다 했기 때문이다. 한참 시간이 흐른 후 나는 그 당시 심정을 남편에게 말했다. 남편은 그때 잘못했으면 죽을 뻔했구나 하면서 겸연쩍게 웃었다.

이솝우화에서 사냥꾼이 길에서 만난 토끼를 보고 상상한다. 이 토끼를 잡아서 키워서 새끼를 낳아 여러 마리로 불린다. 토끼를 팔아서 염소를 사고, 염소를 키워서 또 불려서 더 큰 동물을 산다. 나중에는 사냥꾼이 원하는 농장을 크게 차리는 꿈에 빠진다. 그러나 사냥꾼이 그러고 있는 사이 토끼는 도망가고 없다.

남편은 나와 결혼 당시 변변한 전세를 마련할 거리도 없었다. 우리 엄마는 사윗감이 집이 없는 것을 못마땅하게 생각하셨다. 그러나 나는 남편은 직장에 다니고 있고, 나도 은행에 다니고 있어서 집이 없는 것을 그리 걱정하지 않았다. 둘이 벌면 금방 살 수 있다고 생각했다. 그리고 결혼 5년 만에 25평 아파트를 장만했다. 나는 결혼하고 계획한 대로 모든 일이 이루어져서 점점 이솝우화 속 사냥꾼이 되어갔다. 25평 아파트를 장만했으니 다음은 31평으로 이사 가야지. 차는 소형차에서 중형차로 바꿔야지. 아들을 낳았으니 좋은 유치원에 보내고 조기교육을 시켜야지. 아이를 같이 키우는 엄마들과 늘 이런 이야기를 하며 꿈을 키웠다.

그래서 회사를 그만두고 공장을 차리겠다는 남편을 무조건 응원했다. 서른한 살이라는 어린 나이에 자영업 경험도 없고, 맺고 끊기를 잘하는 똑 부러지는 성격도 아닌 남편인데, 무조건 하라고 응원했다. 그때 신중하게 생각하고 경험이 많은 사람들에게 조언도 들어보고 잘 안 될 수도 있는 만약의 경우도 생각했어야 했다. 처음에는 토끼를 잡아서 새끼를 낳고 불려나가는 것처럼 보였다. 그러나 거기까지였다. 마음 약한 남편이 어음 보증을 잘못 서는 바람에 시련은 시작되었다.

한 번의 실패를 만회하기 위해 또 다른 시작을 했으나 다시 실패했다. 거듭되는 실패는 빚을 기하급수적으로 늘려놨고, 도저히 갚지 못할 것 같았다. 꽉 막힌 동굴 앞에 선 느낌이었고, 끝을 알 수 없는 터널 중간에 서서 어디로 가야 할지 모를 때도 있었다. 그래서 그냥 주저앉고 싶을 때도 있었다. 그러나 나는 내 인생을 책임지고 싶었다. 내 인생의 목표가 빚을 다 갚고 죽는 거라고 외치고 다녔다. 나처럼 빚 갚을 계획을 자랑하고 다니는 사람은 아마 나밖에 없을 것이다. 병도 자랑하라고 했다. 빚도 자랑하니 어느새 빚이 다 갚아졌다. 시련도 끝은 있다. 살아내려고 노력하면 살아진다. 이렇게 예순 해까지 살아보니 당당한 사람 앞에서는 시련도 무릎을 꿇는다고 사람들에게 말해주고 싶다.

가장 나다운 인생을 살자

나는 입버릇처럼 말했다.

"나는 퇴직하면 동유럽 갈 거야!"

어떤 계획을 갖고 말한 것은 아니다. 그냥 예순까지 일한 나에게 상을 주고 싶었다. 아프지 않고 밥벌이를 잘했다고 누가 상을 안 주니 나라도 상을 주고 싶었다. 초등학교 6년 개근에 중고등학교 한 번의 조퇴를 빼면 거의 12년 동안 개근을 했다. 마지막 직장도 11년 2개월을 다녔다. 이 정도면 상을 탈 만하다고 생각했다. 동유럽에 가겠다고 큰소리칠 때 사실 경제적으로 여건이 되지 않았다. 그러나 나는 늘 동유럽에 가는 꿈을 꾸고 있었다.

2023년 3월에 7박 9일 일정으로 동유럽 5개국을 예약했다. 이왕 가는 거 결혼 35주년에 날짜를 맞췄다. 결혼 35주년을 프라하에서 보낼 생각을 하니 마음이 설렜다. 나는 1월 31일 퇴직을 했고, 남편은 2월 28일이 계약 만료였다. 정년이 지났는데도 자의 반, 타의 반으로 일하고 있던 남편은 2월이 되니 만기 제대를 앞둔 말년 병장처럼 하루하루 퇴직 날짜를 꼽고 있었다. 그런데 퇴근해 온 남편이 소파에 털썩 주저앉는다. 오늘 남편은 회장실에 불려가 "퇴직하면 심심해서 안 된다. 아직 건강한데 놀면 뭐하냐?" 등의 협박과 회유로 3시간을 붙잡혀 있었다고 한다. 그래서 남편은 퇴직하는 줄 알고 여행 예약을 했다고 말씀드렸더니, 보름 동안 휴가를 쓰라고 하셨다고 한다. 이 소식을 전하는 남편의 표정은 야릇했다. 이제는 정말 일하기 싫어서 쉬고 싶었는데 못 쉬어서 속상한 마음이 보이는 한편, 회사에 아직 필요하다고 자신을 붙잡으니 뿌듯한 마음이 드는 것 같았다. 나는 취소하지 않고 여행을 갈 수 있다는 사실에 흥분해서 남편의 복잡한 마음에 관심이 없었다.

보통 여행의 시작은 여행 가기 전 가방을 싸면서 시작된다. 그러나 이번 여행은 떠나기 전까지의 내적 갈등이 심했다. 엄마의 일상을 누가 책임지나가 가장 큰 걸림돌이었다. 12월에 모임에서 태국 여행을 갔을 때는 엄마가 남동생네 집에 가서서 마음 놓고 다녀올 수 있었다. 그러나 이번에는 남동생네가 불편하다고 안 가신다고 하셨다. 어른을 모시는 건 쉽지가 않다. 생활 리듬이 서로 다르고 실내 온도도 서로 안 맞는다. 가끔 만나면 더 불편하다. 나는 엄마와 이야기했다. 엄마를 떼어놓고 여행 가는 마음이 안 좋아도 갈 수

밖에 없다고, 엄마가 아프기 전에 계획한 오래된 꿈이라고 말씀드렸다. 엄마는 3일은 주간 보호에 가고 2일은 방문요양보호사가 오니 아들네에 안 가도 괜찮다고 말씀하셨다. 나는 주말 4일과 아침저녁으로 엄마를 챙기는 것을 작은아들에게 부탁했다. 작은아들은 다니던 회사를 그만두고 공무원시험 준비 중이라 집에 있었다.

여행을 나중에 가면 되지 아픈 엄마를 두고 무슨 여행을 가냐고 생각하는 사람도 있을 것이다. 그러나 내가 20대 때 시어머니의 병간호를 하느라 잘 다니던 은행도 그만두고 모든 걸 포기한 채 병간호로 세월을 보내고 나니 남는 건 후회뿐이었다. 어머니에게 집중했다고 해서 연로하신 어머니가 병을 이기고 행복하게 사시지도 못했다. 나는 나대로 아무것도 하지 못한 채 세월을 보냈다. 가끔 TV에 연예인이 나와서 부모님의 병간호를 하느라 결혼할 시기를 놓쳤다고 하면 마음이 아프다. 그 생활이 충분히 이해가 되고 공감이 가기 때문이다.

그래서 나는 친정엄마를 모시면서는 생각이 바뀌었다. '선택과 집중', '따로 또 같이' 엄마의 식사와 일상생활을 잘 챙기되 엄마와 분리된 시간을 갖고, 내 다리가 떨려서 못 다니기 전에 가슴이 떨리는 일을 하나씩 해나가는 것이다. 여행을 떠나기 전 작은아들에게 엄마의 약 복용에 관해 신신당부하고 엄마에게도 주의사항을 목이 아프도록 반복해서 이야기했다. 일주일 동안 드실 반찬을 하루 전에 만들어 냉장고에 넣어두었다. 여행은 원래 여행 가방을 쌀 때의 설렘부터 시작한다. 그러나 이번 여행은 집에 남겨둔 가족을 챙기느라 설렘을 느낄 새가 없었다. 그렇지만 아직까지는 엄마를 남겨두고 떠날 수 있을 정도로 건강하시다는 것에 감사한 마음뿐이었다.

출국 날 아침, 공항으로 가는 리무진 안에서 묵주기도 5단을 바치며 하느님께 엄마를 부탁했다. 헝가리 부다페스트 공항까지 13시간이 걸렸는데 잠이 오지 않았다. 공항에 내리니 인천공항과는 달리 규모도 작고 북적이는 인파도 없이 한적했다. 호텔로 가기 전에 다뉴브강 앞의 국회의사당 야경 투어를 했다. 강 바람이 세게 불고 체감온도가 1도라 서둘러 호텔로 향했다. 8시간 시차 덕분에 3시간 자고 일어나니 아직 밤 12시, 아침 식사까지 7시간을 기다려야 했다.

나는 여행 갈 때 현지식을 즐기려고 컵라면, 밑반찬 같은 것을 아무것도 가져가지 않는다. 그러나 이번에는 가져오지 않은 것을 후회했다. 호텔 조식은 빵, 햄, 치즈, 소시지, 우유, 유제품이 나왔고, 따뜻한 된장국이 그리웠다. 2일차 일정은 크로아티아의 수도인 자그레브의 대성당, 반 옐라치치 광장, 돌의 문, 성 마르코 성당 등 자그레브 시내 관광을 위해 4시간 동안 버스를 타고 헝가리 국경을 넘었다. 국경을 넘는다고 해서 긴장했는데 까다로운 절차 없이 바로 통과되었다. 내가 영어만 할 줄 알면 한 달 동안 유럽 곳곳을 다녀보고 싶은 마음이 들었다.

한 가지 불편한 점은 화장실과 물이었다. 우리나라는 어디를 가나 깨끗한 화장실을 무료로 사용한다. 심지어 휴게소의 화장실에 비데도 있고 따뜻한 물도 나온다. 그런데 유럽은 1유로 또는 50센트를 내야 화장실을 사용할 수 있다. 식당에서 밥을 먹어도 물을 따로 사서 먹어야 한다. 여간 불편한 게 아니다. 관광 중에 공짜로 이용하겠거니 하고 들른 성당 화장실조차 돈을 넣어야 화장실 문이 열렸다. 야박한 마음이 들었다. 그러나 차창 밖 풍경은 화장실 이용의 불편함을 한순간에 잊게 했다. 너른 초원 위에 그림 같은 집들이 소풍 나온 듯 한가로이 자리잡고 있었다.

어디를 가나 빽빽한 아파트와 정신없는 간판과 현수막으로 이뤄진 도시에 살다가, 가도 가도 드넓은 초원에 그림 같은 집들을 보니 마음이 편안해졌다. 바라만 봐도 위로가 됐다. 달력에서 많이 본 그림이 눈앞에 계속 펼쳐졌다. 우리를 인솔하는 중년의 가이드는 5개국의 역사와 문화, 지리, 음악, 풍습까지 모든 걸 꿰뚫고 있었다. 나는 가이드의 바로 뒷자리에 앉아 귀를 쫑긋 세우고 열심히 들었다. 모든 역사는 승자의 역사다. 전쟁 중에 용병으로 차출된 아들의 무사 귀환을 위해 크로아티아의 엄마들이 메어주던 끈이 오늘날 넥타이가 되었다고 한다. 이야기를 듣는 내내 마음이 아팠다. 아들을 군대에 보낼 때 그렇게 마음이 아팠는데, 전쟁에 아들을 내보낸 엄마의 심정이 어땠을지 느껴졌기 때문이다. 자유시간에 골목길을 산책하며 넥타이 대신 스카프를 샀다. 나이 지긋한 상점 주인은 "뷰

티풀"을 외치며 스카프를 내 목에 걸어주었다. 남편은 "노 뷰티플"이라며 어떻게라도 영어 한마디를 쓰기 위해 마누라를 제물로 바친다. 허! 참! 그래, 좋은 날이니 내가 봐준다. 스카프를 목에 두르고 크로아티아 골목을 걷고 있는 나는 행복해서 웃음이 절로 나왔다.

패키지 여행을 하려면 부지런해야 한다. 짧은 시간에 많은 곳을 다녀야 하고, 이동 거리가 많아서 아침 일찍 여행이 시작된다. 셋째 날, 유네스코 세계자연유산인 크로아티아의 플리트비체 국립공원을 마주하고 경이로움에 감탄사가 절로 나왔다. 두 개의 큰 호수와 78m 높이의 폭포에서 떨어지는 물줄기는 장관이었다. 폭포가 떨어지는 곳에는 쌍무지개가 떠서 지구 반대편에서 온 우리를 환영해주었다.

오후에는 〈꽃보다 누나〉의 촬영지인 라스토케 민속 마을을 관광했다. 한국에서 와서 촬영한 이후 식당에 손님이 인산인해를 이뤘다고 한다. 관광지에서 만나는 외국인들은 한국말로 간단한 인사를 걸어온다. K팝으로 인한 한국의 위상을 실감했다. 넷째 날 아침은 비가 내렸다. 어제 20도를 넘는 화창한 날씨와는 대조를 이뤘다. 오늘은 〈걸어서 세계속으로〉에서 보고 눈도장을 찍어두었던 슬로베니아의 블레드섬으로 간다. TV를 통해 본 익숙한 성이 눈에 들어오니 이게 꿈인가 생시인가 싶었다. 비가 와도 좋았다. 블레드성에서는 중세 방식으로 활자를 찍는 인쇄소를 만났다. 나는 내가 쓰려는 책 제목인 《그럼에도 불구하고 인생은 살 만하다》를 10유로를 주고 영어로 인쇄했다. 하늘을 나는 기분이 들었다. 이 시간 만큼은 나를 위해 모든 게 존재하는 느낌이 들었다. 슬로베니아의 여운을 뒤로 한 채 오스트리아로 향했다.

오스트리아의 잘츠부르크는 천재음악가 모차르트의 고향이며 세계적 지휘자 카라얀을 배출하고 〈사운드 오브 뮤직〉의 촬영지로도 유명한 곳이다. 국경을 넘는 시간 동안 가이드의 해박한 설명과 음악을 들으니 음악회에 초대된 느낌이 들었다. 또한 세계적 지휘자 카라얀이 인정한 세계적인 소프라노 조수미의 성장 스토리를 들을 때는 울컥했다. 한국인이라는 자부심을 느꼈다.

유럽에는 소매치기가 많다고 조심하라는 당부를 한국을 떠날 때부터 귀에 딱지가 앉도록 들었다. 차에서 내리니 어찌나 비바람이 센지 우산 챙기랴, 휴대폰 챙기랴, 가방 챙기랴, 가끔 남편도 챙기랴, 정신이 들락날락했다. 여행이 그런 것 같다. 아줌마들끼리 오면 집에 남겨진 남편이 신경 쓰이고 미안하기는 해도 나만 챙겨서 편하다. 그런데 남편이랑 같이 오니 집에서와 별반 다르지 않다. 밥 먹을 때 챙겨줘야지, 밥 먹고 약 챙겨줘야지, 뭐 흘리니 닦아줘야지, 가이드가 하는 말을 못 알아들으니 알려줘야지, 이게 보통 힘든 게 아니다. 눈치 없는 남편은 내 속도 모른 채 여행에 오기를 잘했다며 저렇게 좋아한다. 평생을 챙겨준 내 잘못이려니 생각하고 내일을 위해 잠을 청한다.

사람은 생각한 대로 산다

이번 동유럽 여행은 모임에서 온 팀, 부부팀, 모녀팀, 아줌마 친구팀으로 29명의 인원으로 구성됐다. 7박 9일을 같이 지내야 하니 통성명을 했다. 첫날이라 어색하긴 해도 각자 여행을 온 이유와 살고 있는 곳을 소개했다. 아쉬웠던 점은 부자팀, 모자팀이 없어서 또 한 번 아들만 낳은 나의 미래가 밝지 않다는 것을 확인했다는 것이다. '딸 둘에 아들 하나면 금메달, 딸 둘이면 은메달, 딸 하나에 아들 하나면 동메달, 아들 둘이면 목메달'이라는 말이 우스갯소리가 아닌 것 같다. 같은 조에 편성된 모녀팀은 딸이 엄마를 살뜰히 잘 챙겨주고, 그 딸은 나까지 챙겨준다. 예쁘게 사진도 찍어주고, 식사 때 음식도 챙겨준다, 내 딸이 아닌데도 어찌 그리 예쁘고 기특한지 부럽기 그지없었다.

여행 5일 차 아침이 밝았다. 오늘은 알프스를 관광하는 날이라 기대에 부풀었는데 어제의 비도 모자라 눈이 오고 있었다. 5일째의 모든 식사는 고기, 빵, 감자, 고기, 빵, 감자를 먹고 있다. 남편은 집에 돌아가면 고기, 빵, 감자는 당분간 식탁에 올리지 말라고 말했다. 그리고 한국의 음식문화에 대해 열을 올리며 칭찬했다. 조식을 먹은 후 오스트리아의 소금광산으로 유명한 할슈타트로 이동하는데 저 멀리 흰 눈이 덮인 알프스산맥이 웅장한 모습을 드러냈다. 볼프강호수를 지나 동화 속 집들을 연상하는 잘츠감머굿 마을이 드러났다. '잘츠(Salz)'는 독일어로 소금, '감머(kamme)'는 황제의 보물창고, '굿(gut)'은 소유지란 뜻으로 알프스산맥과 76개의 호수로 이루어진 곳이다. 예전에는 소금을 화폐로 사용했고, 유럽 각지로 수출해서 잘츠부르크가 발달하게 되었다. 케이블카를 타고 알프스산맥을 올라갔다. 알프스산맥은 1,200km로 서쪽으로는 프랑스, 동쪽으로는 오스트리아까지 뻗어 있다. 그중 해발 4,800km의 몽블랑이 제일 높다. 케이블카에서 내리니 하얀 눈이 덮인 거대한 산이 나타났다. 그 앞에 서니 입이 떡 벌어졌다. 나는 추위를 싫어해서 겨울에는 여행을 싫어한다. 그런데 알프스산맥을 뒤덮은 흰의 눈 자태를 보는 순간 사람들이 겨울 여행을 하는 이유를 알았다. 나는 누가 보든지 말든지 동심으로 돌아가 깡충깡충 뛰어다녔다. 내가 알프스산에 있다니! 이 거대한 산이 나를 반겨주는구나 싶어서 마음껏 즐겼다. 남편도 연신 "이야, 이야"라며 자신의 감정을 어떻게 표현해야 할지 몰라 이상한 기합 소리만 내고 있었다. 그 덕분에 알프스에서 찍은 사진은 멋있는 배경은 온데간데없이 가뜩이나 큰 얼굴만 대문짝만하게 박혔다. 그러면 어떠랴! 예순네 살의 남자가 저렇게 행복하다는데. 남편과 나는 여운이 가시지 않아 버스 안에서 알프스산 이야기만 했다. 알프스에서의 추억만으로도 유럽에 온 이유가 충분했다.

우리는 다음 일정을 위해 체코로 향했다. 우리가 학교에 다닐 때만 해도 체코슬로바키아로 배웠는데, 체코슬로바키아는 1993년 체코와 슬로바키아로 분리 독립되었다. 체코는 석탄과 철강 자원을 바탕으로 한 공업 국가로 위세를 떨치는 반면, 슬로바키아는 헝가리의 영향으로 농업 국가로 낙후되었고 국가 간 격차를 좁히지 못해 끝내 분리 독립되었다. 체코는 맥주가 유명하다.

체코 국민의 맥주 연간 소비량이 독일을 앞서 세계 1위를 자랑할만큼 체코 국민의 맥주 사랑은 대단하다. 체코는 1800년대 양조기술을 가지고 있는 개개인이 맥주를 만들어 팔았는데, 그러다 보니맛이 제각각이고 품질이 떨어져 국민들의 항의로 시에서 양조 회사를 설립했다. 독일의 양조 기술자를 데려다 황금색 맥주인 라거를개발했는데, '필스너 우르켈' 맥주는 지금도 전 세계에서 사랑받고있다.

가이드의 설명을 들은 남편은 세계적인 맥주를 마실 생각에 신나 있었다. 오스트리아 국경을 넘어 체코에 도착해 저녁 식사를 하는 식당은 맥주 양조장 바로 앞에 있어 체코 수제 맥주를 싼값에 맛볼 수 있었다. 남편은 500cc 두 잔을 시켜 '내 것도 내 것, 네 것도 내 것'으로 알고 맥주를 게눈 감추듯 마셨다. 뒷맛이 구수하다, 세계적 맥주는 뭐가 달라도 다르다며 전문가 흉내를 내고 너스레를 떨었다. 우리는 저녁 식사 후 잊지 못할 추억을 간직한 채 호텔로 돌아왔다.

유럽 호텔의 특징은 객실이 비교적 작고 일회용품을 사용하지 않는다. 4성급 호텔 객실이 우리나라의 괜찮은 모텔 수준이다. 크로아티아의 경우 남자의 평균 신장이 180cm가 넘는다고 하는데도 샤워부스가 작다. 불편을 감수하면서 옛것을 살리고 자연을 보호하려는 노력이 엿보였다.

남편이 꿈에 그리던 체코에서의 둘째 날이 밝았다. 영화 〈아마데우스〉 촬영지인 체스키크룸로프는 마을 전체가 세계문화유산이다. 고딕양식의 체스키크룸로프성의 전망대에서 내려다본 마을은 동화 속 마을이고, 달력 속 그림이었다. 입구에는 성을 지키는 곰 세 마리가 겨울잠에서 깨어나 우리를 쳐다보고 있었다. 적이 침입해오면 무너뜨리기 위해 약하게 만든 망토 다리를 지나, 성 뜰 안의 벽화와 건축 양식을 구경했다. 성 밖을 나와 성에서 일하던 하인들이 살았던 라트란 거리, 볼타강을 연결해주는 이발사의 다리, 스보르노스트광장을 모두 구경하고, 3시간이 걸려 드디어 프라하로 입성했다.

코로나 이후 관광객이 오분의 일로 줄었다고 해도 세계적 관광지는 사람으로 붐볐다. 1, 2차 세계대전의 폭격을 피한 프라하는 고대 건축물들이 잘 보존되어 있었다. 유럽은 관광객을 태운 버스를 정해진 곳에만 세워야 한다. 한참을 걸어서 프라하의 랜드마크인 구시가지 광장에 도착했다. TV를 보며 눈도장을 찍었두었던 건축물들이 하늘을 찌를 듯 솟아 있었다. 이곳의 건축물들은 바로크양식, 르네상스양식, 고딕양식이 골고루 섞여 있었다. 건축을 공부하는 사람들에게는 선망의 장소로 보였다.

정치를 잘했던 바츨라프왕의 이름을 딴 바츨라프광장 속에서 많은 외국인과 섞여 있으니 유럽에 온 것이 실감 났다. 바츨라프광장에서는 천문시계가 유명하다. 1410년 세계 최초로 설치된 천문시계는 매시간 정각이 되면 오른쪽에 매달린 해골이 줄을 잡아당기면서 모래시계가 뒤집히고, 2개의 문에서 12사도들이 줄줄이 지나가고 황금 닭이 울면 퍼포먼스가 끝이 난다. 우리는 그 광경을 보려고 천문시계 앞의 인파를 뚫고 들어갔다. 600년 전에 만들었다고 믿기지 않을 정도로 웅장하고 정교했다. 지금까지 시간이 잘 맞고 있다는 것도 신기했다. 유럽에 가면 꼭 한번 천문시계를 보라고 권해주고 싶다.

비투스성당은 585년에 걸쳐 완공되었다. 빨리빨리 문화에 익숙한 우리로서는 상상할 수도 없는 일이다. 성당 안은 〈최후의 만찬〉 벽화와 엄청난 크기의 스테인드글라스의 화려함으로 입을 닫을 수가 없었다. 천주교 신자인 우리 부부는 가는 성당마다 기도를 올렸다. 다음에 유럽에 올 때는 성지순례 여행으로 와서 미사도 드려야겠다는 생각이 들었다.

올드카를 타고 프라하성으로 가서 구경한 후 노면전차인 트램을 탔다. 유럽은 전철에 비해 설치비용이 덜 드는 트램이 발달했다. 혼잡한 교통 상황에서도 트램과 자동차들이 사이좋게 잘 다니고 있었다. 저녁을 먹고 야경 투어까지 마치니 하루 동안 22,000보를 걸었다. 다리가 천근만근 얼른 쉬고 싶었다. "노세 노세 젊어서 놀아, 늙어지면 못 노나니"라는 노래가 있지 않은가. 역시 옛 어른들 말은 틀린 말이 없다. 걷는 데는 자신 있다던 남편조차도 힘들다며 한 살이라도 젊을 때 다녀야 한다고 말했다. 덕분에 며칠 동안 못 잤던 잠을 기절하듯 잘 잤다. 7일 차 아침, 프라하의 봄을 남겨둔 채 오스트리아 비엔나로 향했다. 프라하에서 비엔나까지는 차로 4시간 거리다. 하루에 한 번씩 국경을 넘나든다. 반도 국가인 우리나라에서 상상할 수 없는 일이다. 그런데 우리나라에서는 4시간씩 차를 타고 여행하려면 교통체증으로 피곤하고 지루한데, 여기서는 긴 시간 자동차로 이동해도 피곤하지가 않다. 차도 안 막히고 드넓은 초원과 한적한 집들이 조화를 이뤄 차창 밖만 보고 있어도 마음이 편안해진다. 그래서인지 지루함이 없다.

오스트리아는 600년 동안 부흥했던 합스부르크 왕가의 역사를 빼고는 설명하기 어렵다. 쇤브룬궁전은 방이 1,441개로 유럽을 호령했던 그 시절의 힘이 느껴졌다. 마리아 테레지아 여왕과 여왕의 막내딸 마리 앙투아네트의 이야기는 흥미로웠다. 관람이 가능한 몇 개의 방은 높은 천장, 장미목의 벽, 화려한 크리스탈 샹들리에, 금 방이라도 살아 나올 것 같은 초상화 등 화려함과 웅장함의 극치였 다. 연회를 베푸는 영빈관에서는 지금까지 단 두 명의 외국 정상만 을 초대했다고 하는데, 그중 한 분이 우리나라 문재인 대통령이었 다는 설명을 듣고, 한국 사람이라는 게 자랑스러웠다. 쇤브룬궁전 은 코로나 이전에는 한 해 관광객이 5,000만 명이 찾아오고, 한 해 입장료 수입만 2조 원이 넘었다고 한다. 오스트리아는 조상을 잘 둔 덕분에 후손이 편안하게 지내는 게 부러웠다.

벨베데레궁전에서 구스타프 클림트(Gustav Klimt)의 유명한 작품인 〈키스〉의 원작을 보았다. 〈키스〉뿐만 아니라 100년이 된 그림들이 살아 숨 쉬면서 화폭을 튀어나올 듯 우리를 반겼다. 패키지 여행 특 성상 그림을 천천히 감상하는 것은 힘들고, 왔다 간다는 눈도장만 찍은 것이 아쉬웠다. 비엔나에 왔으니 비엔나 커피를 마시려고 카 페 여러 곳에 들렀는데 앉을 자리가 없었다. 우리는 비엔나까지 와 서 스타벅스 커피로 피곤을 달랬다.

저녁 식사 후 귀족들이 즐겼다는 소규모 오페라 극장에서 현악 5 중주의 실내악과 오페라를 보았다. 이 오페라 극장은 TV프로그램 인 〈꽃보다 할배〉들에서도 다녀간 곳이었다. 나는 오페라 극장이 궁금하고, 이때가 아니면 언제 볼까 싶어 마음이 설렜다. 첫 곡인

모차르트의 〈작은 밤 음악〉이 연주되는 순간 나는 신세계를 만났다. 바로 눈앞에서 흘러나오는 선율은 전율을 일으키고, 감동을 넘어 눈물이 났다. 연주가 끝나고 손이 아프도록 박수를 치고 나도 모르게 "브라보"를 외쳤다. 하루 종일 돌아다녀서 지쳤던 몸의 피로가 싹 날라갔다. 〈피가로의 결혼〉을 남녀 테너, 소프라노가 부르는데 노래뿐만 아니라, 몸짓과 표정을 통해 전혀 모르는 언어가 감동으로 전달됐다. 비발디의 〈사계〉 중 〈여름〉, 요한스트라우스의 〈아름다운 푸른 도나우강〉 등 우리에게 익숙한 곡들도 연주됐다.

1부가 끝나고 잠시 쉬는 동안은 샴페인이 준비되어 있었다. 극장 안에는 우리 말고도 한국인이 많았고, 우리의 열렬한 호응에 바이올린을 연주하는 단장은 한국말로 "감사합니다"라며 손 하트를 날렸다. 음악회가 끝나도 감동은 사라지지 않았고, 강행군이었던 여행의 일정이 음악회로 완성되었다. 압권이었다. 남편이 알프스의 설경과 비엔나의 실내악은 죽을 때까지 잊지 못할 감동이라며 너무 행복하다고 말했다. 나는 "마누라 잘 만났지?"라며 용감하게 이번 여행을 계획한 나를 뽐냈다. 나이 들어서 생각을 행동으로 옮기는 일은 쉽지 않다. 이것저것 생각하다 보면 걸리는 게 많다. 여행은 돈만 있다고 가능한 게 아니다. 건강과 시간이 허락해야 가능한 일이다. 평생을 일만 하고 가족을 위해서 살아온 이들에게 지금 떠나라고 말해주고 싶다.

"다리가 떨리기 전, 가슴이 떨리는 지금 떠나라. 내가 쓴 돈만 내

돈이고, 통장에 있는 돈은 내 돈이 아니다!"

나는 예순이 되어서야 생각한 대로 살기 시작했다.

완전한 행복이 없듯 완전한 불행도 없다

요양원에 첫 출근을 하던 날 멍한 눈을 하고 나를 바라보던 어르신과 눈이 마주쳤다. 순간 가슴이 쿵 하고 내려앉았다. 어디서 많이 본 듯한 눈빛, 17년 전 돌아가신 어머니를 보는 듯했다. 나는 내 나이는 생각하지 않고 사회복지사 자격증이 나오자 기관에 면접을 보러 다녔다. 번번이 면접에서 떨어졌다. 마지막으로 선택한 곳이 요양원이었다. 그것도 지인의 소개로 취직이 되었다. 몇 번의 면접을 통해 나의 현실을 알고 난 후 나는 요양원의 사회복지사 일자리를 소중하게 생각했다. 은행을 그만둔 지 거의 20년 만에 사무실 근무를 시작했다.

밑천이라고는 컴퓨터 무료 교육 6개월 받은 것이 전부였다. 사무국장님 밑에서 일을 배우는데 생소한 용어들이 많았다. 주무관청

인 의정부시청과 공문서를 주고받는데, 격세지감을 느꼈다. 모든 공문서는 전자문서였고, 직인까지 찍어서 문서가 나왔다. 20년 전 은행에는 문서만 따로 돕는 아저씨가 있었다. 아침에 은행 본점에 가져갈 서류를 정리해서 전철을 타고 본점에 서류를 가져다주곤 했다. 하물며 수표도 직인은 우리가 그때그때 수작업으로 찍어서 썼다. 20년의 경력 단절은 나를 다른 별에서 온 사람처럼 얼이 빠지게 했다.

나는 어리바리한 모습을 보이지 않으려고 정신을 바짝 차리고 일했다. 아직 아는 게 없어서 할 일이 없을 때는 요양보호사 선생님들을 도와줬다. 누가 시키지 않아도 아침에 청소기를 돌리고, 어르신 밥을 떠먹여드리고, 목욕할 때 같이 들어가 도와주었다. 나는 평소에도 가만히 있지 못하는 성격이다. 은행에 다닐 때도 대출업무를 맡고 있어도 예금창구에 손님이 밀려 있으면 돈을 타다가 예금 찾는 분들 업무를 처리해드리곤 했다.

그날도 요양보호사 선생님을 도와 어르신 식사를 준비하고 있었다. 한 어르신이 소시지전을 맛있게 드시길래 하나를 더 드렸다. 잠시 후 요양보호사 선생님의 다급한 목소리가 들려왔다. 어르신이 고개를 숙이고 있었다. 나는 순간 질식하신 줄 알고 깜짝 놀랐다. 혹시 내가 드린 소시지가 목에 걸린 건 아닐까 하는 마음에 정신이 아득해졌다. 간호사가 입안의 이물질을 꺼내고 병원으로 이송했다. 나는 울면서 기도했다. '혹시라도 내 잘못으로 돌아가시기라도 한다면 어떻게 해야 하나?' 짧은 시간에 별의별 생각이 다 들었다. 병원에 도착한 어르신은 바이탈에는 이상이 없는데 깨어나지 않아서 각종 검사를 진행했다. 검사상 이상 소견이 없었다. 한참이 지난 후 어르신은 하품을 하고 깨어나셨다. 나의 요양원 신고식은 이렇게 치러졌다.

우리 요양원은 세 개 층에 마흔다섯 분이 입소해 계셨다. 스스로 아무것도 할 수 없는 1등급 어르신부터 화장실을 다니시는 3등급 어르신까지 남녀 어르신이 골고루 계셨다. 대부분 치매 판정을 받으셨는데, 그중 유난히 정이 가는 어르신이 계셨다. 그 어르신은 걷지 못하셔서 기어서 매일 사무실로 들어오셨다. 그럼 나는 그 어르신을 휠체어에 앉히고, 뜨개질 바구니를 드렸다. 물론 뜨개질을 하시면 코를 빠뜨리고 제대로 완성하지 못하셨다. 그래도 내 옆에 앉혀 놓고 일을 하면 여기저기 다니시면서 사고를 치지 않아서 좋았다. 한번은 어르신이 소화기 안전핀을 빼고 소화기를 분사해서 온종일 치워도 소화기 분말이 공기 중에 날아다녔다.

다른 한 어르신도 사무실에 들어오는 걸 좋아하셨다. 그 어르신은 치매가 심해서 대변을 만지셨다. 하루는 대변을 종이에 꽁꽁 싸서 나에게 가져다 주셨다. 당신을 잘 돌봐주니 고마워서 먹으라고 주신 것이다. 어르신은 당신 대변을 떡으로 생각하셨던 모양이다. 지금은 웃으면서 이야기할 수 있지만 그당시에는 내가 요양원을 계속 다닐 수 있을지 의문이 들 정도로 힘들었다.

우왕좌왕, 좌충우돌하면서 요양원 생활에 적응해나갔다. 6개월 정도 행정과 사무를 배우니 전체 그림이 보였다. 사무국장님도 하나를 가르치면 두세 개를 안다고 칭찬해주셨다. 그렇게 업무가 익숙해질 즈음 사무국장님은 새로 개원하는 요양원의 간호사로 가시게 되었다. 사무국장님의 전체 업무를 인수인계 받고 나는 무척 긴장했다. 혹시라도 내가 일 처리를 잘못해서 요양원에 손해를 끼칠까 봐 몇 번씩 확인하고 업무를 처리했다. 그렇게 긴장하면서 시간이 흘러갔고, 업무처리 능력은 향상되었다. 어르신과 보호자 입장에서 생각하고 업무처리를 해나가니 보호자들도 나를 찾았다. 보호자 상담도 자신감이 생겼다. 요양원 어르신이 60명 넘었어도, 어르신에 대한 신상과 보호자 관련 내용까지 모두 기억하고 있으니 자신있게 일할 수 있었다. 보호자들이 면회를 오면 고맙다는 말씀을 해주셔서 일에 대한 보람도 느꼈다. 요양원에서 일하는 직원들은 어르신들 때문에 울고 웃는다. 임종을 앞둔 어르신이나, 통증으로 아파하는 어르신들을 보면서 울고, 식사를 잘하시고 즐겁게 생활하는 어르신을 보면서 웃는다. 우리가 자식보다 낫다고 말씀하시면 마음 한편이 아려온다.

어르신들은 대가족 제도하에 시집살이와 시동생, 시누이들까지 모두 출가시키며 살아온 분들이 많다. 젊은 시절의 고단함도 잊으신 채 시부모님 병간호까지 모두 맡아 하셨고, 그러고 나니 당신들이 병들었다. 당신들도 당연히 자식들이 집에서 병간호를 해주기를 바라신다. 요양원에 오는 것은 버려졌다고 생각하신다. 요양원에 오면 죽는다고 생각하신다. 그래서 슬퍼하는 어르신들이 많다. 나도 요양원에 근무하기 전에는 매스컴에서 보도되는 요양시설의 나쁜 기사만 접해서 선입견이 있었다. 그러나 막상 요양원에서 근무하면서 어르신들과 생활해보니 생각이 바뀌었다. 거동이 불편하고 식사를 잘 못하시고 대소변이 원활하지 않은 어르신들에게는 요양보호사의 손길은 생명을 이어주는 마법의 손길이다. 나는 처음 요양원을 찾는 보호자에게 요양원을 선택할 때는 요양보호사를 보시고 선택하라고 말한다. 자식을 대신해줄 사람은 요양보호사기 때문이다. 나는 아침 교육시간에 말한다. 요양보호사의 일은 덕을 쌓는 일이라고, 그러니 파란만장한 세월을 살아온 어르신들의 마지막을 사랑받다 편안하게 떠나실 수 있도록 도와드리자고 말이다. 오늘의 식사가 마지막 식사일 수 있고, 오늘의 손길이 마지막 손길이 될 수 있으니 최선을 다하자는 말도 잊지 않는다. 나는 어르신들께 수시로 "사랑해요", "감사해요", "너무 예뻐요"를 말하면서 지냈다.

눈이 안 보이는 어르신이 계셨다. 어르신은 매일 딸과의 통화를 원했다. 딸이 통화가 안 될 때는 내가 딸 흉내를 내서 전화 통화를 했다. 어르신에게 "엄마, 엄마! 내일 갈게요"라고 말하고 목이 메어 더 이상 전화를 못한 적도 있다. 전화를 끊고도 한참을 울었다. 그 어르신의 임종 날, 아침부터 혈압이 낮아 혈압계로는 측정이 되지 않았다. 자식들이 모두 어르신 곁을 지키고 있었다. 지방에서 올라오는 큰아들은 오후가 되어서야 도착했다. 큰아들이 도착한 후 어르신은 숨을 거두셨다. 마지막 숨을 부여잡고 큰아들을 기다리신 것이다.

주민등록상 백 세가 넘은 어르신이 계셨다. 눈도 안 보이고, 귀도 잘 안 들리셨다. 식사를 거부하실 때는 바나나 우유를 드리면 잘 드셨다. 그런데 그날은 바나나 우유도 드시지 않았다. 나는 어르신께 다가가 얼굴을 비비고 손을 만지면서 사랑한다고 계속 말씀드렸다. 그리고 우유를 드시라고 말씀드렸다. 어르신은 우유를 한 모금 빨고 나에게 먹으라고 주셨다. 나는 잠깐 멈칫했지만 맛있다고 말하면서 한 모금 빨아 먹었다. 어르신과 나는 그렇게 우유를 주거니 받거니 하면서 다 먹었다. 우유를 다 드신 어르신이 "자식도 이렇게 안 해주는데 고마워. 내가 이 은혜 안 잊을 거야"라고 말씀하셨다. 나는 어르신을 껴안고 한참을 흐느꼈다. 그 광경을 지켜본 직원들도 흐느껴 울었다.

나는 사회복지사로 11년 2개월을 한 요양원에서 보냈다. 10년 넘게 보아온 어르신도 계셨다. 어르신도 힘들어하시고 가족도 지쳐가는 모습을 볼 때는 이게 최선인가 하는 생각이 들 때도 있었다. 요양원에 계신 어르신은 대부분 80대 후반이다. 90대 어르신도 많이 계셨다. 자식들과 같이 늙어가고, 자식들이 먼저 세상을 떠나기도

한다. 굳이 매스컴을 통하지 않고도 나는 고령화 시대를 피부로 느꼈다.

2020년 코로나 팬데믹으로 모두 하루하루가 살얼음판을 걷는 듯 불안과 초조의 나날을 보내고 있었다. 요양시설의 종사자는 코가 남아나지 않았다. 거의 매일 코로나 감염 여부를 확인하기 위해 PCR 검사, 항원검사를 번갈아가며 했다. 뿐만 아니라 직원의 동선도 모두 확인하고, 사람이 많이 모이는 곳은 가지도 못했다. 직원 모두의 협조 덕분에 우리 요양원은 1차, 2차 코로나 유행에도 어르신들이 확진되지 않고 잘 지나갔다.

그러다가 코로나 유행이 잠잠해질 무렵 주간보호에 다니시는 어르신이 확진이 된 줄 모르고 요양원에 오셔서 어르신과 직원 모두 감염되었다. 그야말로 매일이 전쟁이었다. 아침에 전화벨이 울려서 받으면 보건소에서 확진자 명단을 불러줬다. 그렇게 한 달 정도 지나니 진정되기 시작했다. 코로나를 잘 이겨내고 어르신들이 제자리를 찾아갔다. 그러나 나와 10년을 동고동락했던 98세의 어르신이 하늘나라로 가셨다. 코로나를 이기지 못했던 것이다. 나는 요양원 전체가 코로나에 확진된 것에 비해 희생자가 적었다고 자위했지만 위로가 되지 않았다. 전 세계를 공포에 떨게 하고, 2차 세계대전 사망자 수보다 더 많은 사람이 코로나로 죽었다.

끝나지 않을 것만 같았던 코로나는 2022년 가을을 기점으로 꺾이기 시작했다. 요양원에서 코로나 팬데믹을 이겨내기 위해 온 힘을 다한 나는 지쳤고, 이제는 쉬어야겠다고 생각했다. 나는 사표를 냈다. 나는 항상 최선을 다했기 때문에 한 점의 후회도 없었다.

멀리 돌아가는 게 결코 나쁜 것만은 아니다

오늘은 만 63세인 남편의 생일날이다. 친구가 "예순 살 넘어서 생일에 미역국을 먹으면 치매에 걸린다"라고 한 말이 신경 쓰여 뭇국을 끓였다. 천주교 신자인 내가 친구의 미신 같은 말을 신경 쓰는 게 하느님께 죄송스러운 마음이 들어 피식 웃음이 났다. 정년이 지나 사직서를 냈는데도 회사에서는 남편을 꼭 필요한 사람이라며 붙잡았다. 그렇게 사직 처리가 되지 않아 남편은 오늘도 출근했다. 올해는 같이 퇴직해서, 건강할 때 제2의 인생을 재미나게 누리자고 약속했던 터였다. 남편의 상황으로 인해 그 약속은 지킬 수 없어졌지만 말이다.

남편은 한 해 출생자 수 108만 명을 기록했던 1960년에 태어났다. 전쟁통에 자식을 세 명이나 잃은 시어머니는 44세에 남편을 낳아, 금지옥엽 업어 키우셨다. 남편은 초등학교 때 비 오는 날이 제일 싫었다고 한다. 비가 오는 날이면 시어머니는 쪽머리에 한복을 곱게 차려입으시고, 우산을 들고 학교 문 앞에 서 계셨다고 한다. 그러곤 수업을 마친 남편을 업고 집으로 오셨다고 한다. 당시 남편의 친구들은 "원숭아, 너네 할머니 왔다"라고 놀렸다고 한다. 그 통에 남편은 쥐구멍에라도 들어가고 싶은 심정이었단다. 남편의 이름이 돌림자로 '으뜸 원에 순박할 순'이어서 아이들이 항상 남편을 '원숭이'라고 놀렸다. 나는 남편의 순박한 성격에 끌려 결혼했지만, 나중에서야 순박한 게 눈치 없는 것과 일맥상통한다는 것을 깨달았다.

베이비부머 세대로 마포에서 살던 남편은 3부제 수업은 기본이고, 운동회는 한 번도 못 해보고, 운동장에서 놀아보지도 못했다고 한다. 요즘 출산율 저조로 초등학교가 폐교되고 있는 현실을 생각하면 상상도 할 수 없는 일이다.

남편이 중학교 2학년이던 어느 날 황혼 녘이었다. 〈서울신문사〉에 다니시던 아버지가 퇴근길에 뇌출혈로 쓰러지셨다고 한다. 남편은 인천으로 시집간 큰누나에게 아버지의 부고를 알리기 위해 열네 살 어린 나이에 기차를 타고 인천으로 향했다고 한다. 남편은 그때의 충격으로 한동안 황혼녘이면 마음이 불안했다고 한다. 그러다 결혼 후 한참이 지나고서야 해질 녘에 느꼈던 불안과 우울함이 사라졌다고 한다. 시아버지가 돌아가셨을 때, 환갑을 바라보는 시어머니는 경제적 능력이 없었고, 열일곱 살 위의 큰누나는 이미 결혼했고, 네 살 위 작은누나는 고등학교에 다니고 있었다. 하루아침에 귀둥이가 천둥이로 전락한 셈이었다.

순하디 순한 남편은 적성과는 상관없이, 등록금이 면제되는 유한공업고등학교에 진학했다. 박정희 대통령의 산업 근대화 시절에 공업고등학교는 산업의 기수인 듯 받아들여졌다. 그러나 공업 계열이 적성이 아니었던 남편은 친구들과 통기타를 치며 우울한 마음을 달래곤 했다. 내성적인 성격을 바꾸고 싶어 유도부에 들어가 친구들과 어울리며 단을 따내기도 했다.

아무리 공업고등학교가 적성에 맞지 않아도 그렇지, 120명가량의 졸업생 중 자격증을 못 딴 사람은 남편과 친구, 단 2명뿐이었다. 그나마 설립자인 유일한 박사님 덕분에 고등학교를 무사히 마칠 수 있었다. 졸업 후 풍산금속에 취업한 그때의 남편 사진을 보노라면, 스무 살 미소년의 풋풋한 미소가 애처롭게만 느껴진다. 남편은 배움에 대한 열망 때문인지, 못 가본 대학 캠퍼스에 대한 미련인지, 스물다섯 살에 방송통신대에 입학해 일과 학업을 병행했다.

우리는 방송통신대에서 만났다. 방송통신대는 우리에게 추억을 남겨주었다. 행정학과 동기들은 20대 청춘들로 의기투합이 잘되었다. 40년 전 대학생들은 주로 가평, 청평, 대성리로 MT를 많이 갔다. 기차를 타고, 통기타를 매고, 냄비랑 버너를 주섬주섬 챙겨서 다녔다. 지금처럼 자가용이 흔한 시절이 아니라 기차는 청춘들로 넘쳐났다. 개울가나 바다에서는 어김없이 모닥불을 피고 기타 반주에 맞춰 수건돌리기 게임도 하고 노래도 불렀다. 밤이 새도록 먹고 마시는가 하면, 밤이 새는 줄도 모르고 청춘의 불확실한 미래에 대해 난상토론이 벌어졌다. 그때는 청춘이 좋은 시절인 줄 몰랐다. 청춘은 아프기만 한 줄 알았다. 우리는 학교 행사에도 적극적으로 참여했다. 작게나마 축제가 열리면 통기타를 매고 입을 맞춰 노래를 불렀다. 체육대회에 참가해서 목청껏 응원도 했다. 책상에만 앉아서 운동이라고는 숨쉬기 운동만 하던 이들이 축구를 하다 쥐가 나서 여기저기 쓰러져도 신나기만 했다. 그렇게 추억은 쌓여 남편과 스물다섯 살에 결혼했다.

결혼 생활 35년 동안 나는 산전수전 공중전을 다 겪었다. 결혼 후 맞벌이 부부로 시어머니와 함께 살았다. 결혼하던 해에 큰아들을 낳았고, 큰아들이 5살 되던 여름에 시어머니는 중풍으로 쓰러지셨다. 마음과는 달리 시어머니 병간호는 쉽지 않았다. 나는 결혼 전에 양말 한 번 빨아보지 않았고, 결혼해서도 시어머니가 살림을 도맡아 해주셨다. 그나마 다행인 것은 나는 일을 겁내지 않고, 달려들어 바로바로 처리해나가는 성격이었다는 것이다.

시어머니께서 쓰러지신 첫해에도 혼자서 해보지도 않은 15포기의 김장 김치를 담갔을 정도였다. 30년 전에는 인터넷도 없었고, 친정엄마는 미국으로 이민을 가셔서 어디 물어볼 때도 없었다. 그저 어깨너머로 본 대로 김장 김치를 담갔는데 맛있게 되었다. 내친 김에 나는 배추 15포기를 또 사다 한 해에 두 번 김장 김치를 담갔다.

시어머니는 2년 정도 앓다 돌아가셨고, 이듬해에 둘째 아들을 낳았다. 그렇게 3년을 평화롭게 살다가 IMF 때, 아파트를 경매로 넘기고 남편이 운영하던 공장문을 닫게 되었다. 우리는 빚더미에 올라앉았다. 그 후로도 거듭되는 사업 실패로 인해 빚은 늘어나기만 했다. 은행 퇴직 후 경력이 단절된 내가 할 수 있는 일은 많지 않았다. 빚을 갚기 위해 나는 학습지 영업, 보험설계사, 치킨집 운영, 사회복지사 등등 닥치는 대로 일했다. 그렇게 열심히 하는데도 빚은 줄어들지 않았다. 남편은 50대 중반이 되어서야 사업 체질이 아님을 깨닫고, 직장에 다니기 시작했다. 40대 중반에 유통업이 망했을 때도 직장에 다녔던 적이 있다.

내 인생의 목표가 이루어졌다. 예순이 다 되어서야 25년 만에 빚 청산이 끝났다. 남들은 이 나이에 아파트 평수를 늘려놓고, 은퇴 후 쓸 노후자금을 마련해놓았겠지만 우리는 수중에 아무것도 없다. 그런데도 나는 행복하다. 인생의 목표였던 빚을 모두 갚았기 때문이다. 또한 예순 넷 나이에도 직장에서 꼭 필요한 사람으로 인정받는 남편이 있기 때문이다.

젊어서는 잘나가는 친구들이 부러웠다. 넓은 집에 살고, 좋은 차를 타고, 돈을 버는 대로 모으니 얼마나 좋을까? 우리는 버는 대로 빚 갚기 바쁘니 밑 빠진 독에 물 붓기로 여겨졌다. 그러나 빚을 다 갚고 나니 재벌이 부럽지 않았다. 남들이 편안한 길로 오는 동안 우리는 비포장 오르막길로 왔다. 오는 동안 힘은 들었어도 나는 남편 손을 놓지 않고 결승선까지 왔다. 멀리 돌아왔지만 결승선에 도착할 수 있었다.

톨스토이의 단편 소설 〈세 가지 질문〉에서 왕은 세 가지 질문 때문에 나라의 중요한 결정을 내리는 것에 늘 자신이 없었다. 첫 번째, 세상에서 가장 중요한 때는 언제인가? 두 번째, 세상에서 가장 중요한 사람은 누구인가? 세 번째, 세상에서 가장 중요한 일은 무엇인가? 많은 학자와 신하들이 갖가지 해답을 제시했으나 마음에 들지 않았다. 급기야 왕은 지혜롭다고 널리 알려진 현자를 찾아가 이런 답을 얻는다.

"세상에서 가장 중요한 때는 지금입니다. 나에게 가장 중요한 사람은 지금 나와 함께 있는 사람입니다. 마지막으로 가장 중요한 일은 지금 나와 함께 있는 사람에게 정성을 다하여 사랑을 베푸는 것입니다."

나는 오늘도 지금 나와 함께 있는 남편에게 정성을 다해 사랑을 베풀려고 한다. 오늘 생일을 맞은 남편이 퇴근해서 오면 맛있는 음식에 좋아하는 반주를 곁들여 한 상을 차려줘야겠다. 주말에만 먹기로 한 술을 오늘 하루만큼은 허락하리라. 그리고 예순이 넘도록 사느라 고생했다고, 멀리 돌아가는 것이 켤코 나쁜 것만은 아니라고 다독이며 따뜻하게 안아줘야겠다. 남편도 오늘 퇴근길이 무척 기다려질 것이다.

나는 오늘도 영화 〈죽은 시인의 사회〉에서 키팅 선생님이 행복해지고 싶다면 현재에 충실하라고 외치던 그 말을 외쳐본다.

"카르페 디엠(Carpe diem)!"

우리가 하는 모든 도전은 성장을 위한 기회다

　나는 퇴근길에 콧노래를 부르며 발걸음도 가볍게 하느님을 만나러 간다. 얼마나 원했던 일인가. 내가 치킨집에 앉아서 손님을 기다릴 때면 차창 밖으로 성당에 가는 자매님의 발걸음이 부러웠다. 나는 언제쯤 자유롭게 성당에 미사를 드리러 갈 수 있을까? 그렇게 4년을 끝으로 치킨집 문을 닫았다. 나는 하느님께 쉬게 해달라고 기도를 드렸다. 매일 미사를 갈 수 있어서 좋았다.

　나는 사는 게 너무 힘들고 버거웠다. 빚을 갚아야 한다는 일념으로 앞만 보고 달려야 했다. 하루는 신부님의 가정방문이 있었다. 나는 가정방문을 신청하지 못했다. 신부님의 가정방문을 받으려면 집을 치워야 하는데 청소할 시간이 없었기 때문이다. 가정방문을 신청하지 못해 죄스런 마음이 있었는데, 신부님의 강론을 듣고 울음보가 터져버렸다. 예수님이 찾아왔는데 여러 가지 이유로 문을 열어주지 않는다면 어떻게 하겠느냐는 내용의 강론이었다. 나는 강론을 다 들을 수가 없었다. 그동안 참아왔던 설움이 폭포수 터지듯 터져서 진정하느라 더 이상 신부님의 말씀이 귀에 들어오지 않았다.

하루는 수녀님께서 이제 일을 쉬고 있으니 남편과 함께 교리봉사를 해달라고 하셨다. 나는 하느님께서 나를 부르신다는 생각이 들었다. 우리 부부는 기쁜 마음으로 교리봉사를 시작했다. 신부님께서는 매주 봉사자들에게 가톨릭 교회 교리서를 가르쳐주셨다. 세례를 받은 지 20년이 넘었어도 교리 공부를 본격적으로 한 것은 처음이었다. 나는 신부님의 질문에 엉뚱한 대답을 해서 면박을 당해도 신나고 좋았다. 매주 신부님의 교리 공부 시간이 기다려졌다.

성당에서 세례를 받으려면 6개월 동안 교리 공부를 해야 한다. 교리 공부를 하지 않고 미사에 참석하면 이방인이 된 듯한 느낌이 든다. 언제 일어나야 할지, 언제 앉아야 할지, 도무지 알 수가 없다. 나는 1987년에 세례를 받았다. 수녀님께 교리를 배웠고, 그때 교리는 주입식, 암기식 교리였다. 그러나 요즘은 나눔식 교리를 한다. 교리봉사자와 함께 생활나눔, 성경나눔을 통해 살아온 세월을 공유하고 아픈 상처도 담담히 이야기를 나눈다.

첫 교리반을 맡았을 때 가슴이 콩닥콩닥 뛰었다. 혹시 내가 모르는 내용을 물어보면 어쩌나 걱정이 되었다. 교리 첫날은 자기소개를 하면서 성당에 나오게 된 이유를 말한다. 대부분 마음의 평화를 얻기 위해서 나왔다고 말한다. 쫓기듯 바쁘게 사는 현대인에게 미래에 대한 불안과 걱정은 성당을 찾게 되는 이유였다. 교리반이 처음 시작되면 무척 서먹서먹하다. 시간이 흐르고 나눔을 하다 보면 얼마 가지 않아 서먹한 분위기는 화기애애한 분위기로 바뀐다. 첫 번째 교리반이 6개월이 지나 다들 세례를 받았다. 나는 내가 세례를 받았을 때보다 더 벅찼다.

일요일은 아침 8시부터 교리 준비를 시작한다. 교리와 미사가 모두 끝나면 12시가 넘는다. 일요일 오전은 모두 하느님께 봉헌한다. 4시간을 교리봉사와 미사로 보내고 성당 문을 나오면 날아갈 듯한 환희가 느껴진다. 나도 모르게 성가를 흥얼거린다. 나만을 위한 시간도 좋지만, 나의 시간을 누군가를 위해 내어주었을 때 기쁨은 무엇과도 비교가 안 된다. 처음 집을 장만했을 때, 한 달은 기뻤다. 백화점에서 새 옷을 사 입었을 때, 일주일은 좋았다. 그런데 교리봉사자로 지내는 주일은 매일이 기쁘고, 기쁨의 유효 기일이 없다.

나는 교리봉사를 더 잘하고 싶은 마음에 의정부 교구 신앙교육원에 입학했다. 신앙교육원은 교리교사 2년, 실습 1년, 선교사 1년 모두 4년 과정이었다. 일주일에 두 번 저녁에 수업을 받았다. 수업이 있는 날은 출근해서 일하는 내내 마음이 설렜다. 오늘은 어떤 좋은 말씀을 들을까? 교수 신부님들은 대부분 교구에서 사제서품을 받으신 후 유럽으로 유학을 다녀오신 분들이었다. 신부님들은 낮에 일하고, 저녁에 공부하러 온 중년의 아줌마들을 배려해서 강의 중에 우스갯소리로 졸음도 쫓아주셨다. 또한 기타로 멋진 성가도 불러주셨다. 이스라엘에 관한 지정학적 설명을 들으면 당장이라도 성지순례를 가고 싶어진다. 매번 받는 수업이 피정(일상생활에서 벗어나 성당이나 수도원 같은 곳에서 묵상이나 기도를 통해 자신을 살피는 일)이고, 기쁨이었다. 그러나 신학이라는 학문이 어려운 데다, 나이가 나이인지라 들을 때는 다 아는 것 같아도 며칠이 지나면 잘 기억이 나지 않았다. 그러나 콩나물 시루에 물을 주면 물이 다 빠져나가도 콩나물은 자라듯 나 또한 신앙이 자라고 있다는 믿음은 있었다.

신앙교육원에서 공부하는 또 하나의 즐거움은 벗을 만나는 일이었다. 내 짝꿍으로는 카타리나 언니, 내 앞에는 마리아 언니, 그 짝꿍으로는 아나스타시아 동생 이렇게 네 명이 4년을 같은 자리에서 공부했다. 우리는 중년 아줌마들의 고민을 같이하고, 신앙을 나누고, 각자의 어려움을 나눴다. 이야기를 들어주고 공감하며 서로를 위해 기도해줬다. 중년에서 노년으로 가는 지금도 우리는 사랑을 나눈다.

나는 올해로 14년째 예비 신자 교리봉사를 하고 있다. 이번 부활절에도 10명이 세례를 받았다. 10년 전만 해도 한 번에 30명 넘게 세례를 받는데 요즘은 성당을 찾는 사람들이 줄었다. 세례를 받기 위해 성당을 찾는 사람들의 다양한 모습을 볼 수 있다. 자녀의 올바른 성장을 위해 부모가 자녀와 함께 교리 공부에 나오기도 한다. 인생의 끝자락에 삶을 정리하고픈 마음에 나오시는 할머니, 할아버지도 계시다. 복잡한 세상 속에서 공허한 마음을 위로받기 위해 나오는 젊은이들도 있다. 반면 천주교 신자와 결혼하기 위해 세례를 받으러 나오는 청춘들도 있다. 삶의 지표를 세우고 올바른 삶을 살기 위해 하느님을 선택하는 젊은이들도 있다. 다양한 이유로 성당을 찾고 세례를 받지만 6개월 내내 일요일 아침의 늦잠을 포기하기는 쉽지 않다. 그런 늦잠을 포기하고 나오는 예비 신자들이 나는 사랑스럽다. 그들이 하느님을 만나는 데 내가 도움이 되는 게 행복하다. 새로운 교리반이 시작되면 나는 가슴이 뛴다. 그들의 다양한 삶의 모습 속에서 하느님을 만나기 때문이다. 배워도 배워도 모를 게 인생인데, 그들의 다양한 인생 경험을 통해 나는 늘 배우고, 성장한다. 나는 교리봉사자 도전을 통해 마음 그릇이 성장하고 있다.

"한 시간 행복하려면 낮잠을 자고, 하루 행복하려면 낚시를 하고, 한 달 행복하려면 결혼을 하고, 일 년 행복하려면 유산을 받아라. 그리고 평생 행복하려면 네 주위의 가난한 사람을 도우라"는 중국 속담이 있다. 예순을 살면서 시련이 닥쳐도 살아낼 수 있었던 것은 하느님의 사랑 덕분이었다. 이웃의 사랑 덕분이었다. 가족의 사랑 덕분이었다. 서울대학교의 문용린 교수는 행복을 세 가지로 구분했다.

첫째, 쾌락적 행복이다. 신경중추계의 자극과 만족을 통해 느껴지는 원초적 즐거움으로 식욕, 수면욕, 알코올 등에 의해 느끼는 행복이다.

둘째, 성취적 행복이다. 자기가 좋아하거나 잘하는 일을 통해 얻게 되는 즐거움으로 시험 합격, 목표 달성, 승진 등에 의해 느끼는 행복이다.

셋째, 온전한 행복이다. 공동체가 보편적으로 추구하는 가치나 의미를 자신의 삶을 통해 실현할 때 생겨나는 즐거움으로 봉사, 헌신, 기부, 사랑, 우정 등을 통해 느끼는 행복이다.

쾌락적 행복보다는 성취적 행복이, 성취적 행복보다는 온전한 행복이 더 깊고 강하게 오래 지속되며 가장 바람직한 이상적 단계에 해당된다. 젊어서는 성취적 행복에 목표를 두었다. 성취적 행복을 위해 늘 도전하는 삶을 살았다. 그러나 시험에 합격해도, 목표가 달성되어도 그 행복은 오래가지 않았다. 그러나 이웃을 위해 내 시간을 내어줄 때, 이웃을 생각하며 내 것을 나눌 때 내 삶은 더욱 풍요롭고 활기가 넘쳤다. 평생의 행복을 얻으려면, 주변에 있는 사람들을 사랑하고 도와주라고 한다. 내 인생의 마지막 도전은 온전한 행복을 얻는 것이다.

테레사 수녀처럼 남을 위한 봉사활동을 하거나 선한 일을 보기만 해도 인체의 면역 기능이 크게 향상되는 것을 '마더 테레사 효과'라고 한다. 나는 교리봉사를 하는 날은 에너지와 활력이 넘친다. '마더 테레사 효과'가 나타난다.

명심보감에 선을 행하는 사람은 봄이 왔을 때 동산의 풀 같아서 자라는 것이 보이지 않지만 매일매일 덕이 자라고, 악을 행하는 사람은 칼을 가는 숫돌 같아서 닳아 없어지는 것이 보이지 않으나 나날이 덕이 깎이고 있다고 한다.

배움을 실천하고 이웃과 더불어 살아가는 삶. 이 삶이 끝나는 날, 이 세상 소풍 끝나는 날 가서 아름다웠다고 말할 수 있도록 오늘도 온전한 행복을 위해 도전한다.

가장 빛나는 순간은 아직 오지 않았다

"원장님!", "국장님!", "실장님!", "여사님!"

나를 부르는 호칭은 부르는 사람에 따라 달라진다. 여러 가지 호칭으로 불리며 산 세월, 11년 2개월의 마침표를 찍으려고 한다. 마흔여덟 살에 사회복지사 공부를 해서 취업하려고 하니, 주위에서 응원보다는 "글쎄? 젊은 애들도 많은데, 자격증이 쓸모 있을까?" 주변 사람들이 의문을 제기했다. 그럼에도 불구하고 그 자격증은 어려운 시절 밥벌이 수단이 됐고, 켜켜이 쌓인 세월 덕분에 원장님 소리까지 들었다. 긴 터널을 지나 인생의 숙제를 모두 해결하고 나니 내 나이 예순, 남편은 예순넷이다.

이제 하느님이 허락하신 숨은 얼마나 남았을까? 남은 인생도 지금처럼 바쁘게, 지지고 볶고 늘 고민하며 살기 싫어졌다. 평생 아담의 원죄를 짊어진 남편의 뜨거운 땀도 닦아주고 싶었다. 이 세상 소풍 끝날 때 이만하면 잘 살았다! 자신에게 스스로 칭찬할 만한 시간을 갖고 싶어졌다. 2023년은 나의 남은 인생에 대한 계획을 세우는 시간으로 보내야겠다고 생각했다.

창조주께서 "보시니 참 좋았다"라고 감탄하신 자연을, 하느님 마음으로 바라보고, 하느님 모습으로 창조된 내 태초의 모습을 찾는 여정으로, 그분께서 하시던 일을 모두 마치시고, 이렛날 쉬신 것처럼 나 또한 남편 손을 잡고 쉬면서 채우고 싶어졌다.

남들이 10년을 넘게 일했는데 출근하지 않으니 허전하지 않냐고 물어본다. 빚을 다 갚고 나니 허무하지 않냐고도 물어본다. 나는 허전하지도 허무하지도 않다고 대답한다. 나는 무슨 일을 하든지 진땀이 나도록 최선을 다한다. 최선을 다하지 않은 날은 후회하기 때문에 지칠 정도로 최선을 다한다. 퇴근해서 집에 오면 옷도 벗지 않은 채 저녁밥을 준비하곤 했다. 식구들이 저녁 식사를 마치면 나는 거의 기절한다. 설거지할 힘이 남아 있지 않기 때문이다. 나의 일과는 새벽 5시에 시작한다. 하루를 일찍 시작하니 잠도 일찍 잔다. 학창 시절에도 시험 공부를 할 때 12시를 넘겨보지 못했다. 나는 아이 때부터 아침형 인간이었나 보다.

나는 중학교 3학년 때부터 꿈이 없어졌다. 더 이상 꿈을 꾸지 않았다. 결혼 후에는 살기 바빠서 꿈은 안중에도 없었다. 그렇게 사는 대로 생각하며 예순 해를 살아왔다. 어느 날 문득, 이렇게 살다가 생을 마감할 수 없다는 생각이 들었다. 하고 싶은 것을 해본 적이 없고, 해야 하는 일만 하고 살았구나 하는 생각이 들었다. 소녀 감성이 물씬 풍기던 중학교 2학년 때, 고전문학을 읽고 흉내를 내어 단편소설을 쓴 것이 생각났다. '아, 나는 글 쓰는 걸 좋아했었지!' 산책을 하다가도 자연이 주는 위로를 긁적이고, 작은 만남 속 느낌도 놓치기 싫어서 여기저기 메모했다. 나는 이제 나에게 남은 시간 중에 앞으로 십 년, 일흔 살까지는 청춘처럼 살기로 결심했다. 나는 엄마로 아내로 맏딸로 등에 가득 진 짐을 내려놓고 온전히 나로서의 삶을 계획했다. 그렇다고 TV에 나오는 자연인처럼 산속에 들어가서 나 혼자 살려는 것은 아니다.

그동안 지나치게 스스로에게 지웠던 책임감을 조금은 내려놓고, 내가 다 해야 직성이 풀리는 못된 성격도 조금은 고치고, 내 삶에서 내 지분을 조금 늘려서 나를 위해 쓰겠다는 말이다. 생각이 여기에 미치니 마음이 바빠지기 시작했다. 내 주변 지인들 중에서 건강해서 산을 뛰어다니고, 현역에서 활발하게 자리매김하던 분들도 일흔이 되면 어딘가 아프고, 활력을 잃는 것을 보아왔다. 그래서 나는 건강 나이를 일흔으로 정했다. 그렇다면 앞으로 십 년이 나에게 주어진 황금기다. 이제라도 깨달았으니 천만다행이라는 생각이 들었다.

나는 퇴직한 첫날 도서관을 찾았다. 늘 힘들고 외로울 때 책이 나의 벗이 되었고, 삶의 방향을 제시해주었다. 온종일 호텔 같은 도서관에서 책을 읽으니 전율이 느껴졌다. 그동안 느꼈던 삶의 고단함이 없어지는 것 같았다. 나는 예순 살이 되기를 기다렸다. 막연하게 예순 살이 되면 모든 게 해결되고 편안해질 것 같은 생각이 들었기 때문이다. 아이들도 다 성장해서 나의 손이 필요치 않고, 빚도 다 갚고 홀가분해지기를 꿈꿨다. 그런데 정말 빚도 다 갚고, 아이들도 자리매김했다. 예순 살이 되면 나의 삶을 책으로 정리하고 싶었다. 누구의 인생인들 파란만장하지 않을까? 누구의 인생인들 한 편의 드라마가 아닐까? 그러나 나와 같은 인생은 없기에 삶을 반추해보기로 했다.

이런 생각으로 도서관에서 책을 찾으니 《성공해서 책을 쓰는 것이 아니라 책을 써야 성공한다》는 책이 눈에 들어왔다. 점심 먹는 것도 잊은 채 다 읽었다. 읽고 나니 나도 책을 써야겠다는 확신이 생겼다. 막연하게 생각되던 책 쓰기를 배우기 위해 '한책협(한국책쓰기강사양성협회)'을 찾아갔다. 한책협에서 만난 김태광 대표님은 12년 동안 1,200명의 작가를 배출하고, 국내 책 쓰기 분야에서 유일하게 세계 최초 특허출원 '출판가이드 시스템'을 보유하고 있었다. 뿐만 아니라 16권의 교과서에 글이 수록된 분이었다.

"엄마 나 작가가 되려고 해. 엄마 TV 연속극 좋아하지?"

나는 조심스럽게 엄마에게 말했다.

"응."

엄마는 무표정한 말로 대답한다.

"엄마, 작가가 되려면 책을 많이 읽어야 해서 매일 도서관에서 공부해야 해."

"그래 온종일 공부를 어떻게 해? 엉덩이 아프잖아?"

엄마는 딸의 건강을 걱정하신다. 나와 엄마는 요양원으로 같이 출퇴근했었다. 온종일 붙어 있다 잠잘 시간에만 떨어져 있었다. 엄마는 내가 퇴직하면 집에서 푹 쉬는 줄 알고 있었다. 처음 엄마를 모실 때는 엄마의 상태가 좋지 않아서 24시간 붙어 있었다. 치매가 발병한 지 2년이 지나면서 우여곡절 끝에 엄마에게 맞는 약을 찾았고, 어느 정도 상태가 안정되었을 때 나는 엄마에게 말했다. 월요일부터 금요일까지는 엄마의 날이고, 토요일은 부부의 날, 일요일은 하느님의 날이라고 말했다. 왜냐하면 엄마는 점점 더 의존적이 되었고, 나는 점점 엄마를 아기처럼 대했다. 엄마는 이제 여든다섯, 백 살이 되려면 15년은 남았기 때문에 할 수 있는 일은 스스로 해야 한다는 생각이 들었다.

엄마는 내가 성당에서 봉사하는 것도 싫어하셨다. 오로지 당신만을 돌봐주기를 바라셨다. 나는 성당에서 하는 봉사가 내 삶의 기쁨이라는 사실을 엄마에게 설명하고, 또 설명했다. 매일 가던 주간보호를 내가 퇴직한 후에는 일주일에 세 번 가신다. 딸이 없어서 가기 싫다고 말씀하셔서 그나마도 설득해서 세 번 가신다. 일주일에 두 번은 방문요양보호사가 와서 청소와 빨래를 해주고 엄마와 말벗을 하면서 시간을 보낸다. 주말에는 엄마를 모시고 남편과 외식을 하고, 성당에 미사를 모시고 간다. 이렇게 생활하니 숨통이 트였다.

나는 내가 쓴 글을 엄마에게 아주 천천히 추임새를 넣어가면서 읽어드린다. 엄마가 재미있다고 박수를 치신다. 나는 엄마와 아침을 같이 먹고 점심밥을 챙겨놓는다. 그리고 내 도시락을 싸 가지고 도서관으로 간다. 엄마는 빨리 가서 책을 보고, 글을 쓰라고 말씀하신다. 무기력하게 처져 있던 엄마가 내가 읽어준 글을 듣고 즐거워하신다. 나는 엄마에게 희망을 주기 위해 큰소리를 쳤다.

"엄마 내가 작가가 되어서 성공하면 큰 집을 사서 엄마 모시고 같이 살 거야."

"아이, 좋아."

엄마는 아이처럼 물개 박수를 치신다. 그 모습이 좋아서 나는 또 한 번 호언장담을 한다.

"엄마 딸, 베스트셀러 작가가 될 거야."

엄마는 나에게 물어본다.

"그거 좋은 거지?"

엄마는 내가 가고 싶어 하는 대학을 못 보내줘서 미안하다고 말씀하셨다. 이제라도 작가가 된다니 기쁘다고 하셨다. 나는 말해놓고 덜컥 겁이 났다. 엄마를 기쁘게 해드리기 위해서, 활력을 주려고 무심결에 내뱉은 말을 주워 담을 수가 없다. 평소에 공약을 남발하는 정치인을 싫어했는데 나도 엄마에게 허황한 공약을 남발한 건 아닌지? 한편으로는 아무 희망 없이 당신의 아픈 몸에만 집중하는 엄마가 한순간만이라도 고통에서 벗어날 수 있다면 더 많은 공약도 남발할 수도 있다는 생각이 들었다.

나는 오늘도 활기찬 발걸음으로 도서관으로 향한다. 일할 때 8시간은 힘들고 지루했는데, 도서관에서 8시간은 언제 갔는지도 모르게 지나고, 하루가 간다. 무척이나 오랜만에 느껴보는 설렘이다. 마치 사춘기 소녀 시절 교생 선생님의 수업을 기다리는 두근거림과 같다.

나는 예순이 되어서야 꿈을 꾸기 시작했다. 이제부터는 사는 대로 생각하지 않고, 생각하는 대로 살기로 마음먹었다. 생각하는 것이 작가니, 작가가 되기 위해서 생각하고, 생각하는 것을 실천한다. 나의 꿈이 엄마에게는 희망이기에, 아직 오지 않은 내 인생의 빛나는 순간을 만들기 위해 나는 오늘도 힘을 내본다.

3장

지금 나에게
가장 필요한 것은

행복은 가까운 곳에 있다

나는 내 성격이 일단 저지르고 보는 '무대뽀'라는 걸 배달된 소머리를 보고 알았다. 추석이 다가오니 뭐 맛있는 것을 해 먹을까 이야기를 하다 소머리 이야기가 나왔다. 단순히 엄마도, 우리 식구도 모두 소머리 국밥을 좋아한다는 이유로 "그래, 그럼 집에서 한번 해보자!" 했던 것이 일이 커졌다. 택배 상자를 열어 소눈, 혓바닥, 코, 귓구멍을 보는 순간 이건 아니지 싶었다. 남편이 하지 말라고 말렸던 일이라 나는 남편이 오기 전에 큰아들 동석이를 시켜 혐오스러운 부위를 내다 버렸다. 퇴근해서 온 남편에게 소머리를 깨끗이 닦아달라고 부탁했다. 남편은 투덜거리면서도 열심히 닦아서 두 솥에 나눠 가스불로 끓이기 시작했다. 남편과 나는 다음부터 소머리국밥을 사 먹을 때 비싸다고 말하지 않기로 했다. 소머리국을 만드는 과정이 힘들었기 때문이다. 초벌까지 3시간을 넘게 끓여 수육을 완성하고, 뼈는 세 번 더 끓여 원액 육수랑 섞어놨다. 힘든 만큼 소머리 수육과 소머리국은 진하고 맛있었다. 식구들이 어찌나 맛나게 먹는지, 만들 때 힘들었던 생각은 다 잊어버리고 나도 모르게 내년 설에 또 해준다고 약속해버렸다.

우리는 설과 추석 차례를 집에서 지내지 않는다. 결혼해서 30년 동안 집에서 차례상을 차리고, 성당에서 합동위령미사를 또 드렸다. 나는 30년이 지나면서 '이중과세' 하지 말고 성당 합동위령미사만 하자고 말했다. 아들이 삼십 대 중반이 되도록 비혼주의는 아니어도 아직 결혼 말이 없다. 나는 아들이 결혼하기 전에 차례와 기제사를 성당에서 하는 걸로 연습하기 시작했다. 그래서 차례 음식은 따로 준비하지 않고 식구들이 좋아하는 음식을 연휴 내내 하루에 한 가지씩 바로바로 해 먹기로 했다.

추석 전날은 온 식구가 모여 송편을 만들기로 했다. 쌀가루를 빻아서 익반죽을 하고, 송편 소를 준비했다. 남편은 두 아들에게 자신의 어린 시절에 송편 만들던 이야기를 들려주고 있었다. 남편은 군대에서 축구했던 이야기 만큼이나 심취해서 이야기했다. 두 아들은 외울 만큼 여러 번 아빠에게 들었던 이야기를 처음 듣는 것처럼 맞장구를 쳐가며 들어준다. 각자 자기들이 만든 송편이 더 예쁘다고 나에게 보여주며 자랑한다. 두 아들이 아니라 세 아들을 키우는 것 같다. 엄마는 흐뭇하게 바라보시며 갓 쪄낸 송편을 맛있게 드신다.

추석 당일은 녹두 빈대떡을 부쳤다. 깐 녹두를 물에 불려 믹서에 갈고, 숙주와 고사리, 대파, 김치, 돼지고기를 넣어 기름에 지글지글 구워낸다. 굴 무침과 초간장에 담근 양파를 빈대떡과 같이 먹으니 궁합이 맞았다.

나는 정리정돈을 못 한다. 청소도 빨래도 집안 꾸미기도 잘 못한다. 아니 흥미가 없다. 그나마 다행인 것은 요리하는 것을 좋아한다. 한 번 먹어본 음식은 비슷하게 흉내를 낸다. 요리 실력이 좋아지는 데는 가족의 역할이 컸다. 남편과 나는 식성이 비슷하다. 혐오식품 빼고는 뭐든지 잘 먹는다. 골고루 잘 먹는 우리 부부 덕분에 아이들도 편식하지 않는다. 내가 만든 음식을 맛있다고 잘 먹어주는 덕분에 새로운 요리에 자꾸 도전하게 된다.

나는 집안이 조금 어질러져 있어도 잠을 잘 수 있는데, 다음 날 음식 재료 준비를 하지 않고는 잠을 자지 못한다. 남들이 보면 먹기 위해 사는 사람으로 오해할까 봐 걱정될 때도 있다. 큰아들 동석이가 유치원에 다닐 때는 담임 선생님이 김밥을 싸달라고 부탁하셨다. 유치원 행사가 있어서 엄마들 몇몇이 음식 몇 가지를 준비했다. 모자란 것보다는 남는 게 낫다는 생각으로 너무 많이 준비해서 선생님을 당황하게 만들기도 했다. 추석을 앞두고는 아이들 송편 만들기 수업을 한다고 쌀 익반죽을 부탁하셨다. 나는 결혼 전 엄마가 익반죽하시는 걸 어깨너머로 보기만 했는데 자신 있게 준비하겠다고 대답했다. 씩씩한 대답과는 달리 익반죽하느라 쩔쩔맸던 기억이 있다.

우리 식구는 만두를 좋아한다. 시어머니가 황해도가 고향이라 만두를 자주 만드셨다. 어릴 적 자주 먹어서 먹고 싶은 건지, 엄마가 그리운 건지 남편은 자주 만두를 찾는다. 나는 한 번에 만두를 백 개씩 만들어 찐만두, 군만두, 만둣국을 만들어 준다. 아무리 맛있는 음식도 연달아서는 먹지 않는 우리 식구들이 만두는 일주일 내내 먹어도 맛있다고 한다. 나는 큰아들이 유치원에 다닐 때도 자주 만두를 만들어 동네 사람들을 집으로 초대했다. 나는 음식만 만들고 설거지와 뒷정리는 초대된 손님들이 다 해주고 갔다.

나는 재래시장을 좋아한다. 대형마트에 비해 주차하기 불편하고 깔끔하지 않지만 재래시장은 사람 사는 냄새가 난다. 기분이 우울할 때 재래시장을 찾으면 상인들의 활기찬 모습에서 언제 그랬냐는 듯 기분이 좋아진다. 나도 열심히 살아야 할 것만 같은 의욕이 솟는다.

나는 재래시장에서 제철 농수산물을 산다. 겨울 끝자락에 물가자미가 나온다. 남편과 큰아들이 가자미식혜를 좋아해서 조밥을 해서 가자미식혜를 담근다. 무를 먹기 좋은 크기로 잘라 소금에 살짝 절였다가 조밥에 가자미와 무를 같이 버무려놓았다 삭으면 먹는다. 가끔은 남편 도시락으로 가자미식혜로 만든 김밥을 싸주기도 한다.

나는 물 좋은 오징어, 조개로 젓갈도 담근다. 봄이면 생멸치를 사다 멸치젓도 담근다. 강화도에서 2일, 7일 날짜에 오일장이 열리는데, 거기에는 동네 재래시장에서는 볼 수 없는 물건들이 많다. 구경하는 재미가 좋아 남편과 강화 장날 가끔 간다. 강화도에서는 가을이면 생새우를 싸게 살 수 있다. 생새우를 한 말씩 사다 소금을 뿌려 김치냉장고에 넣어두면 이듬해 맛있는 새우젓이 된다. 나는 생선을 좋아한다. 끼니마다 생선 반찬을 식탁에 올리는데, 요즘 일본 방사능 오염수 방류 이야기가 나와서 좋아하는 생선을 못 먹을까 봐 걱정이 된다.

나는 평일에는 매일 5시에 일어나 도시락을 싼다. 올해 12월이면 만 5년째 도시락을 싸고 있다. 남편과 주말부부로 지낸 5년 동안 남편 밥을 안 챙겨도 되어 주위의 부러움을 샀다. 전생에 나라를 구했다는 소리까지 들었다. 그도 그럴 것이 50세에 접어든 중년여성이 갱년기를 맞으면 남편이 마냥 예쁘기만 한 사람도 그리 많지 않을 것이다. 더구나 연거푸 사업 실패를 한 남편과 한 공간에 있으니, 나 혼자 열이 올랐다 내렸다를 반복했다. 풀죽은 남편한테 대놓고 화를 낼 수는 없었다. 그러던 차에 주말부부가 되어 남편이 집에 없으니 평일에는 밥을 안 해도 되고, TV 리모컨을 독차지할 수 있고, 시도 때도 없이 뀌어대는 방귀 소리도 안 들어서 좋았다. 그렇게 5년이 지나고 남편 회사가 파주로 이사를 오면서 도시락은 시작됐고, 5년째 도시락을 싸고 있다.

나는 도시락을 싸면서 인생의 총량의 법칙을 깨달았다. 모든 사물에는 총량이 정해져 있고, 그 총량을 벗어나 존재할 수 없다. 남편은 집에서 파주까지 40km 출근길 차 안에서 아침 도시락을 먹는다. 당뇨를 앓고 있는 남편을 위해 현미밥으로 김밥을 싸고 삶은 달걀, 마늘, 브로콜리, 토마토, 사과를 싸준다. 점심으로는 현미밥을 보온통에 싸준다. 남편은 준비해 간 현미밥으로 구내식당 반찬과 함께 점심을 먹는다. 저녁에는 양배추와 블루베리를 퇴근길 차 안에서 먹는다. 나는 5년째 김밥을 싸니 김밥 싸는 실력이 늘었다. 김밥 속재료를 연어, 생선회, 명란젓, 소고기 육회, 삼겹살, 제철 나물 등을 넣어 다양하게 싸고, 충무김밥처럼 속 재료 없이 김밥을 싸면 닭봉이나 닭날개를 조려 먹는 재미를 줬다. 남편은 아침 도시락 먹는 재미에 출근길이 즐겁다고 말했다. 현미밥을 5년째 먹으니 남편은 허리 30인치로 체중 조절이 되고 대사증후군 모든 수치가 잘 조절되고 있다. 내가 집안은 어질러 놓을 망정 음식 만들기는 좋아하는 덕분인 듯하다.

나는 젊은 날 늘 먼 미래를 위해 아등바등 살았다. 내 나이 예순이 되어서야 아등바등 살지 않는다. 아니 아등바등 살지 않기로 했다. 파랑새를 찾아 나섰던 35년, 노곤한 몸을 쉬려고 하니 행복이 보였다. 엄마를 위해 간장게장을 만들며 행복하다. 매운 것을 못 드시는 엄마를 위해 만든 백김치가 맛있어서 기분이 좋다. 독립해서 따로 사는 아들을 주려고 불고기 양념을 해서 냉동실에 얼리니 내 배가 부르다. 냉동실에 얼려두었던 무청을 녹여 돼지 등뼈와 같이 끓이니 냄새가 구수하다. 오늘 저녁 등뼈를 발라 먹으며 좋아할 작은아들을 생각하니 요리하는 게 신이 난다. 나는 밥 먹는 아들에게 물어볼 것이다.

"간은 맞아? 맛있어?"

뻔한 대답을 기다리며 나는 또 행복해할 것이다. 나는 요리하는 행복 말고도 4월이면 행복한 일이 또 있다. 아버지와의 추억이 있는 프로야구를 보는 것이다. 아버지는 운동경기 중계를 보시는 게 취미셨다. 온종일 스포츠 방송만 보셔서 엄마도 야구 경기 규칙을 알고 계신다. 엄마는 투수가 던진 공을 보고 볼인지 스트라이크인지를 맞히신다. 나는 퇴근한 남편과 함께 프로야구를 본다. 아버지가 좋아하셨던 인천 연고의 팀을 남편과 나는 열렬히 응원한다. 아버지는 돌아가시면서 우리에게 프로야구의 재미를 알려주셨다. 나는 야구를 보면서 아버지와의 추억에 젖는다.

이렇게 나는 소소한 일상으로 행복하다. 젊을 때는 눈에 보이는 결과가 있어야만 행복했다. 그래서 일상의 소소한 행복에는 관심이 없었다. 늘 미래를 위해 현재를 희생했다. 행복은 늘 내 곁에 있었는데 나는 행복을 찾아 멀리 다녔다. 내일은 주말농장의 상추를 솎아야지. 내일 상추를 솎아 나눠 먹을 생각을 하니 벌써 행복해진다. 행복해지는 비결은 행복을 얻으려고 힘쓰는 데 있는 것이 아니라 일상에서 행복을 발견하는 데 있다는 것을 이제야 비로소 깨달았다.

우리가 걱정하는 40%는
절대 일어나지 않는다

새봄이 찾아와서 상추 씨를 종류별로 쑥갓과 같이 뿌렸다. 비가 온대서 뿌려놓은 씨가 비에 쓸려 내려갈까 걱정했다. 또 괜한 걱정을 했다. 걱정을 먹고 자란 상추는 씨를 뿌린 지 채 한 달이 되지 않았는데, 벌써 솎을 때가 됐다. 연두색 여린 잎들이 바람에 한들거린다. 예뻐서 절로 미소가 피어난다. 주말농장의 채소들이 일상에 지친 우리 부부의 한 주간 쌓인 피로를 말끔하게 씻어준다. 나처럼 게으른 사람에게는 식물이 좋다. 손이 많이 가는 반려동물은 키울 자신이 없다. 주변 정리정돈을 잘하지 못하는 나로서는 식물이 제격이다. 그것도 집과 떨어진 주말농장이 말이다. 우리 밭에는 풀들이 같이 자란다. 주말농장을 같이 하는 친구 부부는 우리 밭의 풀도 뽑아주고, 물도 준다. 친구 부부는 워낙 부지런하고, 친구는 과수원집 딸이어서 우리의 주말농장 선생님이다. 남편은 주말농장을 한 지 10년 됐다고 고집이 생겨 친구 말을 잘 안 듣는다. 주말이면 우리 부부와 친구 부부는 서로의 의견이 최선인 양 서로 한 수 가르쳐주기 바쁘다. 그렇게 두어 시간 흙을 만지고 나면 서로 준비해온 아침거리와 과일, 커피를 나눠 먹는다. 땀을 흘린 뒤에 먹는 요깃거리는 꿀맛이다. 우리는 음식을 먹으며 일주일간 묵은 이야기를 나눈다.

친구 부부와 우리는 아파트 입주 동기다. 엄밀히 말하면 친구가 아니라 언니다. 두 집 아이들이 나이가 같아 "선아 엄마", "동석이 엄마"로 부르다 보니 친구가 됐다. 그렇게 30년을 같이 동고동락하다 보니 이제 와서 언니라고 불러지지가 않는다.

다행인 것은 남편끼리는 한 살 차이지만, 남편이 일곱 살에 학교에 들어가 학번이 같다. 우리는 남편들 출근시키고, 아이들까지 유치원에 보내고 나면, 반찬도 해서 나눠 먹고, 시장도 같이 가고, 집도 같이 꾸몄다. 물론 목욕탕도 같이 가서 등도 서로 밀어줬다. 나는 언니 같은 친구한테서 살림을 배웠다. 왜냐하면 나는 결혼 전에 양말 한 번 안 빨아보고, 이불 한 번 개보지 않았기 때문이다. 친구는 씽크대 정리도 해주고, 맛있게 멸치 볶는 방법, 김을 재는 방법(30년 전만 해도 집에서 생김에 들기름을 발라 구워 먹었다)도 알려줬다. 얼마 전 TV에서 방영한 드라마 〈응답하라 1988〉을 보면서 그때 그 시절이 떠올라 향수에 젖었다.

친구 덕분에 내 살림 실력은 늘었다. 그러나 여전히 정리정돈을 하려면 어지러워서 나이 예순이 되도록 늘어놓고 산다. '먼 친척보다 가까운 이웃이 낫다'는 말이 있듯, 우리에게 친구 부부는 가족 그 이상이다. 눈빛만 봐도 서로의 마음을 알 수 있다.

친구 부부는 내가 아는 사람 중에서 가장 착한 사람들이다. 남의 어려움을 내 일처럼 처리해준다. 친구나 이웃이나 누구나 어려움을 호소하면 발 벗고 나선다. 오죽하면 내가 '무엇이든지 해결해드립니다'라고 간판을 걸고 영업을 하라고 말할 정도다. 문제 해결 능력이 정말 탁월하다. 친구 부부는 사람뿐 아니라 동물에게도 정이 많다. 올해 겨울 자신들의 가게 뒤편에 길냥이의 집을 마련해주고, 히터를 틀어줘서 이번 달에 전기요금이 15만 원이 더 나왔다고 한다.

삼십 년 전 우리 시어머니가 돌아가셨을 때도 우리 집 소파를 자기 집에 옮겨다 놓고 공간을 만들어줘서, 우리 집 거실에서 손님을 맞을 수 있게 도와주었다. 삼십 년 전만 해도 대부분 집에서 장례를 치렀다. 뿐만 아니라 장례 기간 내내 모두 도와주고, 우리가 장지에 간 사이에 집을 말끔하게 청소해주었다. 우리 엄마는 지금도 시어머니 장례 때 친구 부부가 도와주었던 이야기를 자주 하신다. 선아 엄마에게 잘하라고 당부도 하신다. 여자 형제가 없는 나에게는 친구 부부는 하느님이 주신 선물이다.

"동석아, 14평 주공 아파트가 전세로 나왔는데, 선아 아빠가 월세로 돌려본대."

수화기 너머로 들려오는 선아 엄마의 목소리에서 걱정이 묻어난다. 나는 힘없이 "월세가 너무 비싸면 어쩌지"라고 대답하고 전화를 끊었다. 우리는 살고 있던 아파트를 경매로 넘기고, 공장도 문을 닫아 작은아버지 회사가 있는 시화로 이사했었다. 일 년을 살았는데, 시화는 아파트와 공장뿐이고 의정부와는 달리 산이 없어서 그런지 마음이 더 메말라갔다. 우리 부부는 적응하지 못했다. 다시 의정부로 이사 오기로 했는데, 모든 걸 정리하고 나니 수중에는 천만 원밖에 없었다. 그 돈으로는 전세를 얻을 수가 없었다. 다행히 선아 아빠의 노력으로 전세를 월세로 바꿔 이사 날이 정해졌다. 이사하는 날 아침, 남편은 새 직장을 구해 경기도 광주로 출근하고, 나는 아이들과 이삿짐센터의 차를 타고 의정부로 향했다.

친구 부부는 우리가 이사할 아파트를 전날 말끔하게 청소해놨다. 방충망을 빼서 물청소를 하고, 씽크대의 기름때까지 말끔히 청소해서 10년 된 아파트가 새 아파트로 탈바꿈되었다. 하긴 선아 아빠는 평소에 자동차 청소를 할 때도 운전석을 뜯어내고 바닥의 먼지를 털었다. 가전제품도 다 해체해서 먼지를 없앤 후 다시 조립하곤 했다. 아무리 성격이 그렇다고 하더라도 내 일도 아닌 남의 일을 내 일처럼 해준 선아 아빠가 고맙고, 또 고마웠다. 출근한 남편 대신 친구 부부는 팔을 걷어붙이고 이삿짐을 풀고, 정리정돈까지 해주었다.

우리 집은 아들이 둘이고 친구네 집은 딸이 둘이다. 아이들도 형제처럼 잘 지낸다. 어릴 때는 계곡으로 바다로 산으로 같이 여행을 다녔다. 아이들 어릴 때는 딸과 아들 한 명씩을 바꾸자고 말할 정도로 허물이 없었다. 딸이 없는 나에게 친구 딸은 딸 노릇을 할 때가 많다. 큰아들은 일본에 유학 가고, 작은아들은 군대에 있을 때, 친구 딸 윤아가 어버이날이 되면 카네이션과 케익을 사 들고 집으로 찾아오곤 했다. 남편 환갑에도 큰 꽃바구니를 마련해 축하해주었다.

친구 부부와 같이 지내온 30년을 생각해보니, 내가 힘들 때 손을 잡아주고, 어려움이 있을 때 머리를 맞대고 의논 상대가 되어주었다. 지친다고 넋두리하면 들어주고, 비틀거리면 어깨를 내어주었다. 언제라도 부르면 싫은 내색 없이 나타나 내 일을 해결해주는 친구 부부가 있어 힘든 날을 살아올 수 있었다. 아무리 친해도 돈 문제가 생기면 사이가 갈라지는 법인데, 친구는 내가 필요하다고 말만 하면 돈도 척척 빌려줬다. 어디에 필요한 돈인지, 언제 갚을 것인지는 물어보지도 않았다. 자기 돈이 없으면 지인들에게까지 말해서 빌려줬다. 한번은 내가 비싼 이자 돈을 쓰고 있는 것을 알고 자기 친언니에게 이야기해서 은행이자로 돈을 빌려주라고 했다. 잠깐 돈이 필요해서 돈을 빌리려고 해도 말하기가 힘들고, 말했다가도 거절을 당하면 그 무안함은 당해보지 않은 사람은 모를 것이다. 그런데 친구는 그런 나의 심정을 헤아려 자존심이 상하지 않도록 했다.

젊은 날 우리는 아이들을 같이 키우며 엄마가 처음이라 서툰 부분을 같이 고민했고, 에어로빅, 테니스를 같이 배우며 어쩜 이리

운동신경이 없을까 마주 보고 배꼽 잡고 웃기도 했다. 아이들이 크고 나서는 각자 밥벌이하는 고충을 나눴다. 경력 단절 여성들의 재취업 고달픔을 서로 잘 알고 있었다. 시어머니를 모셨던 우리는 시어머니와의 갈등은 영원한 숙제라고 결론도 내렸다.

친구 시어머니는 102세에 돌아가셨다. 평소에 친구 시어머니는 당신 아들네와 형제처럼 잘 지내라고 내게 말씀하셨다. 우리 부부는 장례 기간 내내 친구 부부와 함께했고, 산소에서 마지막 인사도 드렸다. 친구에게 도움이 될 수 있는 일은 무엇이든지 해주고 싶다. 나는 친구에게 받은 게 많다. 30년 세월 친구 부부한테 받은 도움을 말하자면 밤을 새도 모자란다. 이제는 친구에게 내 품을 내어주고 싶다. 친구에게 받은 사랑을 열 배, 백 배로 갚아주고 싶다.

요즘 우리의 이야깃거리는 노년의 준비와 걱정이다. 나도 치매를 앓고 있는 엄마를 모시고 있고, 친구도 아흔을 넘긴 친정 부모님이 병환 중에 계시다. 베이비부머 세대인 우리들은 정신없이 달려왔다. 과밀학급에 2부제, 3부제 수업을 하며 생존경쟁을 배웠다. 도태되지 않기 위해 치열하게 살아왔다. 정신을 차려보니 어느덧 예순을 넘겼다. 우리는 열심히 일하는 것에 익숙해 잘 놀 줄 모른다. 이제 은퇴할 나이고, 은퇴 후 많은 시간을 어떻게 보낼지 걱정한다. 바쁘게만 살아왔으니 우리에게 쉼이 필요하다.

요즘 우리 나이 사람들의 가장 큰 걱정은 건강이다. 건강을 잃은 노년의 삶의 비참함을 잘 알기에 건강 걱정을 넘어 건강 염려증을 앓고 있다. 그러나 나는 걱정하지 않는다. 하루하루 에너지를 힘껏 쓰면 건강도 죽음도 걱정하지 않아도 된다고 생각한다. 삶의 방식 대로 죽음을 맞을 수 있을 것이라고, 죽음은 삶의 연장선이라고 생각한다. 예순까지의 삶을 돌아보니 걱정하지 않아도 되는 일까지 걱정하며 인생을 낭비했다. 절대 일어나지 않을 일까지 걱정하며 시간을 낭비했다.

이제 나는 친구와 어제와 같은 일상을 오늘도 함께 나눌 것이다. 들어주고, 이야기하며, 웃고, 눈물지으며, 이렇게 익어갈 것이다. 하찮은 이야기도 소중한 이야기가 되어, 서로의 눈을 맞추며 오늘도 추억의 한 페이지를 만들 것이다. 아직 일어나지도 않은 일을 걱정하지 말고 현재 일어난 일에 충실하면서 말이다.

저녁을 먹고 나면 허물없이 찾아가
차 한잔 마시고 싶다고 말할 수 있는 친구가 있었으면 좋겠다.
입은 옷을 갈아입지 않고 김치 냄새가 좀 나더라도
흉보지 않을 친구가 우리 집 가까이에 있었으면 좋겠다.(중략)

친구와 마주한 오늘은 유안진 님의 〈지란지교를 꿈꾸며〉가 생각 난다.

꿈꾸는 자에게 좌절이란 없다

자정이 되어서야 은행 문을 나설 수 있었다. 오늘따라 시재가 맞지 않았다. 은행은 그날 입출금전표와 현금의 시재를 맞춰야 비로서 하루 일과가 끝난다. 오늘은 결혼 전 마지막 크리스마스 이브 1987년 12월 24일. 일찍 퇴근한 형은 커피숍을 옮겨 다니면서 언제 끝나냐고 성화를 부린다. 나는 결혼 전에 남편을 형이라고 불렀다. 삼 남매의 장녀로 자라면서 오빠라는 호칭을 불러보지 않아서인지, 애교가 없어서인지 오빠라고 부르지 못했다. 행정학과 친구들도 다 같이 형이라고 불렀다. 우리는 1988년 3월 12일로 결혼 날짜를 잡았다. 청춘의 마지막 크리스마스를 근사하게 보내기 위해 형은 청평에 가자고 했다. 기차표를 예매하고 내가 근무하는 영등포 은행 근처에 와서 끝나기만 기다렸다. 가는 날이 장날이라고 그날따라 은행 일이 끝나지 않아 기차표는 휴지조각이 되어버렸다. 자정이 되어서 청평을 가려고 하니 차편은 택시밖에 없었다. 우리는 택시를 대절해서 청평으로 갔다. 크리스마스 이브 자정을 훨씬 넘긴 시간에는 우리가 묵을 만한 방이 없었다. 한참을 돌아다녀도 방을 구할 수 없자 허름한 여인숙에 갔다. 몇 군데를 돌아다녀서 겨우 방 하나를 구할 수 있었다. 나는 여인숙은 태어나서 처음이라 무서운 생각이 들었다. 형은 나름 이벤트를 생각하고 청평으로 오자고 했는데 겨우 구한 방이 여인숙이라 실망한 빛이 역력했다. 그래도 어쩌겠는가. 이슬을 맞고 잘 수는 없으니 몸을 녹일 방을 구한 걸로도 고맙게 생각하자고 말했다. 우리는 형이 준비한 간식과 포도주를 마시며 오늘 청평을 오기까지의 과정을 이야기하고 있었다. 하하 호호 떠들고 있는데 옆방에서 이상한 소리가 들렸다. 방음이 안 되는 여인숙 옆방에서는 청춘 남녀가 사랑을 나누고 있었다. 나는 나도 모르게 큰 소리로 말하기 시작했다. 나는 형의 손을 꼭 잡고 오늘 밤은 자지 말고 이야기하면서 밤을 새자고 말했다. 우리는 서로 옆방의 소리가 전혀 안 들리는 것처럼 행동했다. 그 덕분에 나는 결혼 첫날밤에 대한 로망을 지킬 수 있었다.

나는 결혼을 결심하기 전까지 엄마에게 사귀는 남자가 있다고 말하지 않았다. 그래서 형과 여행을 가려면 늘 핑계를 댔다. 형과 둘이 여행을 가도 늘 은행직원들과 여행 간다, 행정학과에서 여행

간다고 거짓말을 했다. 40년 전만 해도 여행을 위한 이동수단은 대부분 기차나 고속버스였다. 한번은 4월 벚꽃이 만발할 때 진해군항제를 가게 되었다. 서울에서 마산까지 고속버스를 탔다. 설레는 마음과는 달리 나는 마산에 도착할 때까지 멀미를 했다. 형은 옆에서 등도 두드려주고, 배도 쓸어주고, 손도 주물러줬다. 나는 가끔 구토까지 해서 형은 비닐봉지까지 들고 있어야 했다. 차에서 내리니 살 것 같았다. 마산에서 택시를 타고 진해로 갔다. 진해는 매년 4월 초에 진해군항제가 열린다. 이 기간에는 진해기지사령부나 해군사관학교 일부가 공개된다. 벚꽃이 만발한 진해 시가지에 도착하니 벚꽃과 사람이 어우러져 장관을 이루고 있었다. 신나게 구경을 하고 나니 밤이 되었다. 나는 밤이 되니 또 아파야만 할 것 같았다. 형은 아픈 내게 이불을 잘 덮어주었다.

형은 결혼 전 회사에 다닐 때 산악회에서 지리산 노고단을 비롯해 우리나라의 웬만한 명산은 다 가봤다고 자랑했다. 나는 산에 오르는 것이 자신이 없었는데, 큰소리치는 형을 믿고 북한산 백운대에 가게 되었다. 백운대를 오르는 바윗길은 사람들이 하도 오르내려서 반질반질했다. 쇠밧줄을 잡고 오르는데 괜히 왔다는 생각이 들었다. 쇠밧줄을 잡고도 빨리 올라가지 못하자 형이 엉덩이를 밀어 올려줬다. 그 후로 나는 높은 산은 쳐다보는 걸로 만족했다.

형은 주말이면 전화를 걸어 집에 있으면 답답하고 심심한데 나오라고 했다. 인천에 사는 나는 삼화고속버스를 타고 서울역으로 갔다. 나는 약속 시간보다 항상 먼저 나가는데, 형과 연애할 때는 이상하리 만치 1시간씩 늦게 나갔다. 형은 내가 약속 시간을 안 지켜도 화를 내지 않았다. 아마도 형의 인내심 테스트를 한 것 같다. 한번은 지금은 에버랜드로 바뀐 용인자연농원으로 놀러갔다. 우리는 동심으로 돌아가 신나게 놀이기구를 타고 놀았다. 그런데 처음 보는 놀이기구가 있었다. 바이킹이었다. 나는 바이킹이 높은 곳에서 떨어지는 모습을 보고 타지 말자고 했다. 형은 괜찮다며 바이킹 끝에 자리를 잡고 타라고 했다. 나는 '그래, 형을 믿고 타보자' 하는 마음을 먹고 안전장치를 몇 번이나 확인한 후 형 팔을 꽉 잡았다. 바이킹이 오르내리기 시작하니 하늘이 노랗고 다리에 힘을 줘도 힘이 들어가지 않았다. 나는 "형 나 기절할 것 같아"라고 말했다. 형은 "괜찮아. 멀리 봐. 조금만 참아"라고 말했다. 나는 바이킹을 타는 몇 분이 몇 시간처럼 느껴졌다. 우리는 바이킹을 다 타고 내려서 구역질을 했다. 형도 태연한 척했으나 실은 무서웠다고 말했다. 그 후로 바이킹을 타기는커녕 쳐다보지도 않게 되었다. 아이들을 키우면서 놀이동산에 가도 나는 회전목마 이외에는 절대 타지 않았다. 항상 사진을 찍어준다는 명분 뒤로 무서운 마음을 감췄다.

형은 비가 오는 날을 좋아했다. 비 오는 날 우산을 쓰고 경복궁을 거닐고, 덕수궁 돌담길을 걷곤 했다. 비 오는 날은 사람도 북적이지 않고, 고궁의 정취를 제대로 즐길 수 있어서 좋았다.

그렇게 고궁의 정취를 즐기고 나면 세실극장에서 연극을 보곤했다. 형과 연애 시절에는 개봉관에서 하는 영화는 빼놓지 않고 보았다. 형은 학창시절부터 영화를 좋아해서 서울에서 의정부까지 친구들과 영화를 보러 왔다고 한다. 책가방과 교복을 영화관 근처 중국집에 맡겨놓고 영화를 본 후 중국집에서 짜장면까지 사 먹었다고 한다. 서울에서 영화를 보는 돈이면 의정부에서 영화를 보고 남는 돈으로 짜장면을 사 먹을 수 있었다고 한다. 그런데 중국집에 책가방과 교복을 맡기고 봐야 했던 영화라면, 그건 대체 무슨 영화였을까?

우리는 야구가 시작되면 야구장에도 갔다. 남편이 다니던 고등학교에 야구부가 있어서 학창시절 단체 응원을 많이 다녔던 경험으로 야구를 직접 관람하는 것을 좋아했다. 야구장에 가면 TV로 보는 것처럼 잘 보이지는 않는다. 물론 앉는 좌석에 따라 다르지만 우리는 주로 3루수 쪽에 앉아 목이 터져라 응원한다. 우리가 응원하는 팀의 경기가 잘 풀리는 날은 신나서 응원가도 같이 부른다. 경기에 지고 있으면 우리가 감독이라도 된 양 투수를 교체하라는 둥, 도루를 하라는 둥 훈수를 두기 바쁘다. 그렇게 야구장에 다녀오면 스트레스가 풀리고 활력이 생겼다. 우리 부부가 야구를 좋아해서 그런지 큰아들 동석이도 7살부터 야구의 광팬이 되었다. 청년이 되어서는 야구 시즌권을 예매하고, 야구를 보러 도쿄돔에까지 간다.

나는 준비성이 철저한 사람이 못 된다. 하루는 형이 백운계곡에 가서 계곡물에 발을 담그고 오자고 하기에 맨몸으로 따라나섰다. 형은 히말라야라도 가는 사람처럼 배낭에 짐을 한가득 지고 나타났다. 계곡에 올라 자리를 잡고 앉으니 형은 코펠 버너를 꺼내 생선 매운탕을 끓이고, 밥을 하며 신이 났다. 40년 전만 해도 계곡에서 불도 피우고, 밥도 해 먹던 시절이었다. 형이 만든 밥은 제법 잘됐고, 완성된 매운탕은 맛이 있었다. 나는 그래서 깜빡 속았다. 남편은 연애시절에 무엇이든지 다 해주고 무엇이든지 해결하는 '슈퍼맨'이었다. 그런데 결혼해보니 그냥 술을 즐기는 '술퍼맨'이었다.

나는 21살에 방송통신대의 행정학과에서 형을 처음 만났다. 스터디모임으로 열 명 넘게 매주 만나 같이 공부했다. 남편은 성격이 좋고, 유흥을 즐기니 항상 분위기 메이커였다. 내가 고아원 봉사를 갈 때도 부탁하면 남편은 기타를 매고 나타나 오락을 담당해주곤 했다. 그렇게 다 같이 친하게 잘 지내던 어느 날 남편은 나에게 프로포즈를 했다. 나는 싫다고 했다. 다른 사람을 알아보라고 했다. 그때 나는 22살이었고 결혼이 안중에도 없었다. 한참 은행에 적응해 동기들과 어울리는 것도 즐거웠고, 방송통신대에 다니면서 사람들과 어울리는 것도 재미있어서 결혼에는 관심이 없었다. 다만, 프로포즈로 인해 관계가 불편해지는 것은 싫었다. 나는 아무 일도 없었던 것처럼 형을 자연스럽게 대했다. 여전히 같이 공부하고, 여전히 잘 놀러 다녔다. 그렇게 같이 지낸 세월이 켜켜이 쌓이다 보니 자연스럽게 결혼까지 하게 되었다. 아마도 남편의 결혼 전략에 내가 넘어간 것 같다. 열 번 찍어 안 넘어가는 나무는 없다는 옛말은 맞는 것 같다. 우리는 4년 동안 많은 대화를 나눴고, 많은 것을 공유했다. 결혼을 통해 우리가 꿈꾸었던 것들을 이뤄 나가기 위해 노력했다.

신혼집은 석계역 앞에 있는 월계시영 아파트에서 전세로 시작했다. 우리는 맞벌이로 어머니를 모시고 살았다. 나는 임신을 하고 출산휴가로 6개월을 받았다. 저녁마다 막달의 배를 내밀고 퇴근해 오는 남편을 마중하러 석계역에 나갔다. 신혼부부 티를 내는 게 시어머니한테 미안해서 많이 운동해야 아기를 잘 낳을 수 있다는 핑계로 저녁마다 남편 마중을 나간 것이다. 우리가 사는 아파트 맞은편에는 예쁘게 지어진 새 아파트가 있었다. 나와 남편은 퇴근길에 새 아파트를 바라보며 꿈을 키워나갔다. 열심히 맞벌이를 해서 새 아파트를 분양받는 게 신혼부부의 가장 큰 꿈이었다. 그 후로도 많은 꿈을 꾸었고, 이루면서 살았지만, 신혼 때 남편 퇴근길에 손잡고 걸으며 꾸었던 꿈이 가장 아름다운 꿈으로 기억되고 있다.

그 후 우리는 3년 만에 아파트를 분양받았고, 결혼한 지 5년 만에 꿈꾸던 새 아파트에 입주했다. 그때의 행복했던 기억은 아직도 뇌리에 생생히 남아 있다. 35년의 결혼생활을 하면서 좌절도 많았다. 항상 좌절을 극복해나갈 수 있었던 건 늘 미래에 대한 꿈을 꾸었기 때문이다. 우리는 같은 생각을 하고, 같은 곳을 바라보며, 같은 꿈을 꾸었기에 시련 앞에 무릎 꿇지 않고 여기까지 왔으리라.

절박함은 두려움을 이긴다

오늘은 영종도 가는 날이다. 남편은 토요일에 격주로 근무를 하는데, 오늘은 쉬는 토요일이라 친정 부모님이 사시는 영종도에 갈 수 있다. 어제부터 장을 본 물건들을 트렁크에 가득 실었다. 남동생과 인천에서 10년을 같이 살다 분가한 뒤, 아버지는 80세에 전립선암에 걸리셨다. 그때까지도 일을 하셨던 아버지는 성격이 급하시고, 천성이 부지런하셔서 가만히 놀고먹는 것을 참지 못하셨다. 아버지는 처음에 암 진단을 받으셨을 때 우리에게 대수롭지 않게 말씀하셨고, 나는 살기 바빠서 아버지 말을 그대로 믿었다. 아버지의 상태를 병원에 가서 직접 확인해보지 않았다.

아버지는 날이 갈수록 살이 빠져서 바지에 허리띠를 하지 않으면 흘러내려서 입을 수 없어졌다. "아버지, 바지 하나 새로 사자?"

하고 말하면 장롱을 열어 보이시며 이렇게 멀쩡한 바지가 많은데 살 필요 없다고 말씀하셨다. 아버지는 근검절약이 몸에 배어 전기도 수도도 심지어 겨울에 보일러까지 아끼셨다. 한겨울 친정집에 가면 보일러를 틀지 않아 방바닥을 딛고 다닐 수가 없었다. 영종도에 갈 때마다 엄마, 아버지께서 필요한 물건을 사 가지고 가면, 아버지는 "너는 손이 커서 큰일이다. 빚은 언제 갚으려고 돈을 막 쓰냐? 그 돈으로 빚부터 갚아라"고 말씀하셨다. 그럼 나는 "아버지, 내가 빚 다 갚고 아버지 뭐 사 드리려면 그때는 아버지가 돌아가시고 안 계세요. 그러니 빚은 조금 천천히 갚아도 아버지 살아 계실 때 맛난 거, 좋은 옷 사드려야 해요"라고 대답했다.

나는 야단을 맞아도 부모님 집에 갈 때는 조금 많다 싶을 정도로 사 갔다. 내가 간다고 전화하면 아버지는 내가 도착할 시간보다 훨씬 전에 주차장에 나와 계셨다. 야위어서 구부정해진 몸이 저 멀리서 보인다. 나는 힘든데 왜 나와 계시냐고 싫은 소리를 한다. 그렇지만 아버지가 밖에 나와서 나를 기다리며 설레셨을 생각을 하니 눈물이 나서 마주 보지 못하고 딴청을 부렸다. 집에 도착하면 엄마는 아버지가 우리 온다고 얼마나 기다렸는지 모른다고 말씀하셨다. 나는 매일 아침, 저녁으로 엄마와 통화를 한다. 식사는 하셨는지, 아픈 데는 없는지, 필요한 물건이 무엇인지 등 시시콜콜 하루의 일과를 모두 알고 있건만, 집에서 만난 엄마는 몇 달 만에 만난 사람처럼 서서 이야기를 하셨다. 드시고 싶은 게 있냐고 여쭤보고 을왕리 쪽으로 외식하러 나갔다. 고기, 장어, 냉면, 칼국수, 생선구이 등 아버지가 원하는 것을 먹고 나서 우리는 경치 좋은 을왕리 카페에 갔다. 커피는 집에 가서 먹자고 하시는 아버지를 모시고, 바다를 바라보고 경치 좋은 데서 쉬다 가자고 말씀드렸다. 아버지는 카페 이름을 물어보셨다. 엄마는 아버지가 친구를 만나면 딸이 비싼 커피를 사줬다고 자랑하려고 저런다고 말씀하셨다. 우리는 그 말에 빙그레 웃었다.

나도 손이 떨려서 사 먹어보지 못했던 비싼 커피를 아버지 덕분에 실컷 사 먹었다. 칼국수를 먹는 날은 밥값보다 커피값이 더 많이 나왔다. 그러나 아버지를 위해 쓰는 돈이 아깝지가 않았다. 병으로 고통 중에 있는 아버지를 잠시라도 웃게 해주는 비싼 커피가 오히려 고마웠다.

아버지가 암 선고를 받고 이듬해부터 여름 휴가를 모시고 다녔다. 강릉에 있는 콘도를 예약하고, 낙산사, 경포대, 백담계곡, 미시령을 돌았다. 아버지는 그때만 해도 바다에 들어가 수영을 하셨다. 우리는 아무도 바다에 들어갈 엄두를 내지 못했고, 나는 위험하다고 나오시라고 소리를 질렀다. 그 후로도 청담대, 무의도, 고성 등을 다니며 추억을 만들었다. 아버지는 아이처럼 즐거워하셨고, 결혼 60주년까지만 살고 싶다고 하셨다.

아버지와 병원을 같이 가기 위해서 직장에 반차를 냈다. 의정부에서 인천에 있는 국제성모병원에 가려면 두 시간이 넘게 걸린다.

아버지와 나는 검암역에서 만나 택시를 타고 병원에 갔다. 날이 갈수록 야위어가는 아버지는 혼자 병원 가시는 것을 힘들어하셨다. 휘청거리는 아버지를 볼 때마다 아버지와 헤어질 날이 다가오는 것이 느껴져 눈물이 났다.

아버지가 아프지 않았을 때는 전철을 타고 내가 일하는 의정부로 자주 오셔서 점심을 드시고 가곤 하셨다. 내 생일에는 아버지가 엄마와 곱게 차려입으시고 의정부로 오셔서 생일 선물로 옷도 사주고 가셨다. 나는 지금도 의정부 가능역사를 지나가면 아버지가 금방이라도 웃으면서 걸어 나오실 것만 같다. 등이 구부정한 할아버지들의 뒷모습을 보면 아버지가 그리워진다.

아버지는 암이 발견될 당시 이미 전이가 되어 있었고, 방사선 치료는 거부하셨다. 친구분들이 방사선 항암치료 후 좋아지기는커녕 더 드시지 못하고, 병원 생활만 하다 돌아가셔서 아버지는 방사선 치료를 원치 않으셨다. 그랬던 아버지가 어느 날 나에게 전화해서 큰 병원에 가서 수술하고 싶다고 말씀하셨다. 그 말씀을 듣는 순간 처음 암 진단을 받았을 때 큰 병원에 모시고 가보지 못한 것에 대한 죄스러움이 밀려왔다. 동생과 나는 아버지를 모시고 일산 국립 암센터를 찾아갔다. 아버지가 원하는 결과는 듣지 못했다. 더 이상의 치료를 할 수 없으니, 다니시던 병원으로 가라고 했다. 그때 실망하시던 아버지의 얼굴이 지금도 잊히지 않는다.

아버지는 호스피스 완화의료를 시작하셨다. 점차 기력이 약해지셨고, 침대에 누워 계시는 시간이 늘어났다. 아버지는 아프셔도 매일 한 시간 이상 걸으셨는데, 이제는 걷기 힘들어하셨다. 나는 방문간호를 요청해 영양제와 진통제를 맞으시도록 했다. 아버지는 아파도 잘 쉴 수가 없었다. 엄마가 아버지를 간호할 수 없었기 때문이다. 엄마도 아버지가 아프신 지 3년 후부터 치매가 시작되었다. 2020년 여름휴가에 막냇동생이 살고 있는 고성으로 부모님을 모시고 갔다. 아버지는 휴가를 가서 좋으신 건지, 막내아들이 전원주택을 사서 좋으신 건지, 기운이 반짝 좋아지셨다. 고성의 김일성 별장, 이승만 별장을 느린 걸음걸이로 천천히 돌아보셨다. 휴가를 다녀오고 나서는 영종도로 가시지 않았다. 두 분끼리만 생활이 되지 않아 동생들과 상의한 후 우리 집 맞은편의 아파트로 이사하셨다. 아버지는 아프시면서도 엄마를 걱정했고, 엄마가 나와 근처에 산다고 안심이 되셨는지, 이사한 다음 날 정신을 놓으셨다.

성모병원 호스피스 병동을 예약했으나 코로나가 심해서 한 번 들어가면 면회도 안 되고, 나올 수도 없다는 말을 듣고 호스피스 병동 입원을 포기했다. 지인의 도움으로 집 근처 병원에 입원하신 아버지는 며칠이 지나니 좋아지셨다. 눈은 잘 안 보이셔도 목소리를 알아듣고, 우리가 누군지 알아맞히셨다. 친척들도 모두 와서 아버지를 만났다. 나와 엄마는 매일 저녁 퇴근길에 병원에 방문해서 아버지께 저녁을 먹여드렸다. 나는 아버지에게 사랑한다고 말씀드렸다. 볼도 비비고, 손도 잡으며 40일이 지나니 어린 시절 아버지를 미워했던 마음이 모두 사라졌다. 아버지는 여든다섯 평생 처음으로 편히 쉬고 계셨다. 전쟁고아가 되어 처절했던 삶, 처자식을 먹여 살리느라 고단했던 삶, 모두 내려놓고 쉬고 계셨다. 고작 병원 침대에서 말이다.

나는 엄마에게 아버지에게 고마운 일, 미안한 일, 사과할 일, 하고 싶은 말을 하라고 했다. 엄마는 아버지에게 같이 살면서 잘못한 것을 용서해달라고 말했다. 아버지는 당신이 잘못한 것은 없다고 말씀하셨다. 두 분은 부둥켜안고 눈물을 흘리셨다. 그렇게 33일이 지나갔다. 병원에서 아버지를 중환자실로 옮겨야 한다고 전화가 왔다. 나는 급히 병원으로 갔다. 아버지는 아직 의식이 있었다. 나는 더 좋은 치료를 위해서 병실을 옮긴다고 선의의 거짓말로 아버지를 안심시켜드렸다. 그리고 아버지에게 사랑한다고 말하면서 볼에 정신없이 뽀뽀했다. 마지막일 것 같은 마음이 들었기 때문이다. 아무것도 모르는 아버지는 좋아하시며 중환자실로 들어가셨다. 중환자실 수속을 밟고 있는데, 아버지는 간호사들에게 우리 딸이 뽀뽀를 백 번 해줬다고 자랑을 하셨다. 그게 아버지가 의식이 있을 때의 마지막 모습이었다.

나는 마음의 준비를 하고 있었다. 요양원에서 10년 넘게 근무하면서 임종 단계를 많이 지켜봐서 아버지의 삶이 얼마 남지 않았음을 직감했다. 주치의 선생님께 통 사정을 해서 가족들이 아버지와 작별할 시간을 만들었다. 아버지는 산소마스크를 쓰고 거친 숨을 내쉬고 계셨다. 아버지는 우리에게 헤어짐을 준비할 시간을 주시고 서로 사랑하라고 마지막 숨을 힘겹게 붙잡고 계셨다. 아버지는 우리를 만난 다음 날 중환자실 입원 일주일 만에 하늘나라로 가셨다.

나는 지금도 아버지가 그리울 때면 동영상을 본다. 병원에 40일 입원해 계신 동안 매일 동영상을 찍어뒀다. 아버지가 정신이 좋으실 때는 엄마를 잘 모시고 서로 행복하게 살라고 하신 말씀, 정신을 놓으셨을 때 아파하시던 모습, 아픈 와중에도 일하러 가신다고 양말을 달라고 하신 말씀까지 모두 담겨 있다.

아버지께서 병원에 계셨던 40일은 나에게 두려움을 이겨내야 하는 시간이었다. 코로나 팬데믹 속 요양시설에 근무하는 어려운 상황에서 엄마를 매일 모시고 출근하면서 지치고 또 지쳐갔다. 치매로 통제가 안 되는 엄마와 삶의 마지막에 선 아버지를 보며 낭떠러지에 선 듯한 절박함을 느꼈지만, 40일이 지나니 모든 게 고요해졌다. 아버지는 그렇게 나에게 두려움을 이기는 방법을 알려주셨다. 나는 40일을 좋아한다. 무엇인가를 준비하기에 좋은 기간이다. 아버지와 나는 40일을 통해 화해하고, 사랑하고, 하나가 되었다.

오늘도 나는 카페에서 커피를 마시면서 아버지의 냄새를 맡는다.

상처는 단순하게 받아들이고
단단하게 살아가자

오늘도 작은아들 동준이의 주머니에 쓰레기가 가득 들어 있다. 동준이가 다니는 초등학교는 집에서 300m 앞에 있다. 학교가 끝난 뒤 집까지 오면서 쓰레기를 주어서 주머니에 넣고 온다. 선생님이 길에 보이는 쓰레기를 주으라고 말씀하셨기 때문이다.

동준이는 형과 일곱 살 차이가 난다. 큰아들 동석이와는 모든 게 다르다. 동석이는 몸집도 크고 외향적이고 성격이 급하다. 동준이는 몸집도 작고 내성적이고 느리다. 하루는 유치원을 다녀온 동준이가 "엄마! 아빠 죽으면 형한테 아빠라고 불러야 해?"라고 물었다. 나는 어이가 없어서 웃었다. 동준이가 보기에도 형이 얼마나 커 보였으면 이런 질문을 했을까 생각하니 웃음이 났다.

내성적인 동준이는 아기 때 엄마 껌딱지였다. 나는 아기인 동준이를 업고 화장실에서 볼일을 볼 정도였다. 유난히 공을 좋아해서 유치원에 다닐 때는 운동장에서 아빠와 야구, 축구를 자주 했다. 동준이는 순하고 순종적이어서 큰아들 동석이 키울 때와는 달리 딸을 키우는 듯했다.

새 학년이 시작되어 학부모 총회를 가면 나는 학급에서 엄마들 중에 나이가 제일 많았다. 사십을 바라보는 나이에 동준이가 초등학교에 입학했기 때문이다. 지금은 결혼을 늦게 하지만 그때만 해도 사십 대 초등학교 학부형은 많지 않았다. 남편도 동준이와 부자 캠프를 다녀오면 아빠들 중에서 자기가 제일 늙었다고 젊은 아빠들과 어울리는 게 쉽지 않다고 말했다. 그래도 우리는 첫째 이후 7년 만에 태어난 동준이가 너무 예뻐서 초등학교에 입학했어도 아기라고 불렀다. 하루는 우리 부부가 외출 중이어서 큰아들 동석이에게 전화를 걸어 아기를 잘 챙겨주라고 말했다. 그러자 큰아들이 도대체 동준이가 몇 살인데 아직까지 아기라고 부르냐고, 자기는 일곱 살 때부터 병원도 미용실도 혼자 다녔다고 호통을 쳤다. 나는 망치로 한 대 맞은 느낌이 들었다. 큰아들 일곱 살에 둘째를 임신했고, 입덧이 심해서 많이 누워 있었다. 그 덕분에 큰아들은 스스로 할 수 있는 일이 많아졌다. 아파트 단지 내에 있는 병원, 미용실, 마트는 혼자서 다니고 엄마의 잔심부름을 도맡아 해주었다. 우리는 큰아들의 지적을 받은 이후 동준이를 더 이상 아기라고 부르지 않았다.

동준이 4학년 때 담임 선생님은 교대를 갓 졸업한 분이었다. 2학기가 되어 학부모 상담을 갔는데, 담임 선생님은 동준이 같은 아이를 낳으려면 어떻게 해야 하냐고 물어보셨다. 천방지축인 아이들을 경험이 적은 선생님이 통제하기에는 어려움이 있었다. 동준이는 통제가 안 되는 아이들 때문에 힘들어하시는 선생님을 걱정해주고 있었다. 선생님 말씀도 잘 듣고, 학급 일도 잘 도와주는 모범생이었다.

나는 큰아들을 키울 때 학부모 상담을 가면 죄인이었다. 큰아들이 천방지축 나대지는 않아도, 수업에 방해될 정도로 질문을 많이 하고, 수업에 흥미가 떨어지면 동화책을 꺼내 놓고 보았다. 동석이가 3학년 때는 4교시 내내 벌을 선 적도 있었다. 앞에 나가 손을 들고 벌을 서면서도 선생님 질문에 톡톡 말대답을 해서 교실 밖으로 쫓겨난 일도 있었다. 그런 아들만 키우다가 동준이 담임 선생님께 칭찬을 들으니 하늘을 나는 기분이었다.

동준이는 초등학교 졸업식에서 졸업생을 대표로 답사도 읽었다. 나는 치킨집을 하느라 두 아들 공부를 봐줄 수 없어서 성당 자매가 하는 공부방을 보냈다. 사춘기를 맞는 아이들의 심리 상태도 봐줄 수 있을 거라고 믿어서 학원이 아닌 공부방을 선택했었다. 뿐만 아니라 공부방 선생님 딸도 같이 공부했는데 전교 1등이었다. 그러나 암기식 수업 방식이 두 아들과는 맞지 않았다. 두 아들이 공부방에 다니기 싫다고 해도 나는 성적이 오르니 그 말을 무시했다. 나는 착하기만 한 동준이의 내면의 소리에 귀를 기울이지 못했다.

동준이는 중학생이 되어 학년이 올라갈수록 성적이 떨어졌다. 공부방에서 수학, 영어 전문 학원으로 옮겼다. 동준이는 공부방을 다닐 때 공부에 대한 흥미를 잃어버려서 학원으로 옮겼어도 성적이 오르지 않았다. 그렇게 고등학교에 진학했다. 학교가 걸어가기에는 멀고 버스를 타자니 버스 배차 시간을 신경 쓰기 힘들다고 자전거 통학을 원했다. 나는 학교 가는 길이 왕복 8차선 도로이고 근처에 우편 집중국이 있어 위험하다고 생각했다. 큰 화물차가 많이 다녔고, 동준이 친구가 그 길에서 자전거를 타고 가다 교통사고를 당했었다. 나는 동준이의 자전거 통학을 허락하지 않았다.

고2가 되어 진로를 결정하기 위해 남편과 나는 동준이와 마주 앉았다. 만족할 만한 성적이 나오지 않던 차에 부모가 회의를 하자고 하니 동준이는 어깨가 축 처져 있었다. 나는 동준이 네가 좋아하는 것을 하라고 말했다. 한참 대화를 주고받던 동준이는 화난 목소리로 절규했다. "엄마 나는 내가 하고 싶은 게 뭔지 몰라. 늘 엄마가 골라준 학원을 다녔고, 엄마가 하라는 대로 했잖아"라고 말하며 흐느꼈다. 나와 남편은 너무 놀라 서로 쳐다보고 있었다. 나는 동준이의 화난 목소리를 처음 들어봤다. 항상 조용한 목소리로 미소를 지으며 말해서 지금 이 상황에 뭐라고 말해야 하는지 생각이 나지 않았다. 정적이 흘렀다. 문득 동준이가 유치원 때 나눴던 대화가 생각났다.

"난 어른이 빨리 되고 싶어."

"왜?"

"이래라저래라 할 수 있잖아."

그때 했던 말이 영화의 한 장면처럼 스쳐 지나갔다. 나는 성격이 급하고, 상황 판단을 빨리 한다. 누가 말하기 전에 일 처리를 해버린다. 장점이라고 생각했던 이 모든 게 동준이의 말을 듣는 순간 단점으로 느껴졌다. 내가 아이를 망쳤다는 생각이 들었다. 성격이 급한 큰아이를 키우다, 느긋한 동준이를 키울 때 나도 많이 힘들었다. 질문을 하면 한참을 기다려도 대답을 안 해서 재차 물어보면 생각하고 있는 중이라고 말했다. 동준이를 키우면서 나도 인내심이 많이 커졌다고 생각했는데, 동준이가 원하는 것을 생각해내기도 전에 내가 모든 걸 준비해주었던 것이다. 배고프기 전에 밥을, 목마르기 전에 물을, 학교 갔다 오면 더울까 봐 냉장고에 아이스크림을 종류별로 잔뜩 채워놓고, 좋아하는 책을 물어보지도 않고 전집으로 사서 책장에 가득 채워놓고 있었다. 고등학생이 된 지금도 갓난아기 대하듯, 아프거나 다치지는 않을까에만 신경을 쓰고 있었구나 하는 생각이 들었다.

'새끼를 새장에 가두고 새장을 가득 찰 정도로 큰 새가 되도록 몰랐구나! 작은 새장에서 가두고 날갯짓을 못 하게 하고 있었구나!' 이런 생각이 들자 목 놓아 울었다. 그 후로도 나는 동준이를 수능 시험장에 들여보내고 돌아오는 차 안에서 통곡했다. 나는 동준이를 총도 없이 전쟁터에 내보낸 느낌이 들었다. 동준이는 원하던 대학에서 떨어졌다. 우리는 재수를 하라고 했으나 동준이는 싫다고 했다. 기술을 배우겠다고 폴리텍대학에 입학했다. 신소재응용 전공을 위해 창원으로 갔다. 그런데 동준이는 학과 공부보다 학과 친구들과 에너지가 맞지 않았다. 동준이는 요즘 애들이 흔히 쓰는 욕을 전혀 하지 않고, 반말도 쓰지 않는다. 학과 친구들이 동준이를 이상하게 생각했다. 동준이를 위해 영화 〈친구〉를 틀어주고 비속어를 공부하라고 할 정도였다. 동준이는 결국 자퇴를 했고, 그해 다시 수능을 봤으나 결과는 좋지 않았다.

성당 마당에서 아이들이 동준이를 에워싸고 있다. 한 아이는 "선생님, 선생님" 하며 동준이에게 매달려 있다. 거절을 못하는 동준이는 신부님의 부탁으로 주일학교 선생님을 했다. 동준이는 주일학교가 끝나고 오면 기진맥진해서 아이들 가르치는 것이 너무 힘들다고 푸념했다. 요즘 성당에는 젊은이가 없다. 젊은이가 있어도 자기 시간을 내서 봉사하는 사람이 많지 않다. 그도 그럴 것이 학업에 취업 준비에 바쁜 젊은이들이 시간을 내서 성당에서 봉사하기란 쉽지가 않다. 그나마 몇 명 안 되는 주일학교 교사가 자기 일이 생겨 빠지면 동준이 혼자 1학년에서 6학년을 다 맡아 수업을 했다. 동준이는 힘들어도 신부님과 약속한 기간이 있어 힘들다는 내색도 못했다. 주임신부님이 청소년에 각별한 관심을 가지고 있어 청소년과 청년들이 일본 나가사키에 성지순례도 다녀왔다.

동준이는 현역으로 1사단에 배치되어, GOP에서 근무했다. 나는 매일 기도를 했다. 동준이가 입대한 해에는 '윤일병 사건'으로 군부대의 구타 및 가혹행위가 뉴스의 사회면을 장식하고 있었다. 동준이가 군 복무 시절 1사단에서 지뢰가 폭발해 병사가 다리를 절단하는 사고도 일어났다. 나는 동준이가 군대에서 제대하는 날까지 하루도 기도를 멈출 수 없었다. 동준이는 GOP 근무라 면회도 자유롭지 못했다. 어렵게 면회를 갔더니 동기를 데리고 나왔다. 나는 피자와 치킨을 시키고 집에서 싸간 김밥과 고기와 함께 점심을 먹었다. 동준이는 군대 동기가 잘해준다고 같이 면회 나온 동기를 소개해줬다. 낯선 군대에서 마음 나눌 동기가 생겨서 고마운 마음이 들었다.

동준이는 술과 담배를 하지 않는다. 군대 생활에서 받은 월급을 차곡차곡 모으니 제대 때 200만 원이 넘었다. 나는 동준이가 적금을 탄 돈을 제대 후에 용돈으로 쓰려니 생각하고 있었다. 그러나 동준이가 제일 좋아하던 군대 동기가 생활비가 없다고 빌려달라고 해서 생명수당으로 받았던 돈까지 모두 빌려주었다. 그 동기는 빌려준 돈을 갚기는커녕 그 후로도 수시로 돈을 빌려달라고 괴롭혔다. 나는 그 일이 있은 후로 모두가 내 잘못이라는 생각이 들었다. 나는 아이들을 키우면서 가장 후회하는 것이 세상에는 나쁜 사람도 있으니 조심하라고 말해주지 않은 것이다. 다른 사람이 말할 때 거짓말일 수도 있다고 생각해야 한다고 알려주지 않았다. 그저 착하게만 살라고 가르쳤다. 우리 부부는 못 받은 돈은 동준이가 군대 생활 동안 구타나 괴롭힘 없이 건강하게 지낸 것에 대한 비용이라고 생각하기로 했다. 지속적인 괴롭힘으로 나쁜 선택을 한 군인들도 있다. 군대 제대 후에 대인기피 증세를 보이는 사람도 있다. 그렇지 않은 것만으로도 감사하게 생각하고 있다. 믿었던 사람에 대한 배신은 상처로 남았지만, 그 상처는 잘 아물어서 단단하게 살아갈 수 있는 토양이 될 것이다.

착함의 끝은 있다고 믿는다. 동준이에게 상처를 준 군대 동기도 더 이상 나쁜 길로 빠지지 않기를 바란다. 동준이가 먼 훗날 부모라는 그루터기가 없어도 혼자서 무소의 뿔처럼 잘 살아갈 수 있기를, 나는 또 기도한다.

99%의 절망의 문을 여는 대신
1%의 희망의 문을 두드려보자

코로나로 전 세계가 공포에 떨고 있는 지 어느 새 1년이 넘어가고 있을 때였다. 매일 뉴스에 보도되는 확진자와 사망자의 수는 늘어갔다. 한 번도 경험해보지 못한 상황에서 백신에 대한 불안도 커져갔다. 주변에서 백신 부작용으로 사경을 헤매기도 하고 장애가 생기기도 했다.

경제도 엉망이 되었다. 코로나로 집 밖을 못 나가니 잘되는 것은 배달 업종뿐이었다. 집 밖에는 배달로 인한 일회용품이 쌓여갔고, 한편에서는 환경을 걱정하는 소리가 커져갔다. 코로나 시국이 아니어도 예순을 넘긴 남편이 즐거울 일이 없는데, 코로나로 인해 더 우울감을 보였다. 장인어른이 5년 동안 암 투병을 하면서 한 달에 두 번 쉬는 토요일을 모두 장인어른을 위해 썼다. 장모님마저 치매로 오라면 오고, 가라면 가야 하는 생활을 3년째 이어가고 있었다. 나는 속에 쌓아두지 못하는 성격이라, 친정엄마에게 받은 스트레스를 남편에서 매일매일 쏟아냈다. 남편은 잘 참고 순한 성격이라서 그러려니 생각하라고 말해주었다.

그런데 남편이 받을 스트레스는 미처 생각하지 못했다. 엄마는 갑자기 전화해서 당신을 데리러 오라고 하셨다. 모시러 가면 짐을 쌓아놓고 기다리신다. 우리 집에 모셔와서 며칠 계시면 다시 영종도 집에 데려다달라고 하셨다. 야근하고 밤 10시에 집에 온 남편은 싫은 내색 없이 다시 엄마가 원하는 대로 영종도 집에 모셔다드리곤 했다.

나는 스무 살에 은행에 입행해서 2년쯤 지나니 후배도 들어오고 직장생활에 익숙해졌다. 밝고 긍정적인 성격인 나는 누구에게나 인사를 잘했다. 40년 전 그 시절에는 지점장님의 차를 운전하는 운전기사가 있었다. 운전기사도 청원경찰도 전화 교환원도 문서수발 직원도 모두 정식 직원이었다. 그때만 해도 비정규직이 없었다. 그때는 은행에 전화가 오면 전화 교환원이 받아서 담당자한테 연결해주는 시스템이었다. 2명의 전화 교환원이 한 조가 되어 한 시간씩 교대 근무를 했다. 나는 창구에 앉아서 화장실에 갈 시간도 없는데, 전화 교환실에는 침대도 있었다. 그때 어린 마음에 전화 교환원을 무척 부러워했다.

성격이 명랑하고 다른 사람과 말하기 좋아하는 나는 창구 직원 뿐 아니라 책상이 따로 없는 운전기사와 문서수발 직원도 챙겨주었다. 커피도 타주고 음료수도 드리고, 자주 이야기를 나눴다. 지나친 친절은 오해를 불러오게 마련이었다. 노총각 운전기사 아저씨가 내가 자신을 좋아하는 줄 오해하셨고, 나는 깜짝 놀라 아니라고 손사래를 쳤다. 그때를 생각하면 지금도 웃음이 난다.

어릴 적 오지랖은 지금도 여전하다. 엄마가 사는 아파트 경비 아저씨 한 분이 유난히 눈에 들어왔다. 자그마한 체구에 어찌나 부지런하신지 그 경비 아저씨가 근무하는 날에는 음식물 수거통이 반짝반짝 윤이 났다. 나는 엄마를 위해 김밥을 싸면 한 줄 더 싸서 경비 아저씨께 드리고, 고구마를 구우면 경비 아저씨께도 드렸다. 추운 날 고구마로 몸을 녹였으면 하는 마음이 들어서였다.

이처럼 주변 사람에게 예민한 내가 처져 있는 남편을 보고 있을 수만은 없었다. 좋아하는 김치만두도 만들어주고, 주일에 미사가 끝나면 카페에 가서 좋아하는 커피도 같이 마셨다. 그런데 내가 공들인 데 비해 남편의 우울감은 별반 나아지지 않았다. 나는 생각해보았다. 젊은 날의 남편이 무얼 좋아했는지 말이다. 남편이 지나가는 말로 "나는 시골에 있는 학교에서 음악 선생님이 하고 싶었는데"라고 했던 말이 생각났다. 맞다. 남편은 중학교 2학년 때 누나가 사준 기타로 통기타 반주를 책을 보고 배웠었다. 나는 집 주변에 일주일에 두 번 레슨하는 기타 학원을 남편을 위해 등록했다. 남편은 돈이 아깝다고 극구 레슨을 안 하겠다고 말했다. 나는 내친김에 코로나로 인해 침체된 경기를 살리기 위해 전 국민에게 나온 지역화폐로 기타를 샀다. 이왕 시작하는 것, 새 기타로 기분 좋게 시작하길 바랐다.

남편은 파주로 출퇴근했는데 일주일에 두 번 퇴근길에 학원에 들러서 한 시간씩 기타 레슨을 받고 왔다. 첫 레슨을 받고 온 날은 손이 굳어서 생각보다 잘 안 된다고 투덜대긴 했어도 입꼬리가 올라가 있었다. 주말이면 들어보라고 하며, 노안으로 안 보이는 악보를 뚫어져라 쳐다보며 기타 반주를 들려줬다. 그러면 나는 아들을 피아노 학원에 보낸 심정으로 실력이 늘었다고 너스레를 떨며 들어주곤 했다. 남편은 신이 나서 나에게 요즘 유행하는 노래의 악보를 구해오라고 큰소리를 쳤다. 악보를 구해주면 분명히 악보를 보고 치고 있는데, 다른 노래가 들린다. 기타를 치는 남편과 듣고 있는 나는 웃음을 참을 수가 없어서 깔깔거리고 웃고 만다. 어떻게 첫술에 배부르랴! 그렇게라도 하고 싶은 것 하면서 즐겁게 살 수 있어서 다행이다 싶었다.

하루는 남편과 외식을 하고 기름을 넣기 위해서 주유소로 가는 길이었다. 석양에 눈이 부셔서 조수석의 선바이저를 내리는 순간 두툼한 지갑이 내 앞으로 툭 떨어졌다. 남편은 깜짝 놀라며 내 손에 들린 지갑을 얼른 뺏어서 콘솔박스에 넣었다. 그리고 나서 주유소에 도착해서 기름을 넣기 위해 남편은 차에서 내렸다. 나는 남편이 기름을 넣는 동안 지갑의 비상금을 세어보았다. 100만 원이 넘었다. 나에게서 빼앗은 지갑을 콘솔박스에 넣고 내려서 기름을 넣는 남편을 보니 웃음이 났다. 놀려보려고 지갑에서 100만 원을 감췄다. 기름을 넣고 차에 탄 남편에게 "고마워, 100만 원 잘 쓸게" 하고 말하니 얼굴이 하얗게 질리는 것이 귀신을 본 듯한 표정이었다. 남편은 자기의 비상금을 찾기 위해서 별의별 말을 다 했다. 나는 현금을 차에 두면 위험하다고 하며 50만 원만 다시 지갑에 넣어주었다.

남편은 인터넷 뱅킹은커녕 자기 계좌번호도 모른다. 월급을 받으면 빠르게 빠져나간다고 투덜거려서 용돈을 현금으로 주기 시작했다. 그 용돈을 꼬박꼬박 모아두었던 것이었다. 왜 현금으로 가지고 있냐고 물어보니 현금을 세는 재미가 좋다고 했다. 옛날 아버지들은 누런 봉투에 월급을 현금으로 타 가지고 오면 집에서 월급 날만큼은 왕 대접을 받았는데 요즘은 이메일로 월급명세서만 들어와서 대접을 못 받는다고 억울하다고 했다.

그렇게 어렵사리 모은 비상금의 반을 뺏기고 나니 남편은 날개 부러진 새처럼 기운 없어 했다. 새로 배운 곡을 연주해달라고 해도 들은 척도 안 했다. 나는 남편에게 현금 세는 재미 대신 주식으로 투자의 재미를 알려주기로 마음먹었다. 코로나 시국에도 우리나라 코스피는 3,000원을 넘어서고 전 국민에게 주식 열풍이 불고 있었다. 나도 남편이 동학개미 서열에 들게 해주고 싶었다. 남편은 TV

를 보면서도 광고에서 무슨 물건을 파는지 모르겠다고 고개를 갸우뚱거린다. 휴대전화를 걸고 받기만 하지, 많은 기능을 쓸 줄 몰라서 못 쓴다고 한탄도 한다.

나는 남편에게 빼앗은 50만 원보다 많은 200만 원을 주식 계좌에 넣어주었다. 그리고 주식 종목을 사려면 공부하라고 했다. 결혼 생활 중 그렇게 많은 용돈을 처음 받은 남편은 좋아서 어쩔 줄 몰랐다. 남편은 생전 보지 않던 경제 뉴스를 보기 시작했다. 우량주를 찾기 위해 고군분투했다. 그리곤 연애 때보다 더 많이 나를 찾아대고 전화하기 시작했다. 경제와 담을 쌓고 살던 남편이 생소한 주식 용어를 사용하고, 자기가 매수한 주식의 회사에 관심을 갖기 시작했다. 기타를 처음 배울 때보다 더 활기차고 즐거워했다.

사람들은 주식을 하면 패가망신한다고 말한다. 그런 사람들은 주식 근처에도 안 간다. 나는 1983년도 은행에 입행해서 우리사주를 받은 적이 있다. 그때 받은 우리사주가 몇 년 후 집 장만을 하는 데 큰 도움이 됐다. 그래서 나는 주식에 대해 우호적이다. 그 후로는 빚 갚기에 바쁘고 여유 자금이 없어서 주식은 꿈도 꾸지 못했다.

나는 남편에게 200만 원을 주면서 다 없어져도 괜찮다고 말했다. 남편이 행복하다면 무엇을 배워도 1년에 200만 원은 든다. 행복을 사는 비용이라고 생각하니까 마음 놓고 주식 투자를 해보라고 했다. 나에게 200만 원은 큰돈이다. 남편에게도 큰돈이다. 남편은 한꺼번에 200만 원을 잃어버릴 정도로 간이 크지 않다는 것을 나는 잘 알고 있었다.

기타는 일 년을 배워도 원하는 만큼 실력이 늘지 않았다. 의기 소침하던 차에 주식을 하니 남편은 새벽 공판장에 갓 잡아 올린 생선처럼 활기가 넘쳤다. TV는 여행 프로그램이나 영화만 보던 남편이 경제 뉴스, 주식 프로그램을 보면서 훈수를 두기 시작했다. 아는 만큼 보인다고 하나둘 알아가는 재미에 신이 난 남편을 보니 나 또한 즐거워졌다. 주식을 하기 전에는 아침에 일어나는 것, 회사에 출근하는 것을 힘들어했다. 그러나 지금은 아침을 기다린다. 9시가 되어 증시가 열리기를 기다린다. 소소하게 샀다 팔았다 하면서 반찬 값을 벌었다고 신나 하기도 하고, 괜히 팔아서 손해를 봤다고 울상을 짓기도 한다.

나의 계획은 적중했다. 나는 남편이 뒷방 늙은이가 되지 않기를 바란다. 몸은 늙어도 아집과 편협한 사고로 주변의 사람들이 떠나가지 않기를 바란다. 남편은 주식을 하면서 코로나 우울증이 사라졌다. 관심이 코로나에서 경제로 옮겨갔다. 남편이 사업 실패로 실의에 빠져서 힘들어했을 때 주말농장을 시작해서 마음의 위로를 받았다. 예순 넘어서 사는 게 허무하다고 생각이 들 때쯤 주식으로 활력을 찾고 있다.

나는 인생의 높은 파도를 넘어 모든 숙제를 끝내고 예순에 이르렀다. 지나온 세월을 돌아보니 나는 시련 앞에서 시련을 이겨내기 위해 작은 희망을 잡고 있었다. 깜깜한 절벽 앞에서도 들꽃을 보고 있었다. 모든 사람이 안 된다고 해도 나는 도전했다. 그래서 나는 말해주고 싶다. 찾기만 한다면 시련 중에도 나를 웃게 해줄 희망은 반드시 있다.

열심히 사는 것만이 정답은 아니다

4년의 노력이 물거품이 되었다. 겁 없이 시작한 프랜차이즈 치킨집은 십 원 한 장 건지지 못하고 문을 닫았다. IMF 때 사업 실패로 빚에 허덕이는 딸을 위해서 친정아버지와 막냇동생이 차려준 치킨집이었는데, 막상 문을 닫으니 차마 친정 식구 볼 면목이 없었다. 음식점에서 아르바이트도 한 번 해보지 않은 내가 치킨집을 차린 것 자체가 문제였다. 안 하던 일을 하려니 아킬레스건에 염증이 생겨 아침마다 병원에서 물리치료를 받고 가게 문을 열었다. 매일 새벽 2시에 문을 닫고 아침 10시만 되면 가게 문을 열고 손님을 기다렸다.

개업하고 6개월은 괜찮았다. 6개월이 지나자 바로 옆에 저가 브랜드의 치킨집이 문을 열었다. 매출이 반으로 줄었다. 대로변이라

월세는 비쌌고, 남편은 직장에 다니고 있어서, 낮에는 배달 사원을 아르바이트로 고용했다. 저녁에는 퇴근해서 온 남편이 새벽까지 배달과 서빙을 했다. 남편은 비나 눈이 오면 배달 나갔다가 오토바이가 미끄러져서 길에 나뒹굴곤 했다. 지금도 그때 다친 후유증으로 날씨가 궂은날에는 근육통에 시달린다.

남편은 7시에 회사에 출근해서 일하고, 퇴근해서 오면 새벽 2시까지 치킨집에서 일했다. 지금 생각해보면 많이 힘들었을 텐데, 남편은 힘든 내색을 한 번도 하지 않았다. 나 또한 친정 식구 보기 미안해서 남편을 걱정할 겨를이 없었다. 한편으로는 사업을 실패한 가장이 짊어져야 할 몫이라고 생각했는지도 모른다.

나는 성격이 급하고 결정이 빠르다. 결정하면 바로 행동에 옮긴다. 그런 성격이 독이 될 때가 있다. 치킨집도 마찬가지다. 3년 정도 학습지 및 전집 책 영업을 했는데, 인터넷 판매가 늘어나고, 매출이 감소해서 그만두게 되었다. 살길이 막막하던 차에 친정의 도움을 받아 치킨집을 열었다. 시장 조사 및 프랜차이즈 비교도 없이 큰길가 빈 상가에 새것으로 모든 것을 채워 넣었다. 프랜차이즈 본사의 설명을 들을 때는 금방 돈을 벌고 부자가 될 것 같았기 때문이다. 부지런한 성격 덕분에 아이들이 등교하면 바로 가게 문을 열고 손님을 기다렸다. 아침부터 문을 열고 있으면 가끔 홀 손님이 들어온다. 뿐만 아니라 배달 주문도 들어온다. 하나라도 더 팔고 싶은 욕심에 일찍 가게 문을 열었다.

2006년 월드컵 때는 스크린을 빌려서 가게 앞에 설치하고, 파라솔을 펴서 손님을 받았다. 그때는 스크린으로 축구를 보며 치킨과 맥주를 먹는 것이 유행이었다. 미처 배달을 다 하지 못할 정도로 주문이 들어와 전화는 내려놓고, 치킨 먹으러 왔던 친구들이 두 손을 걷어붙이고 일손을 도왔다. 주문이 뜸한 날에는 전단지를 만들어서 인근 아파트에 붙이고 다녔다. 물론 아르바이트도 써서 붙였지만, 가게가 한가한 시간에는 내가 직접 붙이고 다녔다. 전단지를 붙이다 경비 아저씨한테 혼난 적도 있다.

한번은 주문이 한꺼번에 밀려 바빴다. 남편이 서둘러 배달을 나갔는데, 치킨 배달이 안 온다고 전화가 와서 보니. 얼마나 정신이 없었으면 치킨은 테이블에 올려둔 채 빈 오토바이를 타고 나갔던 것이었다. 뿐만 아니라 한겨울 눈이 많이 온 날에 배달 나갔다가 눈길에 미끄러져서, 배달통이 열리고 포장된 치킨이 없어진 적도 있다. 하루는 낮에 배달이 들어와 가보니 엘리베이터가 고장 나서 20층까지 걸어서 올라간 적도 있다. 그때는 가게를 차려놓고 무조건 열심히 하면 다 되는 줄 알았다.

나는 2남 1녀 중 장녀다. 아버지는 시집가면 평생 집안일을 한다고, 결혼 전에 아무것도 못 하게 하셨다. 결혼 전까지 양말 한 번 안 빨아보고, 이불 한 번 개보지 않았다. 그렇게 애지중지 키운 딸이 치킨집을 하는 것을 아버지는 마음 아파하셨다. 일흔 연세에 인천에서 전철을 타고 매일 아침 의정부 딸네 치킨집으로 출근하셔서, 청소를 도맡아 해주셨다. 왕복 6시간을 걸려 매일 청소해주러 오신 것이다. 지금도 그때를 기억하는 주변 상가 사람들은 나를 만나면 아버지 안부를 묻는다. 아버지는 타고난 부지런함과 급한 성격 탓에 딸이 일하는 게 어설퍼 보이고 마음에 들지 않았다. 인문계 진학이 좌절된 이후로 나는 마음 속으로 아버지를 더 미워했다. 아버지는 그런 줄도 모르고, 아침마다 딸이 힘들까 봐 가게 청소를 해주시러 그 먼 길을 오셨다. 저녁에 집으로 돌아가는 아버지의 처진 뒷모습을 보면 눈물이 났다. 잘 사는 모습을 보여드려도 시원치 않은데, 딸이 고생하는 모습을 보고 가는 아버지의 마음이 얼마나 아프실까 생각하니 내 마음도 아팠다.

아버지는 손이 귀한 집에서 태어나 사랑을 독차지하다가 6.25 전쟁으로 고아가 되었다. 졸지에 두 동생을 데리고 고아원에서 자랐다. 아버지는 술에 취해 들어오시는 날에는 엄마와 자주 싸우셨다. 평소에 기분 나빴던 게 술을 드시면 화가 나고, 그게 엄마와의 싸움으로 이어졌다. 나는 공부하다가도 아버지가 술을 드시고 들어오는 소리가 나면 불을 끄고 자는 척을 했다. 아버지는 부부싸움을 해도 욕을 하거나, 폭력을 쓰거나, 살림을 부수지는 않았다. 그런데도 나는 술에 취한 아버지가 무서웠다. 예순 살이 된 지금도 술 취한 사람을 보면 가슴이 뛰고 무서운 마음이 들어 피한다.

어릴 때는 아버지가 왜 화가 나는지, 술을 드시면 기분이 왜 나

빠지는지 몰랐다. 그런 아버지가 그냥 밉기만 했다. 내가 결혼해서 살아보고, 열심히 노력해도 내 뜻대로 인생이 흘러가지 않는다는 것을 알고서야 비로서 아버지를 이해했다. 우리 아버지는 얼마나 힘들고 외로웠을까? 14살 꼬마가 전쟁통에 가장이 되어 동생들을 책임져야 했을 때 얼마나 무서웠을까? 그런 생각이 드니 아버지가 불쌍하고, 내가 미워했던 게 죄스럽게 느껴졌다. 그 후로는 아버지를 미워하지 않았다.

4년의 고생은 보람도 없이 치킨집은 십 원 한 장 건지지 못하고 문을 닫았다. 그 후 친구의 권유로 보험설계사 시험을 보았다. 출근해서 교육받는 일은 힘들지 않았는데, 보험 영업을 하려면 약속을 잡아야 하고, 누군가의 집에 가야 하는 게 힘들었다. 보험을 팔면서는 책을 팔 때 느끼지 못했던 부담감이 느껴지고, 자신감이 떨어졌다. 나와 주변 몇몇 사람들 보험만 들어놓고 보험설계사를 그만뒀다.

이제 무슨 일을 해야 하나 곰곰이 생각했다. 당장 밥벌이가 급해서, 빚에 사채 이자를 다달이 갚아야 하는 상황에서 늘 닥치는 대로 일했다. 마흔일곱 살쯤에는 안정적인 일자리를 가져야겠다는 생각이 들었다. 사회복지사 공부를 시작했다. 주변에서는 회의적인 반응을 보였다. 나는 아랑곳 하지 않고 남편에게 "내가 사회복지사로 일해서 당신의 연금이 되어줄게"라고 말했다. 사회복지사 공부와 함께 내일배움카드로 컴퓨터 무료교육을 6개월간 받았다. 사회복지사로 취직하려면 컴퓨터 활용 능력은 필수여서 문서 작성과 엑셀을 배우고, 워드프로세서 2급을 취득했다. 세상 물정을 모르는 나는 '의정부 가족센터', '의정부 보훈지청'에 면접을 봤다. 면접을 보러온 사람들은 이삼십 대가 주를 이뤘다. 면접관은 오십을 바라보는 나이에 이삼십 대 팀장과 일할 수 있겠냐고 물어봤다. 나는 어린 팀장님을 잘 모실 수 있다고 말했으나 떨어졌다. 열심히 하겠다고 해도 현실의 벽은 뛰어 넘을 수 없었다. 돌이켜보면 내가 면접관이었어도 나를 뽑지 않았을 것 같다.

지인의 소개로 요양원 사회복지사로 취직했다. 고맙고 감사했다. 내 책상이 생기고, 자격증을 쓸 수 있다는 데 만족했다. 마흔여덟의 신입 사회복지사는 누가 시키지 않아도 일을 찾아서 했다. 행정업무, 회계업무를 열심히 배웠다. 사무국장님은 "하나를 가르쳐주면 둘 셋을 안다"고 칭찬해주셨다.

나는 또 열심히 살기 시작했다. 여러 번의 실패를 거듭하면서, 열심히만 사는 게 정답은 아니다라고 외치면서도, 또 다시 열심히 살기 시작했다. 행운은 부지런히 움직이고 용기를 내고 준비한 사람에게 찾아온다고 믿기에 오늘도 열심히 살고 있다.

만나는 사람 모두에게
무언가를 배우는 사람이 되자

가을걷이한 갓 캐낸 땅콩을 삶아 먹으라고 주신다. 단호박만큼 큰 고구마도 쪄 먹으라고 주신다. 세실리아 자매님에게서는 늘 사랑이 묻어난다. 나는 20여 년 전에 보건소에서 세실리아 자매님을 만났다. 나는 목욕봉사자, 자매님은 보건소 간호사였다. 거동이 불편한 어르신들을 찾아가면 간호사가 건강 상태를 확인한 후 봉사자가 목욕을 시켜드렸다. 세실리아 자매님은 환자에게 다정한 말로 그간의 근황을 물어본다. 환자들의 하소연을 다정하게 들어주고, 맞장구를 쳐주는 모습에 나는 세실리아 자매님에게 반했다. 그후 세실리아 자매님은 나를 요양원에 취직도 시켜주었다. 내가 사는 게 힘들다고 투정하면 들어주고, 슬퍼서 눈물을 흘리면 같이 울어도 주었다. 진상 상담자 때문에 화가 나서 목소리를 높이면, 같이 맞장구를 쳐주었다.

어느 날 세실리아 자매님은 당신의 보험으로 약관 대출을 받아줄 테니 비싼 대출을 갚으라고 했다. 이자만 갚고 원금은 갚을 생각조차 못 하던 때였다. 세실리아 자매님 덕분에 빚이 줄어들기 시작했고, 희망을 가지게 되었다. 세실리아 자매님은 간호사로 근무하면서도 독거노인 반찬봉사, 장애인시설 방문 등 소외된 사람들에게 사랑을 나눈다. 나는 늘 세실리아 자매님에게서 나누면 더 많아지는 게 사랑이라는 것을 배운다.

나에게는 왕언니라고 부르는 여든이 넘은 어른이 같은 아파트에 사신다. 주말농장의 상추와 각종 채소를 여름내 가져다드리면 농사를 잘 짓는다고 칭찬을 하신다. 가을에는 김장 무를 드리면 깍두기를 맛있게 담가 드신다. 여든이 넘은 나이에도 식사도 청소도 스스로 하시고 가까운 곳은 운전도 하신다. 언니는 매일 산책을 하고, 치매 예방을 위해 컴퓨터로 고스톱도 친다. 스마트폰도 사용을 잘하시고, 성당에서 봉사도 하신다. 하루하루를 계획한 대로 알뜰하게 잘 쓰신다. 나는 왕언니가 내 노년의 롤모델이라고 말한다. 나는 여든 넘은 나이에도 씩씩하게 사는 왕언니의 모습을 보면서 오래 사는 것에 대한 두려움을 잊는다. 나는 왕언니에게서 자기 관리와 나를 사랑하는 법을 배운다.

한국의 나폴리로 불리는 통영에는 내가 좋아하는 구역장님이 사
신다. 성당에서 처음 반장이라는 봉사직을 맡았을 때 만난 구역장
님이다. 의정부에 사시다 통영으로 이사 가셨다. 나는 구역장님이
통영에 이사 가신 덕분에 3번이나 통영 여행을 할 수 있었다. 성당
은 주임신부님과 평신도 협의체가 같이 운영해나간다. 그래서 봉사
자를 많이 필요로 한다. 요즘은 모두 맞벌이를 하고 있어 봉사자 구
하기가 쉽지 않다. 나는 구역장님처럼 헌신적으로 봉사하는 분을
아직 만나보지 못했다. 구역장님이 늘 기도하시고 하느님 말씀에
맞게 살려고 노력하는 모습을 옆에서 지켜보았다. 나는 구역장님을
신앙의 어머니로 생각한다.

구역장님은 이번 코로나 백신 접종 후 건강을 잃으셨다. 백신을
맞고 여러 차례 응급실에 실려가셨다. 그 후로 뇌졸중이 와서 생활
하는 데 불편하시다. 구역장님 남편도 암 수술을 하셨다. 나는 일
상생활이 불편하실 것을 걱정해서 장기요양보험의 혜택을 받도록
도와드리려고 연락을 드렸다. 그러나 구역장님은 스스로 해결해나
가시겠다고 말씀하셨다. 건강을 잃은 상태에서도 하느님께 감사한
마음을 잃지 않고 계셨다. 여태까지 잘 살아왔다고 이렇게라도 생
활할 수 있는 것에 만족해하셨다. 기도할 수 있어서 감사하다고도
하셨다. 오히려 전쟁 중인 우크라이나를 위해 기도하시고, 노약자
를 위해 기도하고 계셨다. 나는 구역장님이 아직은 기도할 수 있어
서 감사하다. 이렇게라도 생활할 수 있어 감사하다는 말이 마음 안

에서 메아리로 울려 퍼졌다. 행복과 불행은 내가 결정한다. 누구에게는 불행도 행복일 수 있다. 나는 늘 안분자족하는 모습을 가르쳐 주시는 구역장님을 존경하고 사랑한다.

숨이 턱에 차서 인사말 끝이 흐려진다. 매일 아침 아드님은 어머니를 주간 보호에 직접 모시고 온다. 요양원에서 모시러 가도 되는데 항상 직접 모시고 온다. 아드님은 어머니의 치매가 심해지자 어머니 집으로 들어가 손수 어머니를 돌보신다. 아드님은 가습기 살균제 사건의 피해자다. 폐기능이 얼마 남지 않아 산소를 가지고 다니신다. 아드님은 자신이 건강했으면 어머니를 남의 손에 절대 맡길 분이 아니다. 아드님은 아픈데도 최대한 할 수 있는 일은 자신이 다 한다. 나는 한결같은 아드님의 행동을 보면서 존경하는 마음이 들었다. 나는 엄마에게 짜증을 냈다가도 그 아드님을 보면서 반성한다. 내리사랑은 있어도 치사랑은 없다고 했는데 꼭 그런 것만은 아닌 듯하다.

키가 큰 형제님은 항상 웃는 얼굴이다. 만나서 이야기를 하면 나도 기분이 좋아진다. 부인이 아픈 지 7년이 넘었다. 회사 다니면서 집안 살림도 도맡아 한다. 그런데도 항상 웃는다. 주말이면 부인을 위해 한의원으로 병원으로 다닌다. 부인을 위해 최선을 다한다. 기쁠 때나 슬플 때나 아플 때나 성할 때나 항상 사랑하라던 혼인서약을 충실히 지키는 형제님을 보면 나는 절로 고개가 숙여진다. 나를 내어주는 진실한 사랑을 하는 형제님을 존경한다.

　요양병원에는 의사 선생님이 상주해 계신다. 요양원에는 의사 선생님이 상주해 있지 않는 대신 2주에 한 번씩 의사 선생님이 요양원을 방문한다. 그렇게 방문하는 의사 선생님을 '촉탁의' 선생님이라고 부른다. 촉탁의 선생님은 요양원에 계신 어르신들의 건강 상태를 살펴주러 오신다. 우리 요양원에 오시는 촉탁의 선생님은 동네 아저씨처럼 편안하다. 병원에서 만나는 의사 선생님들처럼 딱딱하거나 권위가 넘치지 않는다. 요양원 어르신들의 손을 잡아주고, 눈꼽도 떼어주고, 어르신들 말씀에 귀를 기울인다. 우리가 몰라서 말도 안 되는 질문을 해도 친절하게 대답해주신다. 요양원에 계신 어르신의 상태가 갑자기 안 좋아서 아무 때나 전화해도 친절한 해결책을 알려주신다. 친절한 의사 선생님은 우리에게 희망을 나눠주신다.

　나의 대모님은 최고의 엄마이자 할머니다. 일흔을 바라보는 나이에도 외손주, 친손주 모두 5명을 20년 넘게 차례로 키우고 계신다. 맞벌이하는 딸과 며느리를 위해 기쁜 마음으로 건강하고, 똑똑하게 키워내신다. 나도 두 아들을 키웠지만 아이 키우는 것보다 돈 버는 게 훨씬 쉽다고 사람들은 말한다. 열 번 잘하다가도 한 번 잘못하면 아이는 다치기도 한다. 나는 대모님이 불평하는 것을 들어본 적이 없다. 그저 감사하다는 말씀과 축복의 말씀을 전해주신다. 그런 대모님 밑에서 사랑으로 자란 아이들이 이 나라에 기둥이 되어가고 있는 것이다. 참 대단한 일을 하시는 대모님이 늘 존경스럽다.

도전을 멈추지 않는 행정학과 동기가 있다. 20대에 9급 공무원으로 시작해서 40년 가까이 공직생활을 했고, 서기관으로 정년퇴직했다. 퇴직 후에도 전공 분야와는 전혀 다른 건설안전기사 자격증을 땄다. 그리고 지금도 출근한다. 사회복지사, 요양보호사 자격증도 취득했고, 그의 공부는 계속 진행 중이다. 나는 대학에 안 보내준 부모 탓만 했는데, 그 동기는 스스로 대학원까지 졸업했다. 늙었다고 안주하려고 하는 나는 늘 새로운 도전을 보여주는 그를 보면서 용기를 내본다. 새로운 도전을 하는 그에게 큰 박수를 보낸다.

미카엘라 자매님은 오십이 넘은 나이에 사회복지사 공부를 해도 될지 나에게 물어왔다. 나는 사회복지사 공부를 하라고 말해주었다. 평소에 보아온 미카엘라 자매님은 똑똑하고 진취적이며 매사에 열심히 하는 사람이었다. 나이가 많아도 자격증을 취득하면 사용할 수 있는 사람이라고 생각했다. 자매님은 사회복지사 자격증을 딴 후 요양원에서 근무했고, 어려운 1급 자격증도 땄다. 그 후 대학원 공부를 해서 석사가 되었고, 자매님이 원하던 상담사도 되었다. 나는 늘 공부하는 미카엘라 자매님의 대단함에 고개가 숙여진다. 새벽에 일어나서 기도로 하루를 시작하고, 일하고, 공부하면서 청년보다 더 젊게 사는 미카엘라 자매님이 늘 존경스럽다.

아침 일찍 만나는 경비 아저씨는 밝게 웃으며 인사를 하신다. 자그마한 체구에 선한 얼굴을 마주하면 기분이 좋아진다. 아파트 곳곳을 쓸고 닦으며 당신 하시는 일에 진심이라는 것이 느껴진다. 경비 아저씨의 열심히 일하는 모습에 고개가 숙여지는 것은 성실함이 주는 위대함을 알기 때문이다.

아침 출근길에 매일 만나는 아저씨가 있다. 뇌병변 장애가 있는 아저씨는 오늘도 온몸을 흔들며 리어카를 끌고 가신다. 아저씨 리어카에는 차곡차곡 쌓인 폐지가 한가득이다. 얼마나 이른 시간에 하루를 시작하는지 알 수 있다. 나는 경비 아저씨의 미소에서, 리어카를 묵묵히 밀고 가는 아저씨의 발걸음에서 삶의 희망을 발견한다.

카톡이 울린다. 하루를 잘 보내라는 응원의 메시지다. 오늘도 사랑받으며 하루를 시작한다. 가슴이 설렌다. 오늘도 또 다른 누군가를 만나 새로운 경험을 할 것이다. 다름이 나쁨이 아님을 기억하며 완고한 마음을 갖지 않도록 기도한다. 또 하루를 허락하신 하느님께 감사 기도를 올린다.

4장

실천하지 않으면
아무것도 이룰 수 없다

행운은 내가 만들어가는 것이다

남편의 첫 여권이 나왔다. 해외로 가기 위해 비행기를 타는 건 처음이다. 큰아들 동석이가 일본에서 대학을 졸업하게 되었다. 4년 동안 공부하도록 한 번도 아들이 어떻게 사는지 가보지 못했다. 사는 게 여유가 없어서 가볼 수가 없었다. 동석이는 장학금을 받고, 아르바이트를 하며 대학 4년을 마쳤다. 집에서 적은 돈의 생활비를 보내주긴 했어도 스스로 학업을 마쳤다는 게 우리 부부는 대견스러웠다. 우리 부부는 2016년 3월 19일부터 22일까지 3박 4일의 일정으로 졸업식도 보고, 일본 여행도 하기로 했다. 들뜬 마음으로 새벽 6시에 집을 나섰다. 일본에서 쓸 와이파이를 빌리고 탑승 수속을 마쳤다. 우리는 아시아나 비행기를 탔고, 창가 자리로 잘 예약이 되어서 창공을 구경하기 좋았다. 기내식으로 나온 불고기 탕수육 덮밥과 빵, 음료로 아침을 먹었다. 기내식을 맛있게 먹는 남편을 보니 흐뭇했다.

비행기를 탄 지 2시간 20분이 지나니 나리타 공항에 도착했다. 나리타 공항은 인천공항에 비해 규모도 작고 사람도 많지 않았다. 김포공항 같은 느낌이 들었다. 마중을 나온 동석이는 완전 상거지 꼴이었다. 박음선이 미어진 가방을 메고, 바지는 무릎이 툭 튀어나오고, 뒷주머니에는 구멍이 뚫려 있었다. 동석이는 원래 남의 이목에는 신경 쓰지 않는다. 남의 일에 간섭하지 않는 일본의 개인주의 문화에서 4년을 지내다 보니 더 남의 이목을 신경 쓰지 않게 된 것 같았다. 그래도 엄마인 내가 상거지꼴인 아들을 보니 눈물이 왈칵 쏟아졌다. 유학생활의 고단함이 묻어나 마음이 미어졌다.

그러나 동석이는 엄마의 마음은 아랑곳하지 않은 채 도쿄로 가는 버스가 1시간 후에 있다고 공항에서 점심을 먹자고 했다. 우리는 공항에서 우동을 시켰는데, 우동과 젓가락만 달랑 나와서 뭔가 잘못된 줄 알았다. 그러나 단무지도 돈을 내고 사 먹어야 한다는 것을 알고 남편은 치사하다고 툴툴거렸다. 우리나라는 어느 식당을 가도 밑반찬이 나오는데 단무지조차 안 준다고 밥을 먹을 때마다 남편은 이야기했다.

점심을 먹은 후 버스를 타고 도쿄에서 내렸다. 다시 전철을 타고 신주쿠에 도착해서 전철을 갈아타고 유명한 아사쿠사의 절 구경을 갔다. 일본의 전철은 오래전에 개통되어서 우리나라보다 낡아 보였다. 그러나 버려진 쓰레기 없이 깨끗했다. 도쿄의 첫 느낌은 종로 3가 같고, 신주쿠는 명동 같았다. 동석이가 다 알아서 하니까 일본 말을 못 해도 전혀 불편하지 않았다. 아사쿠사에 도착하니 사람이 어찌나 많은지 사람에 밀려서 걸을 수가 없었다. 의외로 기모노를 입은 청년들이 많아서 일본 청년들은 애국심이 강하다고 생각했다. 그런데 이야기를 들어보니 일본은 졸업식에 여자들 대부분이 기모노를 입는다고 했다. 졸업 시즌이라 기모노를 입은 청년들이 많았던 것이다. 아사쿠사를 구경한 후 숙소에 짐을 풀고 신주쿠에서 저녁으로 코스요리를 먹었다. 코스요리로는 나베, 꼬치구이, 회, 샐러드, 튀김, 우동 등이 나왔다. 술은 무한 리필이었다. 동석이는 음식보다 술이 무한 리필이어서 이 식당을 선택한 것 같았다. 3시간 정도 식사를 하며 이야기를 나눴다. 동석이는 중학교 때 아이들의 괴롭힘으로 힘들었던 이야기를 하며 눈물을 흘렸다. 나는 그 시절만 생각하면 피가 거꾸로 솟는 느낌이 든다. 쫓아다니면서 막아줬어도 그건 방과 후이고 학교생활 중에 아이가 받았을 고통을 생각하면 지금도 화가 치민다. 요즘은 더 심각해진 학교폭력이 뉴스에 나오면 내 아이가 당하는 고통처럼 느껴진다. 그러나 나는 동석이에게 그 시절을 잘 견디었기에 지금의 네가 있는 거라고 어려움을 잘 견뎌줘서 고맙다고 말했다.

한편으로는 동석이가 중학교 시절 이야기를 하며 눈물을 흘리는 게 고마웠다. 상처를 꺼내 볼 수 있다는 것은 그 상처가 아물었기에 가능하다는 생각이 들었기 때문이다. 남편은 힘들었던 일을 곱씹지 말고 오늘로 털어버리라고 말했다. 앞으로도 엄마와 아빠는 너의 영원한 응원군이니 지금처럼 힘들 때 언제라도 이야기해달라고도 말했다. 우리는 좋은 일이든 나쁜 일이든 모두 털어놓고 이야기할 수 있어서 기뻤다. 하루 동안 정신없이 동석이를 따라다니다 보니 발이 너무 아팠다. 느긋한 패키지 여행이 아니라 체력훈련을 나온 듯 고단한 하루였다. 그럼에도 불구하고 행복한 하루가 저물었다.

신주쿠에서의 둘째 날 아침이 밝았다. 도심 속의 숙소라 가격에 비해 협소하고 화장실은 옴짝달싹할 수 없이 좁았다. 2002년 직장에서 패키지 여행으로 왔을 때는 넓은 호텔에 조식이 회 뷔페였는데, 그때가 그리웠다. 아침으로 인근 식당에서 카레 덮밥을 먹었다. 아침을 먹고 난 뒤 우리는 전철을 타고 신주쿠 인근에 있는 학사이성당에 미사를 드리러 갔다. 일본 성당의 특이한 점은 신자들이 입당하면서 자신이 받을 성체를 성합에 덜어놓으면 제물봉헌 봉사자가 제대에 가지고 들어온다는 것이었다. 일본어로 진행되는 미사는 알아들을 수는 없어도 전례 예식 순서가 전 세계적으로 모두 같기에 미사를 드리는 데는 큰 지장이 없었다. 패키지 여행이었으면 상상도 할 수 없는 일이라 감사한 마음이 들었다. 뿐만 아니라 성당을 찾아가는 길에 뒷골목 풍경들을 볼 수 있어서 좋았다.

미사가 끝난 후 3월 한철만 먹을 수 있다는 멸치 회덮밥도 먹어보고, 관동대지진 때도 무너지지 않았다는 일본 보물 불상도 볼 겸 가마쿠라로 갔다. 일본 맛집 앞에는 여지없이 줄이 길게 늘어서 있었다. 우리 부부는 아무리 맛있어도 한 시간씩 줄을 서서 기다리지는 못한다. 우리는 멸치 회덮밥 대신 라멘과 돈까스로 점심을 먹었다. 점심을 먹고 전차 표를 예매하고 승강장으로 가니 사람이 너무 많았다. 전차 표를 환불하고 40분을 걸어서 오르니 기진맥진했다. 그러나 고생한 보람은 있었다. 엄청 큰 청동불상이 가부좌를 틀고 앉아 있었다. 하루 관광을 모두 마치고 요코하마의 숙소로 이동했다. 그런데 동석이는 조금만 가면 된다면서 기본 30분은 걸었고, 전철만 타면 금방 간다면서 기본 2~3번 환승이었다. 아들을 따라다니다가 배가 쏙 들어갔다. 우리 부부는 다음부터 해외여행은 무조건 패키지로 가자고 약속했다.

우리는 요코하마 숙소에 짐을 풀고 신요코하마 차니아 타운 거리로 이동해서 저녁으로 회전초밥을 먹었다. 역시 일본에서 먹는 스시는 가격도 비싸지 않은데 회도 크고 맛있었다. 맛있는 스시 덕분에 하루의 피로가 풀렸다. 오늘은 아들 덕분에 구석구석을 누비고 다녀서 밥값보다 차비가 더 나간 날이었다.

셋째 날, 아침 일찍 숙소에서 제공하는 조식을 먹고 후지산으로 향했다. 11시쯤 도착해서 케이블카를 타고 후지산의 1,070m에 오르니 구름인지 안개인지 잔뜩 끼어서 앞이 하나도 보이지 않았다. 후지산에서 내려다보이는 전경을 볼 수 없는 아쉬움을 당고와 녹차로 달래고 내려왔다. 유명한 튀김집에 가서 한참 줄을 섰다가 점심을 먹었다. 숙소는 후지산 근처의 일본식 전통숙소인 료칸에 갔는데, 다다미방과 온천이 같이 있어서 남편과 나는 처음으로 숙소가 마음에 들었다. 우리 부부는 관광이고 뭐고 처음부터 료칸에만 있을 걸 하고 후회했다. 우리는 짐을 풀고 유람선을 타고 후지산을 구경했다. 호수에서 보이는 후지산은 흰 눈이 덮인 채 늠름하게 서 있었다. 우리나라 산에서 볼 수 없는 남성미가 느껴졌다. 우리가 묵는 숙소 근처에는 마땅한 식당을 찾을 수가 없었다. 그래서 저녁은 마트에서 회를 몇 종류 사고, 즉석밥과 남편이 한 맺힌 단무지도 큰 걸로 하나 사서 만찬을 차렸다. 료칸의 노천탕에서 호수를 내려다보며 온천욕을 즐기고 저녁을 먹었다. 일본의 전통 의상인 유카타를 입고 반주를 곁들여 두런두런 이야기를 하니 날이 저물었다.

넷째 날, 드디어 동석이 졸업식 날 아침이 밝았다. 아침 일찍 일어나서 온천을 하고, 조식을 먹은 다음 학교에 갔다. 기차를 타고 쓰루문과대학역에서 내리니 5분 거리에 학교가 있었다. 학교에 들어서니 특이한 것은 꽃 장사가 없었다. 꽃 장사뿐만 아니라 꽃다발을 든 사람이 한 명도 없었다. 나는 꽃다발을 준비하지 못해 걱정하고 있었는데 괜한 걱정이었다. 검소한 일본 사람들답게 졸업식에 꽃다발을 가져온 사람은 한 명도 없었고, 내빈조차도 모두 조화를 꽂고 있는 모습이 인상적이었다. 여학생들은 모두 전통 의상인 기모노를 입고 머리에 꽃 장식을 하고 있었다. 졸업 가운에 사각모를 쓰지 않은 것은 조금 서운했다.

졸업식이 끝나고 우리는 오후 비행기를 타고 집으로 돌아와야 했다. 동석이가 우리를 공항까지 배웅해야 해서 친구들과 제대로 인사도 못 하고 헤어졌다. 졸업식이 이렇게 늦게 끝나는 줄 알았으면 하루 늦게 돌아오는 건데 하고 후회했다. 친구들과 마지막 인사를 못 하게 해서 미안한 마음이 들었다. 우리는 비행기 시간을 맞추기 위해 특급기차까지 갈아타며 나리타 공항에 늦지 않게 도착했다. 일본에서의 3박 4일은 국가대표 전지훈련을 받은 느낌이었다. 동석이는 그때 친구들과 헤어짐이 아쉬웠는지 한국에 와서도 시간만 나면 일본을 제집 드나들 듯하고 있다.

동석이는 졸업 후 교수님이 추천한 곳에 취직하지 않고 한국으로 나왔다. 동석이는 일본은 여행지로는 좋아도 살기는 싫다고 했다. 지금은 쓰루문과대학을 함께 나온 동창과 같은 회사에 다니고 있다. 그 친구의 추천으로 입사하게 된 것이다.

요즘 TV에 육아로 고충을 겪는 부모들이 전문가에게 상담하는 프로가 있다. 그 프로그램에는 ADHD 아이들이 많이 나온다. 30년 전 동석이를 키울 때는 ADHD에 관해 상담할 곳이 없었다. 그저 소아정신과에서 약만 타다 먹였다. 엄마인 내가 선생이고, 의사고, 상담가였다. 나도 엄마가 처음이라 많은 실수를 했다. 실수하면서도 동석이를 위한 최선을 선택했다. 고맙게도 동석이는 믿는 만큼 성장해줬다. 나는 동석이의 성장을 보면서 행운은 내가 만들어가는 것이라는 생각이 들었다. 어떠한 환경에서도 어떠한 상황에서도 의지를 갖고 꿈을 향해 개척해나간다면 행운은 따라오게 마련이다. 시련의 끝에는 행운이 기다리고 있기 때문이다.

실천하지 않으면 아무것도 이룰 수 없다

　오늘도 퇴근 후 선배 언니와 탁구장으로 갔다. 나는 학창 시절에 체육 시간이 유난히 싫었다. 달리기를 하면 꼴찌, 체력장을 해도 변변한 점수가 나오지 않았다. 나는 체육 시간에 피구를 하면 얼른 공에 맞고 죽기를 바랐다. 선 밖에서 날아오는 공이 대포알처럼 무섭게 보였다. 공이 날아오면 피하기는커녕 다리가 굳어버린 채 몸이 움직이지 않았다.

　나는 학교 졸업 후 운동에 취미를 붙여보려고 은행 선배 언니들과 탁구장에서 레슨을 받았다. 처음에는 선배 언니들과 같이 하니 재미가 있었다. 그러나 나는 탁구 코치에게 몇 달 개인 레슨을 받아도 실력이 나아지지 않았다. 처음에 생각할 때 선수까지는 아니어도 취미로 탁구를 칠 정도는 배우려고 했다. 그런데 돈을 내고 레슨을 받을 때마다 코치한테 야단을 맞으니 가기 싫어졌다. 그래서 탁구를 그만둘 수밖에 없었다. 나는 나중에야 알았다. 레슨을 받는 날만 탁구를 쳐서는 실력이 늘지 않는다는 것을 말이다.

결혼해서는 은행을 다니면서 피아노 학원에 다녔다. 큰아들 동석이가 태어나니 자장가도 불러줘야 하고 음악이 정서 발달에 좋다고 해서 피아노를 배웠다. 그런데 나는 음치에 박치다. 예체능은 꽝이다. 그나마 내가 학교 다닐 때는 예체능 실기를 30%밖에 반영을 하지 않아서 필기로 시험점수를 채웠다. 피아노를 처음 배울 때는 재미있었다. 기초 바이엘을 배워 장난감 피아노로 동석이에게 쳐주니 세계적 피아니스트가 부럽지 않았다. 그런데 점점 어려워지기 시작했다. 손과 머리가 따로 놀기 시작했다. 은행을 다니면서 따로 연습할 시간도 없고, 야근이 잦아지면서 핑계가 좋았다. 어려워서 못 하겠다는 말 대신 퇴근이 늦어서 그만두겠다고 했다. 나의 피아노 도전도 실패로 끝났다.

큰아들 동석이를 유치원 보내고 나서는 시간 여유가 생겼다. 나와 옆집 선아 엄마는 복지관에서 에어로빅을 배우기로 했다. 우리는 아이를 낳고 늘어난 뱃살도 뺄 겸 알록달록한 에어로빅 옷을 입고 설레는 마음으로 에어로빅을 시작했다. 아이 키우느라고 집에만 있다가 넓은 체육관에서 쿵짝쿵짝 울리는 커다란 음악과 많은 사람과 어울리니 신나고 재미있었다. 선아 엄마와 나는 에어로빅 이야기로 생활의 활기가 넘쳤다. 에어로빅은 음악에 맞춰 율동을 하는

데, 한 가지 음악을 다 배우면 작품이 완성됐다고 한다. 우리는 하루도 안 빠지고 열심히 율동을 배웠다. 그런데 열심히 하는 것에 비해 작품 완성도가 떨어졌다. 단체로 에어로빅을 하는데 우리만 율동이 틀렸다. 한 박자 늦게 율동하고, 중간에 율동을 까먹어서 그냥 서 있기도 했다. 서로가 어쩌면 그리 몸이 나무토막 같냐고 마주 보고 웃었다. 6개월이 넘어도 실력이 늘지 않아 우리는 제풀에 꺾였다. 남은 것은 알록달록한 에어로빅 옷뿐이었다.

남편과 선아 아빠는 아파트 단지에 있는 테니스장에서 레슨을 받았다. 한참 테니스에 재미를 붙여서 주말이면 테니스장에서 살았다. 나는 남편이 집안일을 도와주지 않고 테니스만 친다고 싫은 소리를 했다. 그러자 남편은 나와 같이 복식으로 테니스를 치자고 했다. 나와 선아 엄마는 에어로빅보다는 쉽겠지 하는 마음으로 테니스 레슨을 시작했다. 돌이 지나 아장아장 걷는 동준이를 데리고 테니스장에서 땀을 흘렸다. 테니스 공 치는 것이 무척 힘들었다. 테니스 코치는 마트에서 쓰는 큰 카트에 공을 가득 담아서 그 공을 다칠 때까지 연습을 시켰다. 한 시간 레슨을 하고 나면 하늘이 노랬다. 몸만 힘든 게 아니라 잘 가르쳐줘도 못 한다고 코치한테 야단맞는 게 더 힘들었다. 나는 아직도 그 코치의 이름을 기억하고 있다. 그렇게 부부 복식 게임은 한 번도 해보지 못한 채 나의 테니스 레슨도 끝났다. 또 교육비만 없애고 테니스 라켓만 늘어났다. 그러나 남편은 그 후 생활인 체육대회에도 나가는 열성을 보였다.

남편이 하루는 나에게 자전거를 가르쳐주겠다고 큰아들 동석이의 자전거를 가지고 학교 운동장으로 가자고 했다. 나는 무서워서 싫다고 해도 같이 자전거를 타고 싶다고 해서 할 수 없이 따라나섰다. 남편이 뒤에서 붙잡아줄 때는 중심도 잘 잡고 가는 듯하다 손을 떼기만 하면 바로 넘어졌다. 그렇게 운동장 몇 바퀴를 돌고 나니 안 아픈 데가 없었다. 나는 싫다는 자전거를 타라고 해서 아프다고 핑계를 대고 자전거 배우기를 포기했다.

나는 겁이 많고 승부욕이 없다. 그러니 끝까지 배운 운동이 없다. 나는 아들들이 나를 닮을까 봐 걱정이 됐다. 그래서 아이들이 유치원에 들어갈 무렵에는 무조건 수영을 가르쳤다. 혹시라도 물놀이 갔다가 물에라도 빠지면 엄마인 내가 구해줄 수 없으니 스스로 헤쳐 나오라고 일찍 수영을 가르쳤다. 아이들은 그 덕분에 수영을 잘한다. 나는 자전거도, 롤러브레이드도 일찍 타게 했다. 두 아들에게 태권도, 검도, 복싱까지 가르쳤다. 물론 뚱뚱한 큰아들의 살을 빼게 해주려 여러 가지 운동을 하기도 했다. 그 덕분에 작은아들은 태권도 2단을 따서 군대에서 태권도를 따로 배우지 않아서 좋았다고 한다. 다행히 두 아들은 운동을 썩 잘하지는 못해도 나 같지는 않아서 참 다행이다.

큰아들 동석이는 고등학교 3학년 때 키 182cm에 몸무게 110kg

이 나갔다. 초고도 비만이었다. 워낙 먹성이 좋으니 먹는 것을 줄여서 살을 빼는 건 엄두도 못 냈다. 그러던 어느 날 알고 지내던 쌍둥이 형제가 날씬한 몸으로 우리 치킨집을 방문했다. 치킨을 팔아줘서 좋기도 했지만 쌍둥이들이 날씬해진 모습을 보는 게 더 반가웠다. 쌍둥이들은 헬스장을 다녔고, 트레이너의 혹독한 훈련으로 살을 뺐다고 했다.

나는 가기 싫다는 동석이를 협박도 하고, 달래기도 해서 헬스장에 등록시켰다. 동석이는 헬스장에서의 힘든 훈련을 이겨냈고, 트레이너의 지시대로 6시 이후에는 물 이외에는 먹지 않았다. 그렇게 8개월 동안 헬스장을 다니니 20kg이 빠졌다. 드디어 100kg이 넘는 몸무게에서 탈출하게 되었다. 동석이는 논산훈련소 4주 동안 비만 소대에서 10kg을 더 빼서 80kg이 되었다. 그 덕분에 나는 훈련소에서 올려준 사진에서 동석이를 찾지 못했다. 나는 훈련소에 전화해서 아들이 없다고 울며불며 아들을 찾아달라고 하는 헤프닝을 벌였다. 동석이는 그 후로는 수시로 저울에 올라가 체중 관리를 하고 있다. 살을 뺀 이후로는 17년째 90kg 초반을 유지한다. 요요현상 없이 체중을 잘 관리하는 동석이가 기특하다. 친구들과 술 약속이라도 있을 때는 자전거를 60km 정도 타서 2kg을 미리 빼놓고 술을 마음껏 먹는다. 미처 몸무게를 빼놓지 못했을 때는 술자리가 끝나면 1시간 이상 걸어서 집에 돌아온다. 운동을 할 수 없을 때는 다음 날 밥을 굶는다. 동석이는 더 이상 예전의 뚱뚱한 몸으로 돌아가지 않겠다고 한다.

나는 남편이 퇴근해 오면 9시에 함께 저녁기도를 바친다. 묵주기도 5단과 저녁기도 선종기도를 바치면 하루 일과가 끝이 난다. 나는 가족과 함께 기도하려고 여러 번 시도를 했다. 그러나 남편은 이런저런 핑계를 대며 빠져나갔다. 이렇게 습관이 된 지는 3년쯤 된다. 이제는 남편이 회식하고 술에 취해서 와도 기도방에 앉아 묵주를 들고 있다. 비록 기도하다 조는 한이 있더라도 기도를 한다. 늙음이 꼭 나쁜 것만은 아니다. 젊을 때보다 찾는 이가 적으니 시간이 많아 기도할 수 있어서 좋다.

얼마 전 손흥민 선수의 아버지인 손정웅 님의 ≪모든 것은 기본에서 시작한다≫라는 책을 읽었다. "아이들 일에는 실패란 없다. 오직 경험만 있을 뿐이다"라고 말하며 아들을 세계적 축구선수로 키워낸 아버지의 신념을 보여준다. 손정웅 님은 프로축구 선수 은퇴 후 가족의 생계를 책임지기 위해 안 해본 일이 없었다. "아버지가 된다는 것은 개똥밭에 구르든 불구덩이에 뛰어들든 끝없이 책임을 지고 사랑을 쏟아야 한다"는 말이 가슴에 와닿았다. 손정웅 님은 자신의 삶에서 축구를 빼면 남는 건 책 읽기뿐이라고 말했다. 책을 읽다 좋은 부분은 접어두었다가 아이들에게 읽게 한 것은 인성을 위한 것이었다. 또한 축구를 하는 것도 궁극에는 좋은 사람이 되기 위한 것이라고 했다. 아버지의 노력은 아들을 인성 좋은 축구

선수가 되게 했다. 책을 다 읽고 나니 절로 고개가 숙여졌다. 계획을 세우고 실천하는 모습과 될 때까지 노력하는 모습에서 존경심이 들었다. 누구나 성공을 원한다. 그러나 누구나 성공하지는 못한다. 나 또한 그랬다. 좋은 계획도 작심삼일로 끝난 적이 많았다. 감나무 밑에서 감 떨어지기만 기다리고, 감나무에 올라가지 않았다.

나는 젊은 날 많은 실패의 경험을 통해, 은퇴 후 삶은 실천할 수 있는 일들만 계획을 세우려고 한다. 더 이상 직장을 다니지 않으니 하루를 내가 만들어나가야 한다. 예순이 넘은 나에게는 돈보다 시간이 더 소중하다. 모든 일은 백일만 꾸준히 계속하면 습관이 든다. 나는 동석이가 살을 빼고 17년째 몸무게를 관리하는 것을 보면서 습관의 중요성을 깨달았다. 남편과 3년째 같은 시간에 기도를 드리면서 실천해야만 원하는 것을 얻을 수 있음도 알게 되었다.

나의 첫 버킷리스트인 책 쓰기가 완성되어간다. 까마득하기만 했던 일이 지웠다 썼다를 반복하면서 하루 8시간씩 컴퓨터 앞에 앉아 있으니 꼴을 갖추어갔다. 나는 이번 책 쓰기를 통해 안 되는 일은 없다는 것을 알았다. 실천하지 않으면 아무것도 이룰 수 없다는 것도 알았다. 이번 경험을 통해 나의 남은 날들도 계획을 세우고 실천하며, 작은 것들을 이루면서 살아갈 것이다.

가정의 변화는 나로부터 시작된다

　오랜만에 만나는 의사 선생님은 남편의 안부를 묻는다. 남편은 본태성 고혈압으로 삼십 대 중반부터 혈압약을 복용했다. 집 근처 내과를 10년 넘게 다니다 지금은 종합병원으로 옮겼다. 30대 중반에 혈압약을 먹어야 한다고 했을 때는 충격으로 다가왔다. 식사를 준비할 때 저염식으로 하고, 혈압에 좋다는 채소를 녹즙기에 갈아주었다. 딱딱한 영지버섯도 어렵게 잘라서 끓여주었다. 아무리 혈압에 좋은 음식을 먹어도 당사자의 노력 없이는 좋아지지 않았다.
　남편은 술자리를 좋아한다. 게다가 술이 몸에 받는 체질이다. 나는 술을 전혀 못한다. 사람들이 그 쓴 술을 왜 먹는지 이해하지 못한다. 술에 관해서는 남편과 나는 너무도 다른, 그야말로 '화성에서 온 남자, 금성에서 온 여자'다. 처음 연애할 때 포장마차나 경양식집, 주로 술집에서 데이트를 했다. 남편은 생맥주도 두 잔을 시켜서 혼자 다 먹었다. 연애할 때는 콩깍지가 씌어서 남편이 술 먹는 게 이상하지 않았다. 술이 많이 취해도 주사가 없어서 술 먹는 것에 대해 불편함을 못 느꼈다.

그러나 결혼하고 공장을 차리니 매일이 술이었다. 365일 중에 366일 술을 먹었다. 거래처와 술을 먹거나, 그냥 집에 들어온 날도 반주를 했다. 저녁 밥상을 차려놓으면 반찬을 안주로 생각했다. 하루 종일 공장 일로 힘들었으니 오늘만 봐준다 하다 보니 매일 밥상이 술상이 되었다. 풍산금속을 다녔던 남편은 동파이프 연결 이음쇠를 만드는 공장을 차렸는데, 원재료인 구리가 무거워서 일이 고됐다. 마음 약한 나는 매일 술을 먹는 게 나쁘다는 걸 알면서도 말리지 못했다.

남편의 건강을 생각해서 술을 줄여보려고 여러 가지 방법을 써보았다. 달래도 보고, 협박도 했다. 몇 번의 각서도 받았다. 예전에 TV에 연예인이 나와서 부인한테 반성문보다 각서 써주기가 쉽다고 하는 말을 들었는데, 하긴 각서는 불러주는 대로 쓰면 되는데, 반성문은 잘못을 뉘우치고 다짐을 해야 하니 쓰기 어려운 게 사실이다.

한번은 남편이 토요일 새벽 5시에 테니스 가방을 들고 나가서 다음 날 새벽 2시에 들어왔다. 그때 큰아들은 초등학교 2학년, 작은아들은 두 살이어서 나는 육아로 지쳐 있었다. 금방 들어온다고 전화를 하더니 오지 않았고, 나의 인내심은 한계에 다다랐다. 나는 각서를 써놓고 남편이 들어오기를 기다렸다. 남편이 만취 상태로 들어왔다. 나는 준비해놓은 각서를 보여주고 잔소리를 한 후 도장을 찍으라고 했다. 남편은 미안하다고 말했는데 한국말인지 미국말인지 잘 알아들을 수가 없었다. 나는 겁을 주려고 가방을 싸 들고 밖으로 현관문을 열고 나가버렸다. 현관문 밖에서 남편이 잘못했다고 말하면서 나를 잡으러 오기를 기다렸다. 5분을 기다려도 남편은 나오지 않았다. 화가 더 나서 집으로 들어가 방문을 열어보니 남편은 침대에 대자로 뻗어서 코를 골고 자고 있었다. 나는 화가 나서 참을 수가 없었다. 어린 자녀를 둔 아버지가 어떻게 저렇게까지 술을 먹을 수 있지? 언제라도 아이들이 아파서 응급실에라도 갈 일이 생길 수 있는데, 항상 정신을 차리고 있어야 한다고 생각했다. 생각이 여기에 미치자 나는 결혼사진이 담긴 액자를 망치로 내려쳐서 깨뜨렸고 그대로 남편 신발 위에 올려놨다. 아침에 일어난 남편은 손이 발이 되도록, 미안하다고 잘못했다고 빌었다. 그리고 출근하다 현관에서 깨진 결혼사진 액자를 발견했다. 남편은 말문이 막힌 채로 출근했다. 결혼사진을 박살 내도 그 충격은 일주일도 가지 못했다. 남편은 우유부단한 성격이고, 나는 욱했다가도 3일이 지나면 잊어버리는 성격이다. 잘 잊어버리니 부부 싸움이 안 된다. 나는 또 언제 그랬냐는 듯 웃고 있었고, 남편은 내 요리를 칭찬하며 반주를 하고 있었다.

고혈압을 앓은 지 10년이 넘어가니 남편에게서는 당뇨도 나타났다. 지방간, 고지혈, 중성지방 등 모든 지표가 우상향으로 대사증후군이 왔다. 매월 약 처방을 해주는 의사 선생님은 약을 먹어도 모든 수치가 줄어들지 않는다고 걱정하셨다. 의사 선생님은 술, 담배를 끊으라고 했다. 남편은 해가 바뀔 때마다 담배를 끊어보겠다고 며칠 안 피우기도 했지만 얼마 가지 못했다. 금단현상을 이기지 못했기 때문이다. 남편은 중독의 어려움을 알기에 아들들에게는 담배를 배우지 말라고 당부했다. 다행히 두 아들은 담배를 피지 않는다. 작은아들은 나를 닮아 술은 입에 대지도 못한다.

남편은 거듭되는 사업 실패로 술에 대한 의존도가 높아졌다. 나는 남편이 몇 번의 사업 실패를 하는 것을 지켜보면서 사업하고는 안 맞는다는 것을 알았다. 남편은 50대에 거래처 회사에 취직했다. 회사가 경기도 광주에 있어서 주말부부를 했다. 식사를 챙겨줘도 당뇨가 있어 문제였는데, 주말부부를 하니 더 걱정이 되었다. 나는 남편이 금요일에 집에 오면 완숙 토마토에 올리브유를 넣고 끓여서 일주일 먹을 양을 보냈다. 남편은 직장생활이 힘들다고 했다. 하긴 오랜 기간 자영업을 하다 직장생활을 하려니 적응하기 힘들기도 했을 것이다. 남편이 그렇게 말할 때마다 나는 "외국에 돈 벌러 왔다고 생각해, 그나마도 외국에 있으면 집에 못 오는데, 일주일에 한 번씩은 집에 오니 얼마나 좋아"라고 말했다. 남편이 다니는 회사에는 외국인 근로자가 많았다. 그 근로자보다는 환경이 좋다고 위로

해주었다. 그러면 남편은 "그렇긴 하네"라고 말하며 헛웃음을 웃었다. 그렇게 5년이 지난 후 남편이 다니는 회사는 파주로 이사했다.

회사 규모가 10배 이상 커져서 가족 경영이 심화됐다. 남편은 회사 대표가 된 사장님의 사위와 갈등이 생겼다. 내성적인 남편은 갈등 상황에서 꾹꾹 참으면서 스트레스를 쌓아갔다. 나는 힘들면 당장이라도 사표를 던지고 나오라고 큰소리를 쳤다. 그러나 속으로는 남편이 정말 사표를 던지면 어떻게 하나 걱정했다. 그렇게 살얼음판을 걷듯 생활하고 있었는데, 남편이 퇴근 시간이 지나도 집에 오지를 않았다. 나는 느낌이 안 좋아서 전화번호를 알고 있는 직원에게 전화를 걸었다. 직원은 남편이 대표와 의견 충돌을 일으키고 오전에 퇴근했다고 말했다. 남편이 퇴근한 지 12시간이 지나도록 집에 오지 않은 것이다. 나는 아무 생각이 나지 않았다. 남편은 웬만해서는 화를 안 내는데 어쩌다 화를 내면 무섭다. 나는 울면서 기도했다. 무사히 집에 돌아오게 해달라고. 할 수 있는 게 기도밖에 없었다. 남편은 오전에 회사에서 나와 빈속에 안주 없이 소주를 병째 마시고 차에서 잠들어버렸다고 했다. 내성적인 남편이 의지할 것은 술뿐이었다.

나는 남편에게 알콜 중독이라고 말했다. 남편은 아니라고 펄쩍 뛰었다. 나는 처음으로 이혼 이야기를 꺼냈다. 알콜을 끊기 위해 정신과의 알콜 중독 클리닉에 가자고 했고, 병원에 가지 않으면 이혼하겠다고 했다. 나는 시어머니의 대소변을 받아내도, 남편이 여러 차례 사업에 실패해 경매로 집이 넘어가도, 매일 빚을 갚느라 허덕여도 이혼 이야기를 해본 적이 없었다.

남편은 적잖이 놀랐고 마지못해 성모병원 정신과의 알콜 중독 클리닉을 찾았다. 검사가 진행됐고, 알콜 중독 전 단계인 알콜 의존증이 심하다고 했다. 약 처방을 받고 석 달을 다녔다. 남편이 이제는 약을 안 먹고도 스스로 끊을 수 있다고 자기를 믿어달라고 했다. 나는 남편 말을 들어주는 대신 다시 술을 먹으면 병원에 입원하기로 약속을 받았다.

나는 술을 끊는 김에 약을 먹어도 안 되는 대사증후군을 고치기 위해 여기저기 알아봤다. 그렇게 알아보던 중에 신우섭 의사 선생님의 《의사의 반란》이라는 책을 보게 되었다. 남편이 최대 용량의 약을 먹어도 모든 수치가 좋아지지 않아서 약 대신 식이요법을 하는 신우섭 의사 선생님을 찾아가게 되었다. 남편도 강한 의지를 보였다. 알콜 중독 클리닉의 약도 끊고, 고혈압, 당뇨, 지방간, 고지혈증의 약도 모두 끊었다. 신우섭 의사 선생님의 지시에 따라 몸의 독소를 빼는 수액을 일주일에 한 번씩 맞고, 멸치조차 안 먹는 완전 채식을 시작했다. 그렇게 1년이 지나니 몸무게가 10kg이 빠졌다. 허리는 4인치가 줄어 30인치가 되었다. 각서를 쓰고 1년 동안 술을 입에 대지도 않았다. 내 몸은 내가 쓴 대로 나에게 갚아준다. 아무것이나 먹고 함부로 생활하면 병은 당연히 찾아오게 되어 있다. 당연한 깨달음을 얻는 데 엄청난 비용과 시간이 소모됐다. 그 후로 5년째 남편은 현미밥에 각종 채소를 먹는다. 5년 전 당뇨가 심해 백내장 수술을 하지 못하고 미뤘는데, 백내장 수술을 할 필요가 없어졌다. 시력이 회복되었다. 지금은 지방간, 중성지방, 고지혈증이 정상이다. 물론 약을 먹는다. 혈압과 당뇨도 약으로 조절되고 있다.

나는 가끔 남편에게 말한다.

"하느님은 왜 나에게 당신을 맡기셨을까? 하느님은 당신을 만들다 잠깐 졸았나 봐?"

그러면 남편은 "당신 천국 가라고! 나랑 살아서 천국 갈 수 있게 됐잖아"라며 껄껄 웃는다. 남편은 자기가 천국의 열쇠라고 한다. 자기를 버리면 천국 문을 열 수 있는 열쇠가 없어서 천국에 못 간다고 말이다. 참 기막힌 대답이다.

나는 5년 전 나의 결단력 있는 변화가 오늘의 결과를 가져왔다고 생각한다. 아프다고 감싸고 있어도 고름이 살이 안 된다. 아파도 잘못된 부분은 도려내야 한다. 가정을 굳건히 지키고 아이들에게 사랑을 가르치는 건 엄마다.

1948년 이스라엘 건국 후 어떤 사람이 유태인인가를 정할 때 아버지가 유태인이 아니더라도 어머니가 유태인이면 유태인으로 인정하기로 했다. 유태인들에게 있어서 어머니의 역할은 절대적이다. 나는 우리나라 엄마들도 유태인 못지않다고 생각한다. 엄마가 바로

서야 한 가정이 바로 서고, 가정의 변화는 엄마에게서 시작한다고 믿고 있기 때문이다.

돈을 따라가지 말고 원하는 일을 하자

　봄이 기다려지는 것은 비단 나만이 아닐 것이다. 춥고 지루한 겨울을 이기고 새싹이 돋아나고 꽃들이 피기 시작하면 움츠렸던 몸과 마음이 피어난다. 나는 꽃들을 보면서 추억에 젖는다. 해마다 피어나는 개나리를 보면 청춘의 시작에 만났던 수줍은 오빠가 생각난다.

　개나리 핀 돌담길을 같이 걸으며 청춘의 불확실한 미래에 대해 이야기를 나눴다. 주말 오후면 영화관에서 영화도 같이 보았다. 오빠는 월간지 샘터도 정기구독해서 집으로 보내주었다. 오빠는 시를 써서 보내주기도 했다. 눈치 없는 나는 친척 오빠쯤으로 생각하고 즐겁게 지냈다. 그러던 어느 날 오빠는 내게 청혼을 했다. 나는 깜짝 놀라 다시는 만나지 말자고 그 자리를 박차고 나왔다. 갓 스물이 지난 나와 결혼 적령기를 넘어가는 오빠 사이에는 넘지 못할 벽이 있었다. 나는 지금도 개나리를 보면 미안한 마음이 든다. 그때 그 오빠에게 에둘러서 마음 상하지 않게 말을 했어야 했는데 후회가 된다. 노란 개나리가 피어나면 내 마음에는 또 애송이 사랑이 해마다 피어난다.

봄의 전령사 벚꽃이 피면 나는 중학교 동창 형신이가 생각난다. 나는 지금도 고등학교 3년 내내 형신이와 주고받은 편지를 간직하지 못한 것이 후회가 된다. 고등학교 진학을 하면서 형신이는 인문계 고등학교에 가고, 나는 실업계 고등학교에 갔다. 우리는 헤어짐이 아쉬워 편지를 3년 내내 주고받았다. 나는 실업계 고등학교에 가서 슬퍼하고, 형신이는 이런 나를 항상 위로해줬다. 나를 똑똑한 친구라고 칭찬해주었고, 내가 보낸 편지를 문학작품으로 여겼다. 형신이는 항상 나를 위해 기도해주었다. 형신이와 나는 편지를 와이셔츠 상자에 보관했었다. 결혼 전까지 가장 소중한 보물로 간직하고 있었는데, 결혼을 앞두고 모두 버렸다. 결혼이 처음이고, 어린 나이에 주변에서 결혼 전에 알아야 할 것들에 대해 이 사람 저 사람 조언을 해주었다. 나는 남의 말을 잘 듣는 팔랑귀다. 그 시절 외판원이 은행에 오면 나는 안 사는 물건이 없었다. 설명을 들으면 다 사야 할 것만 같았다. 은행의 언니들은 결혼하면 남편에게 첫사랑에 대해서 절대 말하지 말라고 했다. 나는 형신이에게서 받은 편지 속에서 나를 좋아했던 오빠가 보낸 편지 몇 통을 발견했다. 그 편지를 없애려고 와이셔츠 상자의 모든 편지를 버렸던 것이다. 세월이 흐를수록 어린 날의 순수한 우정이 그리울 때면 친구가 보낸 편지가 보고 싶다. 결혼 후 바빠 살다 보니 연락이 끊겼다. 아니 내가 못 챙겼다. 지금도 벚꽃이 피면 친구 형신이가 그립다. 내 친구 형신이는 벚꽃처럼 주위를 밝히면서 어디선가 잘 살고 있을 것이다.

산비탈에 외로이 핀 진달래를 보면 내 친구 영희가 생각난다. 웃는 모습이 수줍고, 조용한 영희는 중학교 3학년 때 내 짝꿍이었다. 시험공부를 한다고 서로의 집을 오가며 공부는 안 하고 이야기에 열중하다 잠들어버렸다. 나는 아침형 인간이라 밤 12시를 넘기지 못한다. 그때도 같이 공부하자고 불러놓고 나는 잠들어버렸다. 새벽에 일찍 일어난 나는 벼락치기로 시험공부를 하곤 했다. 나 때문에 영희는 시험공부를 망친 적이 많았다. 그래도 우리는 팔짱을 끼고 교정을 누비고 다녔다. 인문계 진학이 좌절되어 가장 슬펐던 시절에 영희가 내 옆에 있어서 나는 덜 슬펐다. 고마운 친구인데 나는 잘 챙기지 못한다.

산책 길에 만나는 이름 모를 야생화를 보면 고등학교 때 친구 윤정이가 생각난다. 산책 길에 만나는 작고 예쁜 야생화들은 가던 길을 멈추고 쳐다보게 만든다. 마음이 소란스러울 때도 야생화는 소란스러운 마음을 평화로 이끈다. 나에게는 야생화 같은 친구가 윤정이다. 우울하던 고등학교 시절 아침에 학교에 도착하면 책상 서랍 속의 예쁜 손편지가 나를 반긴다. 나는 윤정이가 참 좋았다. 조용하게 눈웃음으로 넓은 가슴을 내어줬다. 우리는 쪽지로 우정을 나누었고, 간식거리를 나눠 먹었다. 숙희, 연주와 함께 윤정이와 나는 수학여행에서 사진으로 추억을 남겼다. 그런 윤정이는 지금도 택배를 보내온다. 일본의 오염수 방류를 걱정하며 신안 소금을 보내준다. 소금 보따리를 보면 절로 미소가 난다. 겨울에는 간식으로 고구마를 보내준다. 언제 어디서나 나타나는 요술램프 지니처럼 윤정이는 사랑을 보내온다.

가을을 알리는 코스모스는 나의 초등학교 동창 미정이를 생각나게 한다. 미정이는 눈이 크고, 예쁜 얼굴에 키가 컸다. 미정이와 둘이 다니면 친구들은 "이미쳐, 나죽자" 라고 놀렸다. 이미정과 나혜옥을 그렇게 불렀다. 아이 때는 이름을 가지고 잘 놀렸기 때문이다. 미정이는 공부도 잘했다. 중학교에서 고등학교로 진학할 때 같이 여상을 가기로 했는데, 미정이는 원서를 고쳐서 인문계로 진학했다. 나는 미정이의 용기가 부러웠다. 그 후 미정이는 서울대학교에 들어갔고 선생님이 되었다. 내가 결혼해서 집들이할 때도 미정이가 왔었는데, 그 후로 연락이 끊겼다. 내가 못 챙겼다. 올가을 코스모스가 피면 나는 또 어디에선가 예쁜 중년으로 살고 있을 미정이가 그리울 것이다.

　오늘은 엄마에게 가다 등나무꽃이 늘어지기 시작한 것을 보았다. 카톡 대문 사진에 등나무꽃을 올렸던 성당 형제님이 생각났다. 형제님은 나와 성당에서 10년 넘게 봉사를 같이했다. 형제님은 성실하고 누가 부탁하면 다 들어주고 화난 모습을 본 기억이 없다. 점심 약속을 해놓고 전날 사고로 하늘나라에 가셨다. 나는 등나무꽃만 보면 그 형제님이 생각난다. 종교를 선택해도 교리에 맞춰 살기란 쉽지가 않다. 바쁘다는 핑계로 우리는 할 수 있는 것도, 해야만 하는 것도 외면하기 일쑤다. 그런데 그 형제님은 신앙생활을 기준으로 사회생활을 하셨다. 형제님은 하루를 기도로 시작하시고, 하루가 끝나면 저녁에 미사에 나오셨다. 봉사자가 주축이 되어야 하는 성당에서 형제님이 할 수 있는 모든 봉사를 도맡아 하셨다.

　한번은 성가대 단원이 부족하자 성가대에서 노래도 하셨다. 내가 형제님의 노래 실력을 놀려도 미소로 대답하고 묵묵히 성가대를 지키셨다. 지금도 성당에 가면 형제님이 항상 앉았던 자리에서 기도하고 계시는 것 같다. 나는 오늘도 등나무꽃을 보면서 나의 나태해진 마음을 나무란다. 오늘이 마지막 날인 것처럼 기도하고 사랑해야겠다고.

추운 겨울을 이기고 쑥이 얼굴을 빼꼼히 내민다. 나는 반가운 마음이 든다. 해마다 해쑥을 보면 신부님 생각이 난다. 신부님은 사제관에 쑥을 한아름 가져다 놓으신다. 쑥이 방향제이며 방충제인 듯하다. 나는 해쑥을 보면 불쑥 신부님께 문자로 안부를 전한다. 나는 현재에 충실하다. 그래서 현재 공간에 같이 있지 않은 인연들을 잘 챙기지 못한다. 무소식이 희소식, 내 마음 같으려니 생각하고 지내다 보면 멀어지는 인연도 있다.

나는 루카 신부님을 영적 지도자로 생각한다. 신부님은 운전을 못 하신다. 운전을 하면 차에 관심을 갖게 되고, 좋은 차를 타고 싶은 마음이 생기는 것을 경계하시려고 운전면허를 따지 않으셨다고 한다. 사람들은 시대에 뒤떨어진다고 생각할 수도 있다. 그러나 나는 신부님이 수도자적 삶을 살아가시는 모습을 존경한다.

나에게는 존경하는 어른이 또 한 분 계시다. 프란치스코 하비에르 신부님이시다. 신부님은 저 멀리서 보고도 반가운 미소를 보내주신다. 그 미소를 보면 하느님 아버지도 이렇게 나를 반겨주시겠지 하는 마음이 든다. 일흔을 바라보는 나이에도 열정은 새 사제에 못지않다. 권위에 치우치지 않고 사랑이 넘치시는 모습에서 그리스도의 향기를 맡는다. 신부님에게서는 늘 꽃향기가 난다.

꽃다발을 보면 요양원 원장님이 생각난다. 원장님은 매주 수요일 제철 꽃들을 사 오셔서 요양원 어르신들을 위해 꽃꽂이를 해주신다. 원장님은 꽃과 식물을 사랑하신다. 요양원에는 어르신 반, 화분 반이라고 할 정도로 식물이 많다. 어르신들은 매주 꽃꽂이를 해도 잘 모르신다. 대부분 치매를 앓고 계시기 때문이다. 그래도 원장님은 꽃 이름, 꽃말, 꽃 꽂는 방법을 또 알려주신다. 원장님은 거동이 안 되는 어르신들에게 꽃을 통해 계절을 알려주고 싶으신 것이다. 원장님은 꽃향기로 사랑을 전하고 싶으시기 때문이다. 매주 수요일은 요양원에서 꽃향기가 난다.

나는 행복하다. 오늘도 등나무꽃을 보고 글을 쓰고 싶어졌다. 추억이 떠올랐다. 나는 예순이 되어서야 하고 싶은 일을 하고 있어 행복하다. 아직은 사회복지사로 돈을 더 벌 수 있지만, 나는 돈 벌기를 멈추고 내가 좋아하는 글쓰기를 하고 있다. 내가 하고 싶은 일을 하니 하루가 짧다. 활력이 넘친다. 보이는 모든 것이 새롭다. 내 주변의 모든 사람에게 감사한 마음이 든다. 화선지에 먹물이 퍼지듯 내 얼굴에 미소가 퍼진다.

혼자만의 시간을 가치 있게 쓰는 사람이 성공한다

어릴 적 나는 미군 부대에 다니는 막내 이모가 있어서 좋았다. 지우개 달린 노란 연필을 학교에 가지고 다니면 아이들에게 부러움의 대상이었다. 이모는 맛있는 초콜릿도 가져다주고 나를 데리고 코 큰 미국 아저씨와 나들이도 했다. 그러나 이 행복은 얼마 가지 않았다. 이모는 얼마 후 미국으로 시집을 가버렸다. 더 이상 맛있는 초콜릿을 먹을 수 없었다. 그렇게 이모는 미국에서 도서관 사서를 하시던 이모부와 40년 넘게 살았다.

여든을 넘긴 이모는 더 아파서 못 움직이기 전에 한 번 한국에 나오고 싶어 하셨고, 지난 주말 노구를 이끌고 나오셨다. 외삼촌, 외숙모와 당신 딸과 함께 나오셨다. 한국에 왔다 가신지 7년 만의 방문이었다. 나는 이모를 위해 장을 보고 음식을 만들었다. 이모는 작년에 유방암으로 유방 절제 수술을 받았다. 이모와 이모 딸은 고기를 먹지 않는다. 이모 딸은 생선도 먹지 않는다. 채소만 가지고 맛있는 음식을 만들어야 해서 부담이 되었다. 나는 미역국을 끓이고, 시금치나물과 무나물을 만들었다. 이모를 위해 물 좋은 갈치를 구웠다. 이모가 오기 이틀 전에 담근 열무김치와 오이소박이가 딱 먹기 좋게 익었다. 샐러드를 준비하고, 고기가 빠지면 손님 대접에 소홀한 것 같은 마음에 한우로 불고기도 장만했다. 포기상추에 강된장을 지져 상을 차렸다. 이모와 이모 딸은 제일 비싼 한우 불고기를 빼고 포기상추에 나물을 싸서 맛있게 드셨다. 팥을 넣은 찰밥 대신 들기름에 지진 두부만 드셨다. 이모 딸이 시차 때문에 밤에 잠을 못 잔다고 해서 운동도 할 겸 부용천 산책을 나왔다. 이모 딸은 한글은 읽을 수 있으나 한국말을 하지 못하고, 알아듣지도 못한다.

나는 산책하는 동안 알아듣는 단어는 미소를 지으며 오케이를 외쳤고, 긴 문장은 파파고 해석을 통해 1시간 동안의 산책을 마쳤다. 핸드폰의 위대함에 고개가 숙여지는 시간이었다. 이모 딸은 요즘 넷플릭스로 K드라마에 푹 빠져 있었다. K드라마에 나온 장소를 캡처해 왔고, 가고 싶다고 했다. 광화문, 청계천, 덕수궁 돌담길, 이태원, 연세대학교, 남산타워였다. 나는 길치에 동서남북 분간을 잘 못하고 지리에 약하다. 나는 서울 시내 운전에 자신이 없어서 거금을 들여 대형차를 렌트하고, 기사님까지 구했다.

'시집가는 날 등창 난다'고 가뭄과 산불로 전국이 몸살이 날 정도로 맑은 날만 계속됐는데, 이게 웬일인가! 7년 만에 한국을 찾아 서울 투어를 하는 팔순의 이모와 오십의 이모 딸에게는, 전 국민이 바라는 선물 같은 비도 괴로운 일이었다. 출근 시간을 피해 서울로 나갔지만 시내는 막히고, 설상가상 비까지 퍼부었다. 한국말을 못 하는 이모 딸과 나는 알아듣는 단어의 조합으로 대화를 이어갔고, 눈치로 때려잡고, 중간에 이모 통역도 쓰고 그래도 안 되는 긴 문장은 파파고로 대화를 했다. 파파고 통역 덕분에 영어 쓰는 데 자신감이 생겼고, 하루 종일 영어에 집중하다 보니 영어 공부를 빨리 시작해야겠다는 동기 부여가 되었다.

이모 딸은 미국 FBI에서 근무한다. 이모 딸은 집을 나서기 전 오늘 서울 시내 투어 일정을 정해서 알려달라고 했다. 나는 광화문-덕수궁-연세대-남산타워-청계천으로 간다고 계획을 알려줬다. 그러나 계획은 계획일 뿐 길이 밀려서 광화문은 차 안에서 세종대왕과 이순신 장군님께 인사만 하고 연세대학교로 갔다. 연세대 지하 주차장에서 내릴 때, 구경이 끝나면 지금 주차한 장소로 오겠다고 말하고 기념품 가게로 갔다. 이모와 이모 딸은 미국에 있는 손자에게 줄 티셔츠와 각종 기념품을 샀다. 그러나 문제는 기념품을 넣는 쇼핑백은 코팅이 안 된 종이가방이었다. 밖에는 비가 오는데 걱정이 되었다. 우리는 기념품을 사고 밖으로 나갔다. 나는 기념품 가방이 비에 젖지 않도록 껴안고 이모를 챙기려니 여간 힘든 게 아니었다.

이모 딸은 캠퍼스 구경을 하며 나에게 인증 샷을 찍어달라고 했다. 사진을 찍는 과정에서 종이가방은 젖었고 구멍이 나기 시작했다. 우리는 이모 딸 혼자 구경하라고 하고 지하 주차장으로 먼저 왔다. 아뿔싸! 아무리 찾아도 차가 주차된 자리를 찾을 수 없었다. 드디어 동서남북 분간 못 하는 나의 길치 실력이 나왔다. 나는 멘붕이 왔다. 차를 찾는 것을 포기하고 기사님께 전화를 걸어 우리를 찾아와달라고 했다. 우여곡절 끝에 차에 도착하니 이모 딸이 우리를 오래 기다렸는지 화가 나서 폭포수처럼 영어를 내뱉는다. 나는 "아임 쏘리, 마이 미스테이크"를 연발하며 내 잘못이라고 했다. 그러나 이모 딸은 이모에게 길도 못 찾는다고 계속 따져 물었다.

이모 딸이 FBI에서 이슬람 테러 담당이라더니 그 순간 이모와 내가 FBI에서 취조받는 줄 알았다. 늦은 점심을 먹기 위해 한정식 집에 도착하니 비오는 날인데도 식당 밖으로 줄이 길게 늘어서 있었다. 오늘은 뭐를 해도 안 되는 날인가 보다 싶은 생각이 들었다. 우리는 인근 식당에 들어가 비빔밥을 시켰다. 나는 비도 오고 날씨가 추운 것을 생각해서 돌솥비빔밥을 시켰는데 이 또한 나의 과잉 친절이었다. 이모 딸은 "Hot"을 연발하며 밥 먹는 것을 힘들어했다.

점심을 먹고 나니 2시가 넘었다. 나는 퇴근 시간 전에 서울 시내를 빠져나가야 한다고 설명하고 덕수궁과 청계천에는 가지 않고 남산타워로 향했다. 좌충우돌 우여곡절 끝에 남산타워에 도착했더니 비는 잠시 그쳤다. 그러나 비 온 뒤 안개가 끼어 타워가 중간밖에 보이지 않았다. 케이블카를 타고 올라가 내려다보니 서울 시내가 보이기는커녕 바로 앞 경치도 보이지 않았다. 돈은 돈대로 들이고, 욕먹고, 원하는 곳도 다 못 가다니, 오늘은 되는 일이 없구나 싶어 헛웃음이 났다. 그래도 왔다 갔다는 흔적은 남겨야겠기에 이모와 이모 딸에게 "치즈"를 외치며 사진을 찍어줬다. 케이블카에서 내려 남산타워까지 계단이 90개가 넘었다. 여든 노인에게는 무리다 싶었다. 돌아오는 길에 이모를 모시고 한의원에 가서 퉁퉁 부은 왼쪽 발목에 침을 맞게 해드렸다. 자식이 뭔지, 이모는 휴가도 반납하고 자신을 위해 한국에 나와준 딸을 위해 아픈 다리도 참아가며 서울 투어를 했던 것이다.

이모는 3주간의 한국 여정을 마치고 미국으로 돌아가시게 됐다. 이모를 사랑하는 가족들이 인천공항으로 총출동했다. 남편과 나는 엄마를 모시고 공항으로 가고, 남동생 내외와 외삼촌과 외사촌들 외사촌의 아이들까지, 이종사촌 언니들과 손주까지 모두 20여 명이 모였다. 엄마와 이모, 삼촌들은 뜨거운 포옹으로 눈물을 흘렸다. 살아서는 다시 만나지 못하리라는 것을 알기에 포옹하고 돌아섰다가는 다시 포옹했다. 헤어짐이 쉽지 않았다. 이모 딸은 휴가가 끝나서 일주일 전에 미국으로 돌아갔다. 그래서 여든이 넘은 세 분이 출국을 위한 심사대로 들어가는 뒷모습을 보니 애처로웠다.

이모는 이번에 한국을 방문하면서 찾고 싶은 사람이 있다고 하셨다. 편지지 10장에 빼곡히 써오신 내용은 첫사랑에 관한 이야기였다. 이모의 편지지 속에는 앳된 모습의 처녀가 수줍게 웃고 있는 사진이 들어 있었다. 이모는 드라마 〈사랑의 불시착〉을 보고 편지를 쓰게 되었다고 했다. 드라마는 여든의 이모에게 애틋한 첫사랑을 기억나게 해주었던 것이다. 이모는 40년 전 KBS의 이산가족 찾기 프로그램으로 사람 찾는 것을 본 것을 기억해내셨다.

이모는 82세셨고, 찾고자 하시는 분은 서너 살 위였다. 나는 마음이 다치지 않게 조심스럽게 이야기했다. 찾고자 하시는 분이 평균수명을 훨씬 넘긴 나이인데 생존해 계실 가능성에 대한 의문과, 현재 방송국에서 사람 찾는 프로그램을 운영하지 않는다는 사실을 말씀드렸다. 내가 걱정했던 것보다는 실망하는 빛이 덜해 보여서 마음이 놓였다. 그리고 나는 이모에게 이모의 삶을 글로 정리해보시라고 했다. 이모는 책 읽는 것을 좋아하신다. 이모부가 돌아가신 이후로 오전에는 성당에서 미사를 드리고, 성당 자매님들과 간단히 점심을 드시면 오후에는 주로 책을 보신다. 주 3일은 30분씩 산책을 하시고, TV는 뉴스 이외에는 잘 보지 않으신다.

유방암 수술을 하신 이후에 딸이 이모 집 근처로 이사 와서 이모를 보살펴주고 있다. 딸이 퇴근해서 오면 K드라마를 시청할 때 잠깐 드라마를 보신다. 이모는 엄마에게 전화하면 늘 현재 처지에 감사하고 기도하라고 말씀하신다. 이모가 동생이어도 엄마는 이모 말을 잘 듣는다. 물론 들을 때뿐이지만 그래도 이모 말은 옳다고 생각하신다. 나는 이모를 좋아한다. 나는 이모를 존경한다. 이모는 독립심이 강하고 신앙심이 깊다. 평생을 공부하셨다.

　어린 나이에 엄마와 가족과 떨어진 채 미국으로 가 유색인종으로 50년 동안 살아가기가 얼마나 힘들었을까 생각하면 애잔한 마음이 든다. 나는 이모가 당신의 파란만장한 일대기를 글로 쓰면서 노년의 외로움을 달래기를 바란다. 노년의 삶은 같이 있어도 외로운데, 혼자 있는 이모는 더욱 외로울 것이다. 병마와 싸우고, 세월의 덧없음에 허탈함과 싸워나가야 한다. 나는 이모가 당신의 살아온 일대기를 정리하면서 당신이 인생의 승리자라고 생각하기를 바란다. 무소의 뿔처럼 혼자서 살아온 이모의 인생이 성공한 인생이고, 그럼에도 불구하고 살 만했다고 행복한 마음이 들기를 바란다.

머뭇거릴 바에는 차라리 실패를 선택하라

엄마가 전화를 받지 않는다. 휴대전화를 받지 않아 집 전화로 다시 걸어본다. 신호가 계속 가도 전화를 받지 않는다. 나는 진땀이 나기 시작한다. 남편과 함께 엄마 집으로 뛰어갔다. 현관문을 열고 들어가니 엄마는 소파에 앉아 계셨다. 휴, 다행이다. 엄마에게 무슨 일이 생겼나 깜짝 놀라 뛰는 가슴을 진정시킨다.

"엄마 왜 전화를 안 받아? 무슨 일 있나 해서 깜짝 놀랐잖아?"

엄마는 휴대전화를 집어 던지며 나가라고 소리를 질렀다. 엄마의 치매약이 또 듣지 않는 것이다. 나는 엄마를 진정시키기 위해 어깨를 감싸 안았다. 엄마는 내 팔을 세차게 뿌리치며 나가라고 소리를 질렀다. 치매약이 듣지 않을 때 엄마는 힘도 세지고, 화를 감당하지 못해서 활화산처럼 뿜어져 나온다. 이럴 때는 일단 시간을 갖는 것이 최선이었다. 우리는 집으로 돌아와 엄마가 왜 화가 났을까 생각해보았다. 특별한 일이 생각나지 않았다. 불안한 밤을 뜬눈으로 새고 아침이 밝기를 기다렸다.

아침밥을 준비해 엄마 집에 갔다. 엄마는 머리에 띠를 매고 성난 눈을 하고 계셨다. 이럴 때는 딸인 나도 엄마의 모습이 무섭다. 엄마를 달래서 아침을 드시게 한 후 물어봤다.

"엄마, 어제 왜 화났어?"

"신 서방한테 마늘을 까라고 했는데, 내가 마늘을 왜 까요 하며 성을 내면서 나가버려서 화가 났다. 너 힘들까 봐 마늘 좀 까주랬는데 그것도 못 하냐?"

엄마의 말을 듣는 순간 나는 기가 막혔다. 어떻게 오해를 풀어줘야 하나, 엄마를 어떻게 이해시키나 하는 생각에 진땀이 났다. 있지도 않은 사실을 정확한 사실이라고 말씀하시며 당신의 정당함을 주장하셨다. 아무리 설명해도 엄마는 요지부동이다. 나는 엄마 말이 맞다고 남편을 때려주자고 했다. 그렇게 말해도 엄마는 화가 풀리지 않았다.

2년 전 치매약을 처음 먹기 시작하고 어느 날 아버지에게 전화가 왔다. 엄마가 119를 타고 대학병원 응급실에 가서 갖은 검사를 하고 집에 왔다고 말씀하신다. 나는 퇴근하고 우황청심환을 사서 영종도로 갔다. 의정부에서 영종도까지 전철을 타고 가는 약 2시간 동안 눈물이 하염없이 흘렀다. 노인이 노인의 보호자가 되어 놀라고 당황했을 생각을 하니 가슴이 미어졌다. 집에 도착하니 엄마보다 아버지가 더 환자처럼 보였다.

119를 타게 된 날 아침, 아버지와 엄마는 목욕탕에 가셨다. 엄마가 목욕탕 안에 앉아 있다가 고개를 물속에 박고 있는 모습을 세신사가 발견했다. 세신사가 엄마를 얼른 탕 밖으로 끌어내고 의식이 없어서 119를 부르게 되었다고 했다. 엄마는 119가 와서 응급조치를 하니 깨어나셨고, 건강상태 확인을 위해 대학병원 응급실에 가게 되었다고 한다. 남탕에서 목욕하시던 아버지는 보호자를 찾는 소리를 듣고 놀란 나머지 병원 응급실에서 엄마의 생년월일을 묻는데 전혀 생각이 나지 않았다고 한다. 나는 하루 종일 애를 태웠을 아버지를 생각하니 마음이 쓰리고 아팠다. 아버지도 암 환자인데 보호자 노릇을 하려니 얼마나 힘이 들었을까 눈물이 하염없이 났다. 나는 우황청심환을 드시게 하고 이만한 게 다행이다, 목욕탕 세신사가 생명의 은인이다 등 이런저런 말로 아버지를 안심시켜드리고 출근을 위해 집으로 돌아왔다.

나는 치매약이 독해서 엄마가 정신을 잃었나 하는 생각이 들었다. 다음 날 치매약을 타는 병원으로 찾아가 상담을 했다. 엄마의 이번 일을 설명하고 약의 용량을 낮춰서 처방받았다. 당장이라도 약이 독해서 또 큰일이 생길 것만 같았기 때문이다. 치매는 양상이 다양하다. 그에 따른 치매약도 종류가 무척 많다. 엄마에게 딱 맞는 약을 찾기란 쉽지 않다. 잘 맞아서 드시던 약도 6개월 정도 계속해서 드시면 엄마는 또 화를 내시거나 이상 행동을 보였다. 한 달에 한 번씩 엄마의 상태를 의사에게 자세하게 설명하고 약을 타도 소용이 없었다. 나는 이번 마늘 사건으로 화난 엄마의 모습을 동영상으로 찍어 의사 선생님께 보여드렸다. 의사 선생님은 용량을 늘려 약 처방을 해주셨다. 새로 처방해온 약을 드시고 일주일 정도 지나니 엄마는 예전의 모습으로 돌아왔다.

나는 엄마를 진정시키기 바빠서 남편의 입장은 생각해보지 못했다. 엄마가 진정이 되고 나서 남편과 이야기를 나눴다. 엄마가 있지 않은 일로 남편을 힘들게 해서 미안하다고 말했다. 남편은 엄마가 환자라서 그런 거니까 마음에 두지 말라고 했다. 남편은 엄마가 휴대전화를 집어 던지고 화를 내고 나가라고 내쫓았어도 다음 날도, 그다음 날도 아무일도 없었던 것처럼 "어머니, 저 왔어요"라고 말하며 현관문을 열고 들어갔다.

나는 어릴 적 부모님이 싸우는 소리를 자주 들었다. 어린 마음에 나는 무조건 아버지가 나쁘다고 생각했다. 무엇 때문에 싸우는지, 누구의 잘못인지는 알 수 없었다. 나는 무조건 엄마 편이었다. 엄마를 기쁘게 해드리고 싶었다. 엄마를 기쁘게 해드리기 위해서 어린아이가 할 수 있는 건 공부밖에 없었다. 나는 공부하는 것을 좋아하기도 했지만 엄마를 기쁘게 해드리려고 열심히 공부했다. 내가 상을 타서 갖다드리면 그 순간만이라도 엄마가 행복하겠지 하는 마음이 있었다. 어린 시절 싸우는 부모님을 보면서 나는 결혼하면 절대로 싸우지 않겠다고 결심했다. 그래서 은연중에 싸우지 않으려면 배우자의 성격이 좋아야 한다고 생각했던 것 같다.

고등학교 3학년 때 친구들과 모임을 만들어서 졸업 후에 정기적으로 고아원 방문을 했다. 회비를 모아 과자와 생필품을 선물로 포장해서 아이들을 만나러 가곤 했다. 그런데 친구들 중에서는 누가 나서서 오락을 진행할 만한 친구가 없었다. 나는 그때 방송통신대를 다니고 있어서 기타도 치고, 노래도 잘 부르고, 성격도 좋은 같은 과 오빠를 불렀다. 그 오빠는 내가 부탁을 하니 흔쾌히 기타를 매고 고아원으로 와주었다. 아이들과 노래도 부르고 게임도 진행하며 즐거운 시간을 만들어줬다. 그 후로도 내가 부탁하면 그 오빠는 아무 때나 도움을 줬다. 내가 만나본 남자 중에 성격이 제일 좋았던 그 오빠는 아빠가 되어 35년째 같이 살고 있다.

엄마는 세상에 우리 신서방 같은 사위는 없다고 하신다. 토요일이면 엄마 바람을 쐬게 해드린다고 외식을 나간다. 메뉴는 엄마에게 물어보고 정한다. 점심을 드시고 나면 경치 좋은 카페에 가서 엄마에게 바닐라라떼를 시켜드린다. 엄마는 요즘 바닐라라떼에 꽂히셨다. 엄마는 TV 프로그램 〈6시 내 고향〉을 즐겨보시는데, 제철 특산물이 자주 나온다. 엄마는 제철 특산물을 먹고 싶다고 하신다. 모든 엄마들이 그렇듯이 우리 엄마도 엄마를 위해서 살아본 적이 없다.

나는 오롯이 엄마를 위한 음식을 만든다. 주일에 성당에 갈 때 남편이나 작은아들 동준이의 손을 잡고 가신다. 엄마와 걸으려면 보폭을 맞춰야 하고, 한쪽 팔을 내어드려야 한다. 엄마는 많이 아플 때를 제외하고는 성당에 꼭 가신다. 엄마의 낙이기도 하고, 우리를 위해 기도하시려고 허리 통증을 참아가며 성당에 가신다. 남편은 엄마가 원하는 대로 다 해드리라고 말한다. 언젠가는 가고 싶어도 성당에 못 갈 날이 올 것을 알기 때문이다. 언젠가는 우리 곁을 떠날 것을 알기에 화를 내셔도, 억지 말을 하셔도 참으라고 한다.

나는 살면서 아무리 힘들어도 이혼을 생각해보지 않았다. 누가 결혼하라고 떠밀은 게 아니니까 내가 책임져야 한다는 생각이 크기도 했다. 뿐만 아니라 내가 남편과 결혼해서 얻은 두 가지 때문에 이혼을 생각하지 않았다.

첫째는 남편이 하느님을 알게 해줬기 때문이다. 남편은 큰누이가 구교 집안에 시집을 가서 천주교를 믿게 되었고, 청년 시절 JOC 가톨릭 노동청년회 활동을 하며 암울했던 청년 시절을 성당에서 신부님과 청년들과 활기차게 생활할 수 있었다. 남편이 콩알 만한 다이아몬드 반지를 안 사줬어도, 대궐 같은 집을 안 사줬어도, 나에게 하느님을 알게 해줬기 때문에 용서가 된다. 내가 살아오면서 산전수전 공중전을 겪으며 하마터면 살아남지 못할 뻔했을 때, 늘 내 옆에는 하느님이 계셨다. 내 손을 잡아주시고 울고 있을 때는 눈물을 닦아주시고, 지쳐 쓰러졌을 때는 나를 업어주셨다. 남편을 만나지 않았다면 나는 지금쯤 용하다는 점집을 찾아다니고, 나의 앞길을 물어보기 위해 돈을 쓰고 다녔을지도 모른다. 자식에게 물려주고 싶은 것은 오직 신앙뿐이다.

두 번째는 남편을 만나 사랑하는 두 아들을 얻은 것이다. 첫아들은 우리부부뿐만 아니라 칠십 평생 전쟁과 삶의 고단함으로 얼룩진 시어머니에게 삶의 기쁨을 주었다. 시어머니의 손주 사랑을 통해 눈에 넣어도 안 아프다는 말이 무엇인지를 알았다. 지금도 그때 어머니의 헌신적인 사랑을 생각하면 감사한 마음이 든다. 7년 만에 얻은 둘째 아들은 우리 부부에게 자식 키우는 재미를 알게 해주었다. 나이 들어 아이를 낳으니 첫아이 때 못 느꼈던 애틋한 감정을 느꼈다. 자식은 낳을수록 예쁘다는 말이 무엇인지 알게 됐다. 살면서 힘들 때 두 아들이 버팀목이 되었다. 바르게 살아야 하는 이유가 되었다. 밥상에 둘러앉아 된장찌개에 숟가락을 담그며 사랑을 나눠 먹었다. 사랑을 먹고 자란 아이들은 사랑을 나누고 있다. 아픈 외할머니에게도 살갑게 사랑을 나눈다.

나는 아버지에게 약속했다. 아픈 엄마를 끝까지 책임지겠다고, 걱정하지 말고 하늘나라에서 편히 쉬시라고 말이다. 내가 항상 머뭇거리지 않고 빠른 선택을 할 수 있는 원동력은 가족이다. 나는 혼자 빨리 가지 않는다. 가족과 함께, 멀리 천천히 가고 있다.

포기하기 시작하면 그것도 습관이 된다

"조개젓, 어디 있어?"

"냉장고 맨 윗 칸에 있잖아. 안 보여?"

나는 투덜거린다. 도대체 눈을 뜬 거야? 감은 거야? 설명해도 못 찾으니 내가 가서 꺼내준다.

"여보 빨래 좀 개줘."

"응, 알았어."

남편은 프로야구에 심취해서 TV를 보면서 빨래를 개켜놨다. 모름지기 빨래는 각이 잡혀서 폼나야 하는데, 아무리 봐도 마음에 안 든다. 남편이 개켜놓은 빨래를 내가 다시 만진다. 성격 급한 나는 신혼 초 남편이 집안일을 도와주는 게 마음에 들지 않았다. 설명하는 게 힘들어서 설명하는 시간에 내가 다 해버렸다. 그렇게 30년 넘게 살다 보니 집안일이 모두 내 차지가 됐다. 자업자득이다. 이제 와서 생각해보니 남편이 잘할 때까지 꾹 참았어야 했다.

갱년기에 접어든 나는 몸이 예전 같지 않고 엄마를 모셔오니 저녁이면 지쳐서 손 하나 까딱하기 싫을 때도 많았다. 눈치 없는 남편은 퇴근해서 오면 집안일을 도와줄 생각은 하지 못한 채 어디가 아프냐고만 묻는다. 나는 맑은 날씨를 좋아한다. 처져 있는 것을 못 견딘다. 그런데 매일이 흐림이 된다. 맑음, 맑음 해도 에너지가 떨어질 갱년기가 왔는데, 매일이 흐림, 흐림 하니 삶의 의욕이 떨어졌다. 나는 현재 체력이 떨어지고 마음이 울적해서 당신의 도움이 필요하다고 남편에게 이야기했다. 언제부턴가 남편은 내가 자기 엄마인 줄 아는 것 같았다. 나 또한 남편을 큰아들쯤으로 여겼다. 남들이 보기에는 알콩달콩 잘 사는 중년 부부로 보이지만, 서로가 다름을 인정하고 포기했기 때문에 남들 눈에 그렇게 보이는 것이다. 그러려니 하다가도 어느 날은 욱한다. 눈치 없는 남편은 왜 그런지 알 리가 없다. 나는 감정을 쌓아두지 못한다. 그때그때 해결해야 한다. 그래서 나의 상태를 남편에게 말하고 즐겁게 살 방법을 찾자고 했다.

남편과 나는 버킷리스트를 써보기로 했다. 퇴직하면 동유럽 여행 가기, 퇴직하면 제주도 한 달 살기, 패러글라이딩 하기, 맛집 탐방…. 몇 가지를 쓰고 나니 생각이 나지 않았다. 사는 게 바빠서 꿈 없이 살았다는 것을 알았다. 나는 토요일은 부부의 날이니까 토요일마다 특별한 일이 없으면 가까운 곳으로 산책을 나가자고 했다. 나는 늘 계획을 세우고, 선두에 서서 가족 모두를 이끌었다. 왜냐하면 신혼 초부터 공장을 차린 남편은 늘 피곤하다, 쉬고 싶다 하면서 뒷전으로 물러나 있었기 때문이다. 나는 아이들이 바쁜 아빠를 위해 자라지 않고 기다려주지 않는다는 것을 알고 있기에, 자는 남편을 깨워서 나들이를 가곤 했다. 그렇게 지내다 보니 나는 왜적을 만난 장수처럼 늘 앞장서나가고 있었다.

나는 남편에게 2022년은 남편의 퇴직 후 생활을 위한 연습으로 생각하고 살아보자고 했다. 나는 1년을 남편에게 맡겼다. 남편도 흔쾌히 승낙했다. 산책이든 여행이든 남편이 계획을 짜고, 맛집을 찾고, 여행 지도를 만들어보라고 했다. 처음에는 어떻게 해야 할지 막막해 하며, 남편은 퇴근해 오면 하루 종일 검색했던 자료를 보여주며 나에게 어떤지 물었다. 우리는 머리를 맞대고 지도를 검색해 기름값을 아끼는 동선을 선택하고, 맛집 리뷰도 확인했다. 그렇게 일주일 준비 기간을 보내고 첫 여행지로 강릉에 가게 되었다.

부부 둘만의 여행은 결혼 30주년 기념으로 간 전라남도 여행 이후 4년 만이다. 남편은 A4 용지 한가득 써온 내용을 들여다보며 휴게소에 들러 아침을 간단히 먹고 대관령 양떼목장에 가자고 했다. 이번 여행은 남편이 모든 걸 주도하도록 나는 오라면 오고, 가라면 가면서 편히 지내기로 마음먹었다. 강문해변의 맛집 해물전복뚝배기를 맛있게 먹으며 맛집을 잘 골랐다고 남편이 최고라고 나는 칭찬했다. 칭찬을 들은 남편은 어깨를 으쓱이며 좋아했다. 안목해변 커피거리에서 커피를 마시며 오랜만에 편안한 시간을 가졌다. 큰 아들 동석이가 잘 갔다 오라며 쥐어준 용돈으로 주문진시장에서 박달게, 모둠회를 사서 펜션에서 저녁을 맛있게 먹었다. 남편은 내일 스케줄도 기대하라며 의기양양한 모습이었다.

남편이 짠 스케줄은 수학여행이었다. 1박 2일 동안 강릉의 유명한 곳은 다 돌아다녔다. 나는 남편에게 여행 가이드를 해도 되겠다고 말도 안 되는 칭찬을 했다. 칭찬은 고래도 춤추게 한다고 하더니, 남편도 춤을 추기 시작했다. 하루는 TV를 보는데 홈쇼핑에서 제주도 5성급 호텔 숙박권을 반값에 팔고 있었다. 나는 덥석 결제했다. 결혼기념일이 다가오고 있어서 남편과 통영에 가자고 했었다. 가려고 했던 통영 펜션 숙박비랑 제주도 호텔이 별 차이가 나지 않았다. 퇴근한 남편에게 제주도 2박 3일 일정을 짜보라고 했다. 남편은 황당해 하면서도 강릉보다 더 잘 짜보겠다고 결연한 의지를 보였다. 남편이 몇 날 며칠을 제주도 2박 3일 여행 코스를 바꾸는 바람에 나는 제주도에 안 가고도 가본 것처럼 지명을 거의 다 외웠다. 남편이 만든 제주도 여행은 성공적이었다. 이번 제주도 여행은 제주신화월드 호텔을 중심으로 제주도 서쪽을 여행했다. 산방산 유채꽃밭, 엉또폭포, 생각하는 정원, 휴애리공원, 서귀포올레시장, 금오름, 아르떼뮤지엄, 가파도까지 하루에 걸은 시간만 5시간이 넘는 날도 있었다. 남편과 나는 휴양지에서 편안히 쉬는 여행보다 수학여행처럼 여기저기 돌아다니며 체험하는 걸 좋아한다. 취향이 같아서 참 다행이다.

4월에는 의정부 천주교회 한마음 수련원에서 하는 일일 피정에 참가해서 몸과 마음이 쉬는 시간을 가졌다. 봄이 되어 주말농장의 농사를 시작한 후로는 동네 부용천을 산책하고, 뒷산을 올라 꽃구경을 했다. 의정부는 인근 포천이나 연천의 유원지로 나들이하기가 좋다. 웬만한 곳은 1시간 내외에 있고 일찍 출발하면 교통체증을 걱정할 필요가 없다. 포천아트밸리는 버려진 채석장을 아트밸리로 만들어 조각공원과 녹색의 푸르름이 조화를 이루고 있다. 다음에 올 때는 도시락을 싸 가지고 아이들과 함께 오자고 했다.

6월에는 친구들 모임으로 왕산 해수욕장에 갔다. 아버지가 계실 때 자주 갔던 해변을 가니 아버지 생각이 났다. 아버지가 돌아가신 지 2년이 지났다. 슬픔은 줄어들고 그리움은 커져만 간다.

7월이 되어 성당의 부부모임에서 제주도에 가자고 연락이 왔다. 의정부에 이사 와서 같은 성당에 다니는 형님들과 모임을 하고 있다. 만난 지 30년이 넘었다. 해외여행 가자고 회비를 모았는데 코로나로 여의치 않아 제주도에 가게 되었다. 모임에서 우리 부부가 막내다. 형님들은 막내인 우리 부부가 여행 계획을 짜라고 했다. 나는 남편이 3월 제주도 여행할 때 경험이 있어서 잘할 거라고 말했다. 10명이 한꺼번에 움직여야 하고, 최고 형님은 일흔 살이 넘었다. 여러 가지를 고려해서 여행 계획을 짜야 했다. 남편은 단톡방에 가고 싶은 곳, 먹고 싶은 음식을 올려달라고 했다. 여러 번 가서 가지 말았으면 하는 곳도 올려달라고 했다. 모두가 만족할 여행 계획을 짜느라 남편은 시험공부하듯 여행 계획을 짰다.

12인승 승합차를 렌트해서 남편은 기사의 역할도 충실히 수행했다. 한담해안 산책로, 엄장해안길, 한림공원을 둘러보고, 2일차에 어승생악오름, 주상절리, 박물관은 살아 있다, 천제연폭포, 쇠소깍, 3일차에는 비자림을 관광하고 2박 3일의 일정을 마쳤다. 제주 먹거리인 해물탕도 먹고, 서귀포올레시장에서 싱싱한 회도 떠서 먹고, 물회까지 먹었다. 10명의 회원이 불평 없이 모두 만족한 여행이었다. 형님들은 남편이 가이드를 해도 되겠다고 아낌없는 칭찬을 해주었다. 그리고 또 다음 여행도 계획을 짜보라고 하셨다. 남편이 칭찬을 들으니 내가 칭찬을 들은 것보다 더 좋았다.

9월 어느날 남편이 퇴근해 와서 "종래 아들, 군산에서 결혼한대!"라고 말했다. 나는 가자고 했다. 남편은 그 먼 데를 어떻게 가냐고 했다. 우리는 한 번도 군산에 안 가봤으니 여행 삼아 가자고 했다. 말이 떨어지게 무섭게 남편은 여행 스케줄을 짜려고 인터넷 검색을 시작했다. 웃음이 났다. 아이들 어릴 때 어디 가자고 하면 귀찮아 하더니, 이제는 토요일마다 어디 가자고 먼저 집을 나선다. 이제는 내가 귀찮을 때가 있다.

친구 덕분에 군산의 박물관도 보고, 일제 강점기 건축양식도 봤다. 유람선을 타고 선녀가 너무 아름다워서 놀고 갔다는 선유도도 돌아보았다. 남편과 내가 제일 좋아하는 해산물을 코스요리로 배불리 먹었다. 소화도 시킬 겸 은파호수공원을 손잡고 산책했다. 다음 날은 아침 일찍 일어나 이성당빵집, 경암동철길골목을 구경하고 군산 나운성당에서 미사를 드렸다. 군산짬뽕으로 유명한 빈해원에서 점심을 먹고 올라왔다. 나는 남편에게 여행을 할수록 계획을 더 알차게 잘 짠다고 진심어린 칭찬을 했다.

국화꽃이 만발한 가을, 엄마를 모시고 남편과 벽초지 수목원에 갔다. 잘 걷지 못하는 엄마를 위해 휠체어를 빌려서 남편이 밀고 다녔다. 엄마는 나무가 울창하고 공기가 맑아서 좋다고 하셨다. 엄마의 좋아하는 모습도 사진으로 남겼다. 점심을 먹고 마장호수 주변의 카페에서 커피를 마셨다. 남편은 10월이 되니 가을 꽃이 만발한 자라섬에 가자고 했다. 남이섬을 건너가기 전에 자라섬이 있었다. 강과 산이 조화를 이룬 자라섬은 산책하기 좋았다. 그 후로도 가을이 가는 게 아쉬워 마장호수로 산책을 다녀왔다.

우리 큰아들 동석이는 14개월이 되어서야 걷기 시작했다. 처음 혼자 섰을 때 우리는 아들을 쳐다보고 기특해서 박수를 쳤었다. 한 발짝을 떼면 잘한다고 응원을 보냈다. 아이가 조금만 잘해도 "잘한다, 잘한다" 아낌없는 응원과 박수를 보냈다. 요즘 나는 남편이 하는 일에 잘한다고 응원과 박수를 보낸다. 잘할 수 있도록 기회를 주지 않았던 것을 후회하면서 잘할 때까지 기다려준다. 늙음이 꼭 나쁜 것만은 아니다. 기운 없어 앞장서 못 나가니 앞장서 나가는 남편을 바라볼 수 있어 좋다.

미래의 내 모습은 오늘의 나로부터 시작된다

　엄마를 모시고 남편과 남동생 집에 왔다. 3주간의 한국여행을 마친 이모가 미국으로 돌아가셨다. 공항에서 배웅을 마치고 남동생이 자기 집에서 저녁 먹고 하룻밤 자고 가라고 해서 오게 된 것이다. 남동생과 올케는 우리를 위해 장어를 사다 굽고 미리 마련해 놓은 밑반찬을 꺼내 한 상 차렸다. 남편과 남동생, 올케는 술잔을 기울이며 못다 한 이모 이야기로 웃음꽃을 피웠다. 오랜만에 화기애애한 분위기에 엄마의 입가에 미소가 번진다.

　우리는 삼 남매로 나는 장녀고 밑으로 남동생 두 명이 있다. 오늘은 큰동생 집에 온 것이다. 나는 큰동생이 애틋하다. 엄마, 아버지, 막냇동생이 미국으로 이민갈 때 큰동생은 나이 제한에 걸려 같이 갈 수 없었다. 큰동생은 결혼한 나랑 우리 집에서 같이 살았다.

그때 우리는 시어머니를 모시고 있었다. 시어머니는 사돈총각을 아들처럼 대해 주셨다. 큰동생도 싹싹하게 시어머니에게 잘했다. 큰동생은 퇴근길에 간식을 사 와서 시어머니께 드리곤 했다. 큰동생은 아들 동석이와도 잘 놀아주었다. 몸으로도 놀아주고 장난감도 사주어 동석이는 삼촌을 잘 따랐다. 큰동생은 가족 모두 이민 가고 나니 젖 떨어진 아기처럼 부모님을 그리워했다. 나도 결혼을 안 했으면 큰동생처럼 엄마, 아버지가 그리워 매일 울었을 것이다. 그래서 나는 큰동생의 마음을 이해했다. 큰동생은 결혼해서 살림을 차리고 나서야 나와 떨어지게 됐다. 철든 이후로 살 비비고 살아서 그런지 큰동생은 자식 같은 느낌이 든다. 지금은 아들딸 낳고 잘 살고 있어서 그저 고마울 뿐이다.

아침에 출근해서 얼마 지나지 않아 전화가 왔다. 아버지가 위독하시니 빨리 중환자실로 오라고 했다. 나는 아버지가 40일 병원에 입원해 계시는 동안 매일 아버지를 보면서 마음의 준비를 해왔었다. 그런데 막상 전화를 받고 보니 다리가 후들거리고 머리가 하얘지면서 아무 생각이 나지 않았다. 남동생들에게 전화를 하고 장례 절차를 밟았다. 3일의 장례가 어떻게 지나갔는지 모르게 지나갔다. 아버지는 코로나가 심하던 2020년 9월 21일 그렇게 하늘나라로 가셨다.

아버지를 여읜 슬픔이 채 가시기도 전에 큰동생과 나는 마찰이 생겼다. 나는 모든 걸 동생들과 의논해서 처리했다고 생각했기에 큰동생이 하는 말을 이해하지 못했다. 서로를 이해하려고 노력하기보다는 서로에 대한 서운함으로 1년을 보지 않고 지냈다. 1년이 지나고 아버지 기일이 다가왔다. 나는 엄마와 같이 성당에서 위령미사를 드렸다. 큰동생은 정성껏 제사음식을 장만해서 제사를 드리고 아버지도 찾아뵀다. 아버지 돌아가신 후 이것저것 일 처리를 위해 큰동생과 문자를 주고받았고 큰동생은 명절에 엄마 집으로 찾아왔다. 나는 동생의 얼굴을 보는 순간 모든 감정이 사라지고 반가운 마음이 들었다. 피는 물보다 진하다는 말이 무엇인지 온몸으로 느껴졌다. 동생은 미안하다고 사과를 했고, 나는 찾아와줘서 고맙다고 말했다. 나는 그동안 나의 옹졸한 마음 때문에 중간에서 마음고생하셨을 엄마를 생각하니 미안한 마음이 들었다.

몇 해 전 여름 큰동생이 알 수 없는 고열로 입원을 한 적이 있었다. 나는 그때 간이 안 좋으면 내 간을 이식해줘야지 생각하고 실손보험 들은 건 어떻게 처리해야 하나 고민한 적이 있었다. 그렇게 내 몸의 일부를 나눠주고 싶었던 동생이었는데 겨우 말 몇 마디에 불목을 했다니 나는 속 좁은 여자인 게 분명하다.

오늘 온 식구가 모여 밥을 같이 먹고 술잔을 기울이니 엄마의 입가에 미소가 피어난다.

막냇동생은 속초에 산다. 한국으로 역이민을 왔다. 아버지, 엄마가 노년을 한국에서 살고 싶어 하셔서 동생도 한국에 나오게 됐다. 막냇동생은 성실하고 생활력이 강하다. 나는 막냇동생이 20살에 결혼했다. 말수가 적은 막냇동생과의 추억은 어릴 적 찍은 사진 몇 장만큼만 기억이 있다. 게다가 내가 3일만 지나면 웬만한 일을 잊어버린다. 기억이 나질 않는다. 우리 엄마는 5살 적 기억도 하시는데 나는 엄마를 안 닮았나 보다. 그러다 보니 소통의 문제가 생겼다.

나는 미리 준비하고 알려줘야 하는 성격인데 막냇동생은 말이 없고 무소식이 희소식인 성격이기 때문이다. 나는 엄마를 모신지 2년이 넘자 막냇동생에게 소통의 문제를 이야기했다.

막냇동생은 그런 이야기를 하는 나를 이해하지 못했다. 나는 속에 쌓아두지 못해서 나 편하자고 괜히 이야기했구나 후회했다. 그 후로 막냇동생은 일이 바빠서 볼 수가 없었다. 막냇동생이 이모와 엄마 속초 관광을 시켜드린다고 엄마 집에 왔다. 나는 막냇동생의 건강한 모습을 보니 그냥 반가웠다. 이번에 새로 지은 아파트로 입주도 했다고 하니 더 기뻤다. 말수가 적은 막냇동생이 환하게 웃는 걸로 더 이상의 말은 필요하지 않았다. 나는 더 이상 내 방식을 고집하지 않기로 했다. 내 방식을 자꾸 고집하게 되면 다름이 나쁨으로 생각될 수 있기 때문이다. 우리는 누구나 각자의 방식으로 살아간다. 그게 비록 피붙이더라도 강요할 수는 없다. 내 생각이 여기에 미치자 마음이 편안해졌다. 막냇동생도 마음 편히 나를 볼 수 있기를 바란다.

주위에 부모님이 돌아가시고 나면 형제가 더 친해져 자주 보는 집들이 있다. 반면 형제들이 남남으로 돌아서는 경우도 있다. 엄마는 우리 삼 남매가 엄마가 없을 때 우애 있기를 바라신다. 우리 삼 남매는 아버지 암 투병 5년, 엄마 우울증 7년, 치매 3년을 통해 많은 일들을 겪었다. 우리 삼 남매는 치매를 처음 겪어봤고 엄마의 치매는 감당하기 어려웠다. 감당하기 어려운 일들 안에서 알게 모르게 상처도 입었다. 나는 엄마 살아계시는 동안 삼 남매의 모든 상처가 치유되기를 바란다. 그래서 나는 엄마가 오래오래 백 살까지 사시기를 바란다. 엄마와 내가 같이 늙어가는 모습을 보면서 내 동생들도 머리가 아닌 가슴으로 이해가 될 날이 올 것을 믿기 때문이다.

큰동생 집에서 자고 일어나 집 앞의 주안1동성당에 미사를 갔다. 나는 초등학교 5학년 때 주안1동성당에 몇 달 다닌 적이 있다. 5학년 때 친한 친구들이 천주교, 감리교, 장로교를 다녔는데 친구들은 저마다 자기네 교회로 오라고 졸랐다. 나는 어린 마음에 한 친구만 따라갈 수 없어서 몇 개월씩 천주교, 감리교, 장로교를 다녔었다. 48년 만에 주안1동성당에서 미사를 드리니 감회가 새로웠다. 미사가 시작되고 신부님 강론 중에 어느 설문조사 내용을 말씀하셨다.
은퇴한 부부가 하루에 11시간 같이 있을 때 마음이 어떨지에 대한 조사였다.

1. 너무 좋다 2. 반쯤 좋다 3. 조금 좋다 4. 꼴도 보기 싫다 등의 보기를 들려주시면서 우리들에게 손을 들라고 하셨다. 신부님께서 1번 너무 좋다라고 말하니까 옆에 있던 남편이 한 치의 망설임도 없이 손을 번쩍 들었다. 성당 안에는 꽤 많은 신자들이 있었는데 남편 혼자 손을 들었던것이다. 2번, 3번 답에 몇 분이 손을 들었고 4번 꼴도 보기 싫다에는 아무도 손을 들지 않았다. 신부님께서는 대부분 손 들지 않은 사람들은 4번인 것 같다고 말씀하셨다. 성당 안의 모든 신자들은 신부님 말씀에 박장대소했다. 나는 남편이 손을 번쩍 드는 순간 웃기기도 하고 창피하기도 했다. 이제 은퇴가 얼마 남지 않은 남편이 은퇴 후 무지개빛 꿈을 꾸고 있는 듯해서 순간 부담으로 다가왔다. 우리 부부는 평소 하루에 있었던 일을 퇴근 후에 이야기를 나눈다. 서로 들어주고 맞장구를 쳐주고 한편이 되어 남편이 못마땅하게 생각하는 사람을 말로 반쯤 죽여놓기도 한다. 그래서 나도 남편과 몇 시간쯤은 같이 있는 게 즐겁다. 그런데 질문의 요지는 하루 종일을 물어본 것이었다. 글쎄 하루 종일 남편과 붙어 있으면 나는 1번 너무 좋다에 선뜻 손을 들 수 있을까 하는 의문이 들었다. 지금은 따로 또 같이하면서 각자만의 시간이 있기에 저녁에 만나면 반가운 게 아닐까 하는 생각이 마음 밑바닥에 깔려 있었던 것 같다. 그럼에도 불구하고 장밋빛 미래를 꿈꾸는 남편을 위해 은퇴 후의 계획표를 세워야겠다. 일일계획, 월간계획, 분기계획, 연간계획, 남편이 은퇴하면 왠지 나는 더 바빠질 것만 같은 생각이 든다.

경제전문가이자 은퇴 설계 전문가인 최성환 소장님의 실버 세대의 '5자' 법칙을 인터넷을 통해 보게 되었다. 최성환 소장님은 '5자'하면 통상 중국의 성현들인 공자, 맹자, 노자, 장자, 순자 등을 떠올리기 쉬운데 100세 시대에 행복한 노후에 필요한 '5자'는 '놀자, 쓰자, 베풀자, 웃자, 걷자'라고 말했다. 또한 노후에 필요한 5F도 소개했다. 파이낸스(Finance, 돈), 필드(Field, 할 일), 펀(Fun, 재미), 프렌드(Friend, 친구), 피트니스(Fitness, 건강운동) 등의 영어 단어 첫 글자를 따서 만들었다. 나는 기사를 보면서 격하게 공감이 되었다.

나는 예순이 되어 은퇴를 선언했고 바삐 살아온 삶을 정리하고 싶은 마음에 빠른 은퇴를 결정한 것이다. 그래서 은퇴하면 화선지 여백처럼 쉼 쉼 쉼으로 살려고 했는데 오히려 마음이 더 바빠졌다. 건강수명이 그리 길지 않음을 알기 때문이다. 또한 몸의 이곳저곳에서 신호를 보내오고 있기 때문이다. 나는 이제부터 바쁘다는 이유로 먹고살기 힘들다는 이유로 못 챙겼던 주변을 챙겨보려고 한다. 놀면서 쓰면서 베풀면서 웃으면서 걸으면서 나이가 들어서 어른이 아니라, 어른 같은 어른으로 살아보려고 한다. 미래에 어른으로 살기 위해서는 오늘부터 어른 연습을 하려고 한다.

그럼에도 불구하고 인생은 살 만하다

제1판 1쇄 2023년 7월 28일

지은이　　나혜옥
펴낸이　　한성주
펴낸곳　　㈜두드림미디어
책임편집　우민정
디자인　　얼앤똘비악(earl_tolbiac@naver.com)

㈜두드림미디어

등록　　2015년 3월 25일(제2022-000009호)
주소　　서울시 강서구 공항대로 219, 620호, 621호
전화　　02)333-3577
팩스　　02)6455-3477
이메일　dodreamedia@naver.com(원고 투고 및 출판 관련 문의)
카페　　https://cafe.naver.com/dodreamedia

ISBN　979-11-93210-04-8(03810)